全国少数民族文学创作

骏马奖

获奖作家作品精选集

东西 主编

作品精选

QUANGUO SHAOSHU MINZU WENXUE CHUANGZUO

JUNMAJIANG

HUOJIANG ZUOJIA ZUOPIN JINGXUANJI

潘灵

作品精选集

广西民族出版社
Gvangjsih Minzcuz Cuzbanjse

《全国少数民族文学创作骏马奖获奖作家作品精选集》
丛书编委会

作者简介

潘灵，小说家，布依族，云南巧家人，毕业于云南师范大学。中国作家协会少数民族创作委员会委员，云南省作家协会副主席，《边疆文学》杂志社社长兼总编辑。享受国务院特殊津贴专家，中宣部文化名家暨“四个一批”人才，云南省委联系专家。著有长篇小说《泥太阳》等八部，结集出版中篇小说集《风吹雪》《奔跑的木头》和中短篇小说集《太平有象》。作品多次被《新华文摘》《小说选刊》《小说月报》《思南文学选刊》《长江文艺·好小说》《读者》《作品与争鸣》等刊物转载。作品曾获第十届全国少数民族文学创作骏马奖，云南文学奖一等奖，“云南文化精品工程”奖，《小说选刊》年度奖，《民族文学》年度奖，青稞文学奖等多个奖项。

《全国少数民族文学创作骏马奖获奖作家作品精选集》

序 言

◎ 邱华栋（中国作家协会党组成员、副主席、书记处书记）

这是一套获得全国少数民族文学创作骏马奖（简称骏马奖）的作家作品精选集。骏马奖是由中国作家协会和国家民族事务委员会共同举办的，旨在奖励全国少数民族文学创作优秀成果的国家级最高奖项。骏马奖自1981年创立至今，已连续评选13届，对推动中国少数民族文学创作和提高优秀民族作家创作积极性产生了良好效果。这一奖项的设立，体现了党和国家的民族政策，体现了中华各民族的大团结，体现了各民族文学交流互补、共同繁荣的盛世气象，对中国的改革开放和祖国的统一发挥着积极的推动作用。

党的十八大以来，各民族作家在文学作品中自觉弘扬中华优秀传统文化，中华民族共同体意识显著增强，都在努力讲好中华民族共同体故事；继承和发扬爱国主义传统，自觉维护祖国统一、民族团结。许多作品展现了中国式现代化文明的新成果，全面、及时反映民族地区的发展变化以及中国式现代化的伟大成就，引发各族人民的共鸣、共情。

此次广西民族出版社推出的《全国少数民族文学创作骏马奖获奖作家作品精选集》，主要收录党的十八大以来，历届骏马奖获奖作家中的部分优秀作家所创作的作品，以此推动我国少数民族文化建设，增强各民族读者的“五个认同”，推动各族人民相互了解、相互尊重、相互包容、相互欣赏、相互学习、相互帮助，像石榴籽一样紧紧抱在一起。相信这些弘扬主旋律，有正能量、有感染力，能够温润心灵、启迪心智的文学作品以丛书的形式集中推出，能起到推动新时代民族文学融入现代传播格局，加强民族文学阵地建设的作用。

精选集包括了八位作家的中短篇小说集和一位作家的散文小说合集。这九位作家都是当代极具实力的创作者。他们分别是：满族作家于晓威、回族作家石舒清、藏族作家梅卓、仡佬族作家肖勤、回族作家马金莲、壮族作家陶丽群、蒙古族作家鲍尔吉·原野、布依族作家潘灵、壮族作家黄佩华。所收录的作品可以视为这些优秀作家近年来的代表作。这些作品各具特色，思想性和艺术性都比较突出。

有些作家的作品，呈现的是一种普遍的人类境况，或具有民族共同体成员的普遍性特征，深入人的心灵世界。如满族作家于晓威专注于对人性或人的命运与境遇的勘探，其《裙子的那种蓝》将两位人物的复杂内心与行为动机通过有意无意间的只言片语揭示出来，余音袅袅。《马桶》表面写的是男性和女性的不同思维方式，但背后是人和人的隔阂与疏离的现实，以及对沟通与爱的渴望，而深潜其中的忏悔、内疚与辩解纠缠在一起，呈现出心理的幽暗、隐微与内在冲突。《L形转弯》里对人物心理复杂性的描述，借助对真相抽丝剥茧的层层推进于峰回路转中完成，对那种爱恨交织的幽微精神世界的把握举重若轻。

回族作家石舒清对普通人、边缘人命运的关注，使其作品获得了一种超越一时一地的具体事件的普遍性意义。《淘书纪事》中，摆旧书摊的人是为了谋生获利，而淘书的人当时只是为了乐趣和喜欢，两种看似完全不同类型的人竟因书产生了一种不自觉的紧密联系。那些摆旧书摊的人，他们的命运，他们人生的意义，就这样与一位写书的作家关联到了一起，作家记录他们的行迹，也是为了映照自己的人生，从而形成了一种奇特的共生关系。而其《九案》选取九件旧案为题材，反映人生的各种乖张错谬，在那些看似离奇怪异、不易理解的人和事背后，几乎都有一个共同点在指引着读者对作品的理解，即事与愿违。《淘来的故事》及《慢光阴》的命意和叙事策略与《九案》相仿。如《记工分》一篇，本来似乎是一句道歉就能解决的小事，竟因当事人的固执与偏狭，导致了家破人亡的惨案。令人唏嘘之余，却也引人沉思，到底是哪些不可逆料的因素参与导演了悲剧。

现代教育与文化的普及，产生了一个重要结果，就是女性和男性一样，受教育程度和文化水平普遍得到提高，即使是在偏远的少数民族地区也不例外，所以涌现一批批少数民族女作家也就是顺理成章的事情。藏族作家梅卓的小说多以传统的安多地区为背景，既有融合历史、传说与现实的魔幻叙事作品，也有书写社会和时代巨变引发的人们思想意识和行为模式的剧烈变化的现实力作。《神授·魔岭记》将在藏族、蒙古族等少数民族间广泛流传的英雄史诗《格萨尔》中的英雄除魔故事，与藏族少年阿旺罗罗成为神授传唱艺人的历程交叉叙述，形成一个有机的双线（复线）结构，表现的其实是普遍的人类命运及人类理想。《在阿庆与多拉雪山之间》里，年轻一代接受了现代的文化教育，已经不再将传统的信仰视为神圣不可动摇之物，像才让甚至有可能是表面装着相信，其实却是借机敛财。作家虽然故意以模棱两可之辞制造悬念，才让的不辞而别显然已道破玄机，而他在外乡办学校的传闻，又使故事的含义变得暧昧与多重。

仡佬族作家肖勤的小说多以乡村、基层干部和群众的生活为题材，充满人世间的烟火气，同时常常以“曲终奏雅”来收束全篇。《你的名字》以人的名字与身份、命运的关系为切入点，在一种貌似戏谑的笔调背后，是对正道与人情的呼唤。《所有的星星都有秘密》写的是关于农村合作医疗资金被套取的故事，属于反腐题材，但作家没有停留在事件的表面，而是深入表现故事背后人物复杂的关系与内心。《丹砂》里的堂祖公为人驱魔却驱不了自己的魔，但他其实是个真正的好人，喜欢说“收了米油在手，不如存了丹砂在心”，免费教村里的孩子认字。当然，故事的核心是，有些秘密即使已经不是秘密，也还当其是秘密才能减少对人的伤害。

回族作家马金莲的作品多以底层弱者为关注对象，描写贫穷对人生活与生命态度的影响，特别是含辛茹苦的妇女形象让人印象深刻。《醉春烟》用多重视角来反映复杂的人际关系，姐姐和男孩的成长具有象征意味。中篇小说《日夜之间》设置了类似悬念又不能完全称之为悬念的叙事障碍，主人公赫莲如来到偏僻的乡下山野，为的是要“杀”自己的父亲——一个怪人。但在与父亲的相处中，她逐渐改变了自己的认识和态度。在大自然和人类自然情感的相互作用下，她开始与父亲和解，同时与自己和解。《暂借》里年近四旬的李小梅，吃自助火锅时偶然与一位男青年坐在一桌，最后误打误撞被别人当成了他的“女朋友”。善良的她没有揭破真相，有一些瞬间甚至感到无由来的幸福。小说通过一个意外事件将人内心的微妙复杂展现出来，构思精巧。

如果说马金莲笔下多以女性形象为主，壮族作家陶丽群则更加专注于对女性人物与命运的描述，有些篇章对人物心理的刻画非常深入。在《母亲的岛》里，岛是母亲走向经济独立、获得自我新生的空间。那个从异地嫁来的母亲，一直默默忍受丈夫和子女们的使唤，但有一天突然只身往孤岛去，自己开荒种地，养殖家禽。小说并没有交代她的动机，也没有指出结局，但非常明显的是，她想寻找属于自己的空间，而不愿再被当作丈夫和子女的附属品。《净脸》则是描绘人类对温暖的需要，莫老太给临终之人或逝者家属以安慰，而自己也从中获得某种解脱与宁静。几位女作家的写作，给读者的普遍印象就是细腻、幽微，甚至精致。

由于历史的原因，中国的少数民族普遍聚居于中国的边疆地区，对维护祖国的统一和领土的完整起着至关重要的作用，而其在生产方式和文化上既具有东方或中华民族的共同特征，也具有自身的独特性，展现出中华文化的丰富性和多样性。收入丛书的蒙古族作家鲍尔吉·原野的作品，既有散文，也有小说，主要以书写草原生活为主，视野开阔，气韵生动，而又情真意切，诚挚感人。《把干净的字排在一起》里写道，“鸟类、蚂蚁和月光都不需要说教，它们按着自己的轨迹轮回”，这可以说是对大自然最高的礼赞了。当然，我们的作家也没有天真到认为人类不会试图主导世间的一切。《草原上的小黄羊》里，善良的牧民收养受伤的小黄羊，因为没有报告有关部门而受到了批评，原因是不能“私自收养”。《跑步者》一篇，把一般人视为单调枯燥的跑步写得趣味盎然，但也涉及人的身体运用的复杂性，并不是简单地为健身和运动背书。

布依族作家潘灵的小说虽然也有边疆生活的背景，但每一篇都能自出机杼，别开生面。《太平有象》一语双关，将人民对美好生活的期盼写了出来。《奔跑的木头》通过两个各有残障的年轻人之间的故事，讲述历史变化与个人际遇的复杂纠葛，同时赋予人物性格一种复杂性。《被遗忘的戍者》读来令人唏嘘，那个“不知有汉，无论魏晋”的清代守边战士的形象让人难忘，相形之下，民国殖边队的几个人物反而有些面目模糊。小说最有意思的地方在于，守界者能活着并完成自己的使命，其实有赖于越界者。

壮族作家黄佩华的早期小说表现边远地区人们的生活与风俗习惯，如《远风俗》一篇就是代表，以一种古老的风俗“以弟为子”为出发点。他近期的小说以普遍性的题材为主，如《落叶》着眼于主人公的暮年生活，由其中风所引发的一系列情节，促使读者去思考如何养老这一现实问题。《乡村大厨》围绕着乡村创业展开，其背后是命运的转机问题。

总体来看，收入精选集中的作品题材丰富、风格多样，反映了新时代作家们的创作成果，是当代中国文学的重要收获。期待作家们创作出更多更优秀的作品，不负时代的重托，永攀文学的高峰。

是为序。

2024年7月7日星期日于北京

目　录

泥太阳

（节选）

节选自长篇小说《泥太阳》/ 获第十届中国少数民族文学创作骏马奖

·骚动的秋天·

秋天来了。

这是泥太阳村最为骚动的一个秋天，收获过后，这些原本种粮的土地，就要改为种植无公害蔬菜的菜地了。

金桂花开了，整个泥太阳村的土地上、空气中都弥漫着一种桂花的芳香。骑着自行车走在乡间小路上的秋叶，东社西社地忙开了。

她一方面给村民们上蔬菜种植的技术课，一方面没忘记做那些妇女的思想工作。在秋叶看来，要说服那些保守而顽固的男人，最有效的宣传和动员就是妇女的“枕头风”。

当然，也有“枕头风”吹不动的，村主任寸云海就是其中的一个，在改粮种菜的问题上，寸云海心里算是结上死疙瘩了。无论老婆如何苦口婆心，他都认为春芳是中秋叶的毒太深了。寸云海说，种蔬菜的风险太大了，如果市场不要，那泥太阳村还不翻了天？春芳说，不是召开过村民代表大会了吗？改粮种菜可是大会通过的。

寸云海说，这又不是选举，票数出来就不能更改了。

春芳听寸云海这么说，就说云海你别耍花花肠了，难道你要更改大会决定了的事不成？

寸云海说，我是想更改，但我一个人没那么大的本事。既然是以户入股的形式办公司，我翻过《公司法》，人家上面明确说了，入股办公司，要本着自愿原则，强制入股是违法的。

春芳说，谁强制了？

寸云海说，村民代表大会是以少数服从多数通过的改粮种菜，这不同意改粮种菜的虽说只有四成，不是多数，但人家想种粮，你开个会就硬要人家种菜，这难道不是强制是啥？

寸云海并没把这想法阴在心里，他去找老村长石宗义说了。老村长说，你是村主任，有想法不会摆到村委会的桌面上说？你这村主任，要利用好村委会这个平台，你没有声音，那就是别人的声音了。

寸云海就真的把村委通知齐了，在会上一股脑儿地和盘托出自己的想法了。寸云海的出尔反尔，让秋叶顿时目瞪口呆。

村委们分成了两派，争论得好不热闹。争论的结果，是寸云海占了上风，入股办蔬菜公司，本着自愿的原则。

会后秋叶就着急去找路江民，没想路江民却说出了这样的话，强扭的瓜不甜，自愿也好。

秋叶说，路指导，你搞错没有？这样还像什么基地，一片庄稼地，一片菜地，分割开后，管理不仅难度加大了，成本也增加了。

路江民说，秋叶，这不是没有办法的办法嘛。这产业结构的调整和改变，也是一种改革，改革岂能一蹴而就？心急吃不了热豆腐。如果今年种冬菜的农民尝到了甜头，来年春天，那些种粮的农户会自愿跑到公司来要求入股加盟。我在做新农村建设方面得出一个经验，只要东西好，早晚群众都会接受的。就拿“六改”来说，除改路，村庄里道路硬化上面拨的资金多一点，做起来比较顺利以外，这改电、改厕、改水、改厨、改厩，哪件没碰到阻力？有钱的农户，不想出钱的大有人在，软磨硬泡的也不乏其人。现在改了，群众方便了，在卫生顺畅的生活中感受到了实惠，那些过去啃不动的“硬骨头”，现在成天缠着我，要我帮他们说话，尽快实施“六改”，积极性超出了我的想象。

路江民的话说服了秋叶，秋叶不再心急火燎了。

看秋叶镇定自若起来，路江民又提醒到，今年种冬菜一点都马虎不得，技术服务村里一定要跟上，你今年种的可是广告菜、宣传菜，要砸了，那今后就全砸了。公司成立起来后，一定要引进现代管理，要规范化生产经营，要守信重诺，我们要做的不是传统意义上的菜贩子，我们要做订单农业。

秋叶说，现在村里妇女的积极性高涨，种菜是妇女们的拿手好戏。但男人们反应平淡，认为种菜的活细，耗在地上的时间多，没种粮单纯，所以积极性普遍较低。

路江民没想到在种植问题上还存在男女差异，心里有些暗自佩服秋叶在前期摸底调查上的工作做得精细，就笑道，秋叶，这女同志的心比男的是细，你看，我就没能看出这男女差异。你提醒了我，泥太阳村的劳动力今后要根据性别进行分工。现在我们开采出的火山石板已经引起市里建材部门的注意，被建筑公司和房地产商用到了高档住宅上了。原因是这火山石板有较好的吸水性和防滑性，板面上不规则的火山气泡眼，又符合了现代审美时尚。这石材加工厂要扩大，要做出规模效应来，就需要更多的男劳动力。今后，男人们进石材厂，女人们进蔬菜公司，劳动力就得到充分利用了。

秋叶点点头对路江民的思路表示赞同。但秋叶又说道，现在泥太阳村的劳动力主要是中年人，年轻人都去昆明打工了，要不要想办法杀杀这股打工潮？

路江民摇头表示不赞成，他说，秋叶，你想过没有，年轻人为啥都热衷去昆明打工？还不是因为在昆明打工赚得的收入比在泥太阳村要多嘛。如果我们发展好了，在泥太阳村做活计的收入超过了在昆明打工挣的钱，那些人就会像候鸟一样飞回来。打工是劳务输出，不仅不能制止，而且还要鼓励。泥太阳村的年轻人，趁着年轻，到大城市去干上几年，开阔一下眼界，不是什么坏事，大城市打工的经历，有助于他们回来后思想上活跃，行动上富有开拓精神，是他们弥足珍贵的精神财富。退一万步讲，你怎么阻止？怎么打杀这股打工浪潮？腿长在人家身上，还不是说走就走了。

秋叶走后不久，寸云海又找上门来。路江民一眼就看出来了寸云海心情不错，但寸云海嘴上却嚷着说自己烦心透了。路江民知道寸云海的烦心是装出来的，但路江民还是说，寸主任，有什么烦心事你就说吧。

寸云海说，群众对改粮种菜的决定有意见，都集中在我这里，我这做村主任的，不能无视群众的意见吧？就只好召开村委会，村委们讨论后，认为应本着自愿原则，我认为有道理，集中意见后就拍板通过了。想种菜的种菜，想继续种粮的种粮，体现的是民主嘛，但秋叶思想上不通，跟我闹意见，我知道她把状告到你这里了，所以来解释一下。

路江民笑了笑，给寸云海倒了一杯茶说，解释什么呀？自愿我也同意，农户有自愿选择的权利。但作为村干部，还是要把主要心思放在优化农业生产布局，加快推进农业产业化经营，转变农业增长方式，提高农业综合生产能力，使自己的村经济有大的实质的发展上来。寸主任，我认为泥太阳村建设无公害蔬菜生产基地，有着不可替代的优势，这个优势就是泥太阳村的土地无污染无农残，这是上几辈人留给泥太阳村的最有价值的财富。无公害蔬菜种植，就是要让前辈们留给我们的财富充分发挥其价值，让泥太阳村的农业成为优势农业。我知道群众要一下子接受这个道理很困难，思想上转这个弯有难度，这我理解。但寸主任，你作为一村之主任，却不接受这道理，转不过这个弯，我很是想不通。我甚至认为，我这个新农村的指导员，在做你的工作时，没做透做好，没有尽到一个指导员应尽的责任，心里很是自责。

路江民这一番话，直说得寸云海脸上红一阵白一阵了。寸云海来找路江民，本意是想提醒路江民，这泥太阳村不是你想怎样就能怎样的，其目的是炫耀自己开村委会推翻村民代表大会决定的收获，没想到却自取其辱，让他本来不错的心情，真的烦闷起来。他只得自寻退路，对路江民打起了哈哈，路指导，你是文化人，知识分子，你那一套一套的理论，把我寸云海弄迷糊了。我这人脑子笨，是有些转不过弯，你得耐心一点，给我点时间。

寸云海嘴上说给我点时间，心里却想，我只要拖下去，一年半载以后，你小子还不是就回市里面去了。

寸云海走后，路江民心情有些沉重，他坐在办公桌前点了一支烟，抽了两口后就掐灭在玻璃烟缸里。他知道这个叫寸云海的村主任，对付他的常规武器就是拖，使用的战术就是拖延战术。现在县里在新农村建设的试点基本完成“六改”后，又提出了下一步新农村建设试点的任务是实施新农村建设中的“六建”。县里提出的“六建”报到市里，得到了市委皇甫书记的高度重视，提出了“市县出一点，村上筹一点”的项目经费筹措原则，力争把“六建”工作尽早尽快完成。这建园（果园、菜园、花园、经济园）、建所（卫生所）、建室（文化活动室）、建校（村级完全小学）、建池

（水池、沼气池）、建家（家庭庭院建设）的“六建”工程，是新农村建设中直接给予村民实惠的惠民工程。是滇西市新农村建设试点检查考核的重要内容之一。在泥太阳村如何实施“六建”工程，路江民没少找过寸云海，但寸云海总是不热心、不积极，总是推、拖、延。特别是工程中需要村里自筹的这部分钱，寸云海干脆说无法筹措。他甚至在群众中发牢骚说，你上面要折腾咱农民，你把钱拨够嘛，留个缺口是啥意思？还不是想把我们口袋里那几个钱给挤出来。

路江民着急的是“六建”中的建校问题。泥太阳村小学那几间教室，已经是十足的危房，现在市教育局、县教育局拨的建校经费要建成一个村级完全小学，资金缺口至少有几十万元，路江民找寸云海，说我们再怎么样也不能苦了孩子，但寸云海说，这道理我知道，但路指导，你也不能逼了牯牛下崽呀？这村是一点钱都没有。

想到建校问题，路江民就有些坐不住了。

他起身就往办公室外走，准备去小学看一看。但走到半路就被一辆崭新的路虎越野车拦住了。

拦住路江民的路虎越野车是马天昊新买的，路江民知道这车售价不菲。路江民上大学时，对汽车有过浓厚兴趣，关于这路虎车的性能特点可以说是如数家珍。现在碰上了，就忍不住多看了两眼。就在这时，马天昊从车上跳了下来，亲热地喊，路同志，路同志。路江民应了一声，说，马总，又添新坐骑了。马天昊叹口气说，这人生没意思透了，听说这家伙不错，买辆玩玩散散心。

马天昊说的是心里的实话，但路江民怎么听都觉得这马天昊口气大，是显摆有钱人的财大气粗，心里就生出些反感来。正在他打算从马天昊站着的车的另一侧绕过去的时候，马天昊却小跑着向他走了过来。

路指导，如果你没有什么要紧事，我想找你聊聊天。

马天昊的话说得真诚，路江民从语气中能感觉出来，但路江民却有些犯难，他看着马天昊说，马总，我今天还真有事。上面为实施新农村建设的“六建”，给泥太阳村小学拨了建校经费，但要建完全小学，资金还有缺口，我正打算去工地看看，能否想出一点办法来。

马天昊问缺口有多大，路江民想了想，竖三个指头说，大约三十万。

马天昊听了这话就笑了。他说，路指导，真是一分钱难倒英雄汉。我还以为缺的是三百万，区区三十万，也让你这样有能耐的干部犯愁？路指导，工地你别去了，工地上生不出元宝来。这样行不行？你今晚跟我去县城，我请你吃晚饭，然后咱们找一个茶室酒吧的聊聊天，讲讲白话。我这两天心里结了好多疙瘩，如果你帮我解了，我出这三十万，不，五十万。如何？

路江民问，马总，此话当真？

马天昊拍拍胸脯说，杂种才骗人。

马天昊的越野车确实有着良好的越野性能，在泥太阳村到乡政府这段坑洼不平的土路上，显示出了强劲动力和良好的减震性能。但路江民还是在颠簸中碰了头，这让马天昊有些歉意。马天昊说，这路真是糟透了，车再好也不管用，路指导你可得委屈点，我知道你们知识分子，脑袋瓜比身子重要，没撞出问题吧？

路江民摸摸被车顶撞得生疼的头顶说，马总，我是担心把你的车顶撞通了。

马天昊就笑，说路指导，你还有股幽默劲嘞，不像一些干部，总是板一块脸，端着架子过日子，我看他们连我自己都替他们累。

路江民说，你别把干部妖魔化了。

马天昊说，我哪敢？要说心里话，这社会上，人们误解最深的，怕就算干部和老板了。人们只看见他们风光的一面，没见他们操心劳神的那一面。

路江民笑道，马总能这样看我们干部，实在难得，每种工作都有每种工作的难度，都不轻松。想来马总做老板，也不会是一帆风顺的。

马天昊感慨一声说，且只是做老板，连当丈夫和父亲，也是波波折折的。我今天找你就是想在你面前露点家丑。

路江民说，马总个人隐私的事，还是不说的好。

马天昊说，路指导，什么隐私，那是和尚头上的虱子，明摆着的事了。我先说说我那老婆，在我没挣钱那些年，对我是忠心耿耿，关怀备至。我欠了别人的钱，她把娘家送的翡翠手镯拿到翡翠商行里当了，换了钱给我还债。当时我在心里发誓，这辈子无论如何也要拿心去对人家，哪怕做大做强成了李嘉诚那样，也不能甩了人家，糟糠之妻嘛。后来我开矿山挣了钱，确实是巴心巴意对她的，要钻戒就买南非的，要翡翠就买全绿的，要用钱就扔给她一张上百万的牡丹卡，路指导，我算对得起她了吧？她爱搓麻将，一夜输四十多万，打电话让我送钱，我在银行取了钱，就马不停蹄送去，给她赔了钱，还让她别把输钱的事放心上。但她可好，跟小白脸打麻将眉来眼去，勾勾搭搭，打情骂俏，到后来跟小白脸上了床不说，还拿我的钱去养小白脸，你说让我咋办？跟她离吧，想到从前又心软，不离吧，这心里那尊严又受不了。我手下的兄弟给我出主意，花上几十万把那小白脸做掉，我当时又想，要是事情败露了，不掉脑袋也要坐班房。我的手下鼓励我养个小的，我也试着养一个，但这个女人更厉害，随时都想着如何套我的钱，我后来索性把她赶走了。

马天昊这番话，让路江民左右为难，同情不是，不同情也不是，路江民说，你的感情和婚姻之所以如此，看来还是钱多惹的祸。

马天昊听了路江民的话，踩一脚急刹，把路虎越野停在路中央说，路指导，算你说对了，这钱看来也不是好东西。你说老婆让我伤心也就罢了，儿子也让人寒心。我那孽子，生下来就没让他冷着饿着，就是我欠一屁股债那几年，买营养品给他从来都只买最好的。上学后，我让他先在县城上最好的小学，初中把他转到市里，给他上了晨光学校。晨光学校想来你知道，那是滇西市不折不扣的贵族学校，别说学费，光赞助费我就捐了一百万。但这孽子可好，不仅不好好念书，还和学校里的纨绔子弟们鬼混在一起，吸上了卡苦。卡苦路指导知道吧？就是用癞蛤蟆叶的筋跟大烟膏熬的毒品。你说这怎么得了！过去说贫寒出孝子，我不大信，现在我多少有些信了。我最信的是，富贵出败家子！你想想，路指导我这人生还有什么盼头？还有什么希望？我挣这些钱，原本想光光彩彩做人，没成想现在弄得这么灰头土脸，一点脸面都没有。有时我心一横想，没脸面就没脸面吧，但这心里却空得慌，有时开着车，我都想把它从高黎贡山开到怒江里去算了。

路江民心里现在是有些同情马天昊了。但他不明白为什么马天昊要选择自己作为倾诉对象。路江民想，这样的话他该跟朋友说去。于是，路江民苦笑一下说，马总，你给我说这些干什么？我一点都帮不了你。你心里的疙瘩我怕是解不开的，我从来没有你这样的体会，既没结婚，又没养子，更是腰包里没半点余钱。我知道你很痛苦，但那是大富后的痛苦。我唯一想说的是，你在对待钱的问题上，出了严重的错误。

我出了错误？

马天昊很不明白地摇了摇头。

表面上看，是你妻子的错误，是你孩子的错误，但要深究到本质，还是你的错。

路江民目视前方说。

马天昊叹了一口气，这声叹气里有着深深的遗憾，他说，这男子汉大丈夫不好做，没钱是错，有钱也是错。

路江民说，有钱并没什么错，错在对待钱和花钱上。你大把往你老婆身上花钱，助长她赌博，让她活在纸醉金迷里，你以为是爱她，事实上却害了她，在充裕的物质条件下，她的精神和心灵却经历着太多的贫困，出问题实属必然。你对你的儿子，就更不像话了，你让他活在金钱的温柔乡里，不知道艰难，不明白辛苦。他以为生活就是这样，不需要努力，不必要付出。这在你看来他幸福的人生里，其实充满了单调和乏味，寻找刺激成了他内心无法摆脱的欲望，所以他吸上了卡苦。

马天昊说，路指导，你的分析不无道理，但你说来说去，还是我错在了有钱上。

路江民纠正道，不是错在有钱，是错在对钱的态度上。一个有钱人，他不能把拥有的金钱全都看作是个人或一个家庭独享的资本。事实上，社会有责任帮助创业者通过创业获取更大的财富，使他成为一个有钱人。一个有钱人的价值，是他的金钱能够从自己口袋里和私人银行账户上通过某种途径又回到社会上去，让社会感到一种回报的温暖，只有这样，一个有钱人才会在心灵的充实中体会到贡献的幸福和意义，才会觉得人生如春风一样不再冰冷。

马天昊有些惊讶，他认为这路江民是痴人说梦，他狡猾地笑笑说，路指导，你是在设圈套让我往里钻，你的意思是要我乖乖把钱拿出来，去做慈善家。你以为我要是给那泥太阳村小学几十万，他们都会感激我，那些学生长大成人学有所成，都会对我感恩戴德是不是？路指导，你错了，他们要真读出来了，念了大学，见我还不照样说，马天昊是啥？十足的土老板。

路江民从马天昊的话里听出了马天昊对泥太阳村的漠然，他知道这种漠然必有原因。路江民说，你愿不愿捐款给泥太阳村小学，那是你个人的自由，我绝无诱骗你和强迫你的意思。你是泥太阳村人，而且是泥太阳村最有钱的人，对自己的家乡做点贡献是你的权利也是义务。我知道你走到今天不容易，其间泥太阳村人没少过风言冷语。但你千万别忘了，让你发财的将军岭，也是泥太阳村的山岭。这个村的土地是你的福地，你岂能对它冷漠。马总我直说了，泥太阳村正处在发展的紧要关口，我们大家正在努力把它建设成一个无公害的蔬菜生产基地，但我和全村人都遇到了一个现实的困难，一个制约我们发展的瓶颈，那就是脚下这条头疼的路。如果不修好这条路，运蔬菜的汽车要么进不来，要么进来得艰难。现在，我看到，这条路同样也制约着你矿山的发展，你的矿石运出去，哪辆重型卡车走得不艰难？所以，我想过多次寻求你的帮助，但我知道很难说服你，所以也就放弃了。

马天昊摇晃着脑袋说，路指导，天底下哪有这样的道理？他们想种菜卖，就要我来出钱修路，我天生是做冤大头的命？

路江民摆摆手说，马总，此言差矣！谁是冤大头？在修这条路上，谁都不是冤大头。况且，我们也不会让你白出钱，我是这样想的，你出钱，泥太阳村人出力，把这条路修好。这条路修好了，你矿山效益肯定提高，泥太阳村运输蔬菜的难题也迎刃而解了，这是一件两全其美的大好事嘛，按当下时髦的话说，就叫双赢。

马天昊想了想说，路指导，你让我好好想想。你说的话让我觉出了点道理。

见马天昊有动心的迹象，路江民不愿放弃这难得开导马天昊的机会，对他说，马总你是一个看重自己形象的人，这是你在泥太阳村人心目中树立良好形象的最佳时机。你要把这形象树起来了，谁也不会把你给扳倒了，事实上也扳不倒。这种树在心中的形象，才是最长久的雕像。

马天昊听了路江民的话又点火启动了他的路虎越野车。他开着车走了一段后，突然伸出右手重重地在路江民肩上拍了一巴掌，这巴掌拍得路江民一阵生疼，但随即他就听到了马天昊爽爽朗朗的笑声了。

马天昊说，路指导，你别说，就你今天这番话，说得我心里快活起来了。

路江民虽然肩还在疼，但心里却泛起一阵欣喜来，他说，马总你要真像我说的那样做了，你会更快活的。

马天昊突然踩了刹车，他把车停住，朝路江民伸出弯曲着的小指头来说，路指导，就照你说的办，我们拉钩吧。

路江民的小指头，就跟马天昊的小指头勾在一起了。路江民怎么也没想到，这令他万分头疼的学校修建和乡村公路扩建的问题，会以这样一种充满孩子气的方式给解决了。

秋叶在地里指导群众培育冬菜的菜苗，就听到寸云海的老婆春芳喊她。她在秋阳亮丽的光线中抬起头来，就见丰丰满满的春芳嫂子，穿得像夏天的玉米那样鲜艳地站在埂上要她过去。秋叶向正在育苗的群众交代几句，就过去见春芳了。

秋叶看一身鲜艳的春芳说，嫂子，你这身打扮，我还以为是哪家的新媳妇嘞。

春芳捏着胖胖的拳头，佯装生气地在秋叶肩上捶了一下说，秋叶你成心骂嫂子呀？我们这年纪要不穿得光鲜点，不就成黄菜叶子了。

秋叶和春芳说笑一阵后，就问春芳，嫂子你找我有啥事？

春芳犹豫一下问秋叶，这种菜真的比种粮划算？

秋叶点点头说，嫂子，这菜地管理好了，一亩地的菜收入比两亩田的稻赚的钱还多。

春芳哦了一声，心情沉重起来，她连招呼都没打就走了。秋叶看着扭着一个肥硕的屁股疾步走远了的春芳，不明白她心中又装上了什么事。

寸云海从村上回到家，见厨房里冷冷清清的，就站在院子里问在檐坎上正玩玻璃珠的儿子，你妈呢？这么晚了还不做饭？

儿子头也不抬地说，妈在屋里睡觉呢。

儿子的话音未落，春芳在床上高声道，寸云海，你好稀奇，我是你的厨子？没饭吃不会自己做？你难道连病都不准我生？

听着老婆中气十足的声音，寸云海说，春芳，说话大声八气的，害啥子病？我看你八成是有心病嘞。

春芳咳了一声，清清嗓子说，寸云海，你说对了，姑奶奶就是心里生病，咋啦？

寸云海叹口气说，谁得罪你了，让你心里不好受？你这婆娘日怪得很，无缘无故地发啥神经？

春芳听寸云海这样说她，就一轱辘从床上滑下来了。她趿一双拖鞋，冲到门边，就叉了腰问寸云海，寸云海我发神经？我看你才发神经。村上号召种植无公害蔬菜，你这当村主任的为啥不种？还成心拖后腿，你还有点村主任的模样没有？

寸云海板着脸说，我还以为是啥球事，原来是为这跟我闹别扭。种蔬菜是自愿加入，我不情愿，我种小麦不成？这泥太阳村，冬天这一季，祖宗八辈不都种冬麦？

春芳问寸云海，你啥时成孝子了，搬出祖宗吓唬人，祖宗咋啦？祖宗能让你收入翻倍？

寸云海不明白春芳这话是啥意思，就问，什么收入翻倍？

春芳说，人家秋叶给我讲的，种无公害蔬菜，一季下来，收入比种粮要翻倍。

嘿，寸云海哼了一声说，你别听秋叶瞎说，收入翻倍，咋算的？还是你亲眼见的？春芳，你别头发长见识短了，要真能翻倍，咋个前些年不种菜，要种粮。你没见那桃源村种萝卜，种得那年要不是我泥太阳村发善心，周济他们，他们还不去喝西北风？为那事，乡长连命都丢了吧？

寸云海的话还真吓住了春芳，春芳不再跟寸云海理论。她一边系围腰一边说，寸云海，你听好了，要是明年开春真像秋叶说的，看我咋找你算账！

寸云海嬉笑道，春芳你就等着做梦吧。

老村长石宗义在这个问题上的看法跟寸云海惊人一致，但石宗义在这个问题上表现得比寸云海还要坚决，还要霸道。他自己不愿意种无公害蔬菜，连两个儿子家也不准种。大儿子一门心思忙他的茶花栽培，种粮种菜无所谓。小儿子不同，他就是想种菜，为决断是种粮还是种菜，他还一个人去县城的蔬菜市场调查了一番。他认真估算后，认为种菜是比种粮划算多了，回家来就执意要种菜。这小儿子的媳妇本来就跟秋叶要好，平时没少听秋叶的宣传，态度更明朗和积极，举双手赞成种植无公害蔬菜。

但这小两口为如何绕过父亲石宗义这一关而犯了难。原因是实行土地承包责任制的时候，小儿子还没有另立门户，土地是划在石宗义名下的，土地承包合同还捏在老父亲石宗义手上，拿不出土地承包合同，就不能在村上的蔬菜公司入股，这可难坏了小两口。小两口为这事急得像热锅上的蚂蚁。但急过一阵后，便明白光急不管用。夜里小两口躺床上一合计，媳妇就给丈夫支了一招说，那合同你不会把它偷出来？

心领神会的丈夫自然言听计从，第二天一早就轻车熟路地把土地承包合同偷到了手，拿到后就让媳妇火速交给了秋叶。

秋叶看合同上写着石宗义的名字，先是惊讶了一阵，继而就有些佩服老村长的明智之举了。她兴奋得从地边跨上自行车就去村上找路江民。路江民觉得这事有些蹊跷。路江民说，秋叶，老村长那样一根筋的人，咋会转变得如此快？

秋叶说，老村长心里会一杆秤都没有？他不会计算，他儿子媳妇还不会？

路江民说，老村长这样做，我们应该欢迎，这是支持我们的工作哩。

但路江民和秋叶都估计错了。还没等他们的高兴劲过去，老村长就拄着拐杖找到村上来了，见了寸云海就直摇头叹息说，寸主任，家门不幸，家门不幸！我家里出贼了，把我的土地承包合同偷了。

寸云海说，老村长历来教子有方，咋会出这样的事？

老村长说，还不是你们那秋叶姑娘嘴皮子厉害，把我小儿媳给蒙蔽了。我那小儿子又是个耙耳朵，专听媳妇的话，干起梁上君子的勾当了。

寸云海问，老村长，你别着急，那合同在哪里？

老村长喘了喘气说，还会在哪里，秋叶姑娘手上呗，现在我老家伙可是被她捏着七寸了。

寸云海走过去，手扶着老村长的肩说，不着急不着急，我带你去秋叶那儿把合同要回来。

老村长上门来要合同，秋叶不给。老村长就说，那合同上写的可是我石宗义的名字，我要我的合同，你咋不给？

秋叶说，你小儿子和小儿媳妇想入股，这土地合同上承包的土地，也有他们一份。

路江民见两人争执起来，就上前说，秋叶，别耍孩子气，这入股办公司，必须自愿。老村长既然不同意，你就该把合同还他老人家。

就在秋叶极不情愿地把合同递到老村长手上的时候，老村长的小儿子赶来了。老村长一见小儿子，嘴里骂一声小石头你这狗日的，挥了拐杖就要打。但他这小儿子毫无畏惧地说，爹，你想咋打我都可以，但你得跟我去找乡政府重新签合同，我要我那份土地的承包权。

石宗义老村长的手杖停在了半空中，他厉声道，你敢？但他的小儿子显然不怕他的威胁，镇定地说，我咋不敢？你让这些干部评评理，我要我土地的承包权，有啥错？

石宗义见说不过小儿子，就要起横来了。他拿手上的承包合同在儿子眼前晃晃说，你想要咋啦？老子不给你！

小儿子严肃地说，你不给我，我就到法院去告你！

小儿子的话彻底激怒了老子。石宗义挥舞起手里的拐杖，劈头就打了下去。路江民慌忙上前，把石宗义又挥舞起的拐杖抢了过来。

这一拐杖下手太狠了，把小儿子的头打破了。殷殷鲜血，像小溪一样从小儿子的头上流了下来。小儿子往额头上抹下一把血，用狼一样凶狠的目光看了一眼自己的老子说，石宗义，我们法庭上见！

小儿子扔下这句话，转身大步走了。

家门……石宗义嘴里还没说出不幸二字，人就昏厥过去了。

三天后，石宗义真的收到了乡法庭的传单。他说什么也没有想到会跟儿子对簿公堂。他看着那份传单，浑身颤抖一阵，两行眼泪就从眼里流下来了。他像一个婴儿一样扑在出来安慰他的老伴怀里，用哭腔问——

孩子他妈，我活了六七十年，咋活着活着就活成被告了呢？

老伴瘪着嘴，无话，只能用眼泪安慰他。

院子里，秋风，紧一阵，慢一阵。

老伴仰头看看天，突然冒了一句话——孩子他爹，过两天就中秋了。

两天后，石宗义经历了他人生中最冷清最凄楚的一个中秋节。下午的时候，大儿子带着大儿媳妇和孙子过来，但刚进院门就被他骂回去了。小儿子和小儿媳妇纯粹连影子都没出现过。夜晚的时候，老伴从屋里端出月饼、栗子、核桃和水果，在院子里的八仙桌上摆了满满一桌，又从屋里搬出了太师椅。石宗义皱了眉板了脸往太师椅上坐了一阵，仰头看了一下天上的月亮。那轮满月在石宗义眼里，怎么看怎么不圆。一气之下，他把桌上的东西全都推散落在院坝里了。

他反剪了手，自顾进屋去，一拉被子，蒙头睡了。

在法庭的工作人员和路江民的斡旋和调解下，父子对簿公堂的尴尬事，终究没有上演。小儿子如愿以偿，把属于自己的土地承包权从父亲名下剥离出来了。

小儿子拿到了崭新的承包书，又让媳妇给秋叶送去了。

泥太阳村的秋天，明晃晃的秋阳，照得人眼睛生疼。石宗义叹口气对老伴说，我他娘的真的老啦！

·被叮了一口·

泥太阳无公害蔬菜开发有限公司成立那天简直就是一个隆重的节日。鼓乐喧天，爆竹轰鸣的景象胜过了春节。泥太阳村二社的群众还组织了一个舞龙队，在村委会门前新修的晒场上耍开了。

马天昊听说泥太阳村成立了蔬菜公司，就带着矿山的一群人特地赶来贺喜。马天昊显然为祝贺费了一番心思，他专门从县城请来了赫赫有名的极边舞狮队。这马天昊的舞狮队与泥太阳村的舞龙队在晒场上一碰面，好戏就开始了。龙狮相争各显其技的场面精彩纷呈，连老村长石宗义都感叹好些年没看见如此热闹非凡的场面了。

新当选的蔬菜公司的总经理秋叶，穿了一套庄重的职业女装，略施粉黛的她看上去不仅光彩照人，而且大方典雅。连马天昊见了秋叶都半开玩笑半当真地说，秋总，你这样子才是真正的老总，我们被你这一比，都成土老帽儿了。

秋叶笑了笑说，马总成心取笑我不是？我们这公司是小公司，哪能跟你矿业公司比，我们不过是卖点青白小菜，哪能像你那样财大气粗。今后公司要周济不开时，马总你可别袖手旁观，站一旁看我秋叶的笑话，马总，你可得到时伸伸手，帮帮忙。

马天昊自知说不过秋叶，就点头说，一定，一定。

路江民这时也走了过来，他拍了拍马天昊的肩膀说，泥太阳村女人的嘴比鸭嘴还硬，你也敢招惹？现在吃亏了吧？

马天昊抬头一看是路江民，就笑了起来。他笑了一阵，就眯着眼上下打量起路江民来。

路江民今天穿了身藏青色西装，还系了领带。这是路江民来泥太阳村后第一次穿得如此正式。平时路江民都穿牛仔裤、T恤衫或休闲服。路江民想，今天既然是蔬菜公司挂牌典礼，自己又是嘉宾，该穿得正式一点，就把压在箱子里的西装翻出来了。

马天昊说，路指导，你穿这一身，帅呆了，活脱脱一个新姑爷嘞。

马天昊这句玩笑弄了路江民一个大红脸，路江民说，马总你拿我寻开心，这没新娘的新姑爷，你来当好了。

马天昊一听这话就哈哈笑了，他伸手拍了拍路江民的肩膀又指指秋叶说，新娘，这不是现成的吗？

这下轮到秋叶成大红脸了。羞怯难当的她，跺了跺脚说，马总，你那张狗嘴里，咋就吐不出象牙来呢？

马天昊认真地说，你俩在我看来倒是天造地设的一对。

路江民说，马总，别一点正经都没有。今天泥太阳蔬菜公司挂牌，这在泥太阳村历史上，是开天辟地的大事，这是泥太阳村人的公司，也是泥太阳村人的第一个公司，你马总这次作为企业界的代表，你是要讲话的哦。

马天昊在衣服口袋里摸出一个信封来说，我这人未卜先知，知道你会将我一军。不瞒你说，为此我专门去了县城一趟，花了几百元，让十二街那专修文书的贾大爹，给我写了个讲话稿，你瞅瞅看，文笔好得很嘞。

路江民接过一看，忍不住扑哧一声笑了。

马天昊问，路指导，你笑什么呢？

路江民说，我笑这发言稿，咋写得夫子味十足呢，上来就是子曰。

马天昊说，路指导，你说什么，子曰？那不是子日吗？

路江民听马天昊这一说，笑得差点蹲地上了。他笑一阵站起来，把发言稿还给了马天昊说，马总你就别用这发言稿了，这上面的话，你八成没弄懂，泥太阳村的人八成也听不懂。你就上台去用嘴说好了，肯定比念这发言稿强。

马天昊说，路指导你这是赶鸭子上架，我马天昊向来嘴笨，一上台就哑火了。面对那么多乡亲，你让我说啥子？

路江民说，就说那些掏心窝子的话。

这时老村长石宗义蹭了过来，他看着龙腾狮舞的热闹场面，对路江民说，路指导，这泥太阳村确实有些新气象了！

路江民说，这话我可得转告给村委会，能得到老村长如此赏识，我和村干部们心里自豪着哩。

老村长摆了摆手说，我这老骨头，不值得你们如此重视。过去，我管得宽了点，对年轻人不放心，生怕他们把泥太阳村搞乱了。现在看来，年轻人比我们老骨头，脑筋好使得多，本领也大多了。看看今天这场面，我知道我小儿子就是跟老子对簿公堂也要入股是缘何了。路指导，我错过今冬，明春我不想再错过了，我也要入股到公司里来。

路江民拍了拍巴掌说，欢迎欢迎。有老村长的支持，蔬菜公司会越办越红火的。老村长，不瞒你说，我和秋叶多次商量过，这泥太阳蔬菜公司，要真办好了，我们想给像你一样的老人们，都买一份医疗保险，给泥太阳村入股的群众，都买养老保险。今后，我们不仅要修小学，还要建幼儿园、办养老院。让泥太阳村人的日子，越过越巴适，越过越板扎！

就在路江民说话的时候，刘一山带着他的洞经古乐团赶来了。老村长看见操持了各种响器的古乐团，就冲刘一山招招手说，刘团长，你等等我，今天，我老头子想吼上两嗓子。

刘一山笑道，老村长，哪来那么好的兴致？

石宗义摇头晃脑说，我心里高兴，你刘团长不会嫌弃我这老嗓子吧？

刘一山笑笑说，岂敢，岂敢。

欢乐，就这样弥漫了泥太阳村。

蔬菜公司成立起来后，需要招一批年轻人到市里去学习包装。路江民跟市里超市的经理联系后，超市经理答应免费为泥太阳村培训包装工。蔬菜公司在泥太阳村各社贴了招工广告，许多村民看了广告都不理解，说蔬菜咋也要包装，从地里割了拔了往车上一放不就得了。但村民们议论归议论，家里有年轻人的还是积极报了名，一时间，泥太阳蔬菜公司门口好不热闹。秋叶总经理见这阵势，就决定考试择优录取。

考试卷子是秋叶找路江民一起出的题，阅卷人也是他俩。在批阅试卷的时候，秋叶发现了文富家翠翠的名字，翠翠的试卷答得不错，在所有卷子中名列前十没有问题。如果择优录取，翠翠肯定榜上有名。要不要录翠翠，对于秋叶来说是个严峻的问题，一个蔬菜公司里，有一名艾滋病患者，这会不会影响企业的形象？不录当然省事，但翠翠刚在心中燃起的一点希望之光，肯定会因此黯淡下去。秋叶只好征求路江民的意见。路江民想都没想就说，录！

秋叶说，路指导，你答得轻巧哦，录她？她可是艾滋病患者呀！

路江民严肃地问秋叶，谁说艾滋病患者没有工作的权利？

秋叶说，谁说艾滋病患者没工作的权利了？我只是想，像翠翠这样的艾滋病患者，进了公司，会不会影响企业的形象？再说了，这蔬菜可是食品，搞食品包装的人，是要通过严格体检的。

路江民认真听了秋叶的话后说，艾滋病的传播途径中，没有食物传播一说。一个艾滋病人包装的食品，顾客吃了是不会感染上艾滋病的。这说明艾滋病患者做食品包装是安全的，那我们就没有理由不录翠翠。至于公司的形象，我认为不仅没有负面影响，而且还会有正面的意义。如果我们泥太阳村的公司都不管翠翠，那社会关心艾滋病人，还不等于是空话？

秋叶犹豫一阵后，把翠翠的名字填到了录取名单里。

路江民这段时间一直为蔬菜公司的事忙碌，路江民心里比谁都清楚，这种植蔬菜，不光要种出品质优良的蔬菜，而且还要找到市场。虽然在滇西市里，超市对购买泥太阳村的蔬菜表现积极，但仅靠一个滇西市的市场，不仅无公害蔬菜的价格提升不起来，而且市场的容纳力也太有限。路江民想把市场一步就做到省城去。但联系省城的几家超市反应都很平淡，都共同担心一个保鲜的问题。泥太阳村地处边陲，蔬菜的长途运输，不仅成本加大，而且保鲜是一个现实难题。

就在路江民为开辟蔬菜市场穷尽心机之际，石材厂又出了问题。

泥太阳村的火山石材被开发出来后，颇受建筑行业的青睐，订单一时间多了起来。购货商因急于要货，都纷纷要求在合同上写明供货期限。为了保证诚信，路江民叮嘱石材厂厂长，订合同时一定要守信重诺，量力而行，特别是对一些老客户，更要严格遵守合同约定。

滇西市的合力房地产开发公司，是第一家在庭院建筑中采用泥太阳村火山石的公司。这家公司新近在滇西市开发了一批高档住宅，急需一批火山石材，几个月前他们找到石材厂厂长，订了份供货合同。但到了供货期限，开采加工的石材竟然不到合同要求的一半。这可急坏了房地产公司，他们专门派人来催促了几次，但石材厂的产量依旧离合同要求的数量相去甚远。情急之下，他们提出了按合同索赔的请求，并扬言要将石材厂告上法庭。

听说这个消息后，石材厂的张厂长慌了，他跑来找路江民。路江民也觉得问题严重，就责备张厂长，说你想一口吃成个胖子。张厂长说他在订合同时心里算过是能保证供货的，但没想被一些人情给害了。

路江民问，什么人情那么重要?

张厂长说，村里的人看这火山石材修坟好，就拿这石材来修坟刻碑，一时间，大家一窝蜂修坟，因为磨不开面子，就只好先为村民们提供修坟的火山石材，没想就误了合同。

路江民不知张厂长说的话是真是假，就在张厂长离开后，他去泥太阳村的后山转了一圈，这后山是泥太阳村的坟地，多少代人死后都埋在这里。有村民戏称这是阴间的又一个泥太阳村。

山坡上衰草密布，深秋的风像受惊的兔子，一蹿老远。阳光亮丽得有些空洞，让原本阴森的坟地显现出一种温暖静默，那些坟墓的气派和豪华让路江民既意外又惊讶。路江民走近一座坟墓，见高耸的墓碑上刻着逝者的名字，四周刻有花纹，雕刻工艺虽显匠气，却也精细。墓碑是深灰色的火山石材，连围坟茔的石板也是火山石材。这墓显然是翻修的，从碑铭上看，逝者死于二十世纪三十年代，距今已有七十余年，碑铭上刻满了儿孙甚至曾孙辈的名字。路江民想，建这么气派的坟墓，少说也得花几万元。在泥太阳村，几万元可不是小数目。

路江民往坟山里走，走一段就碰上了翻修祖坟的人。一群人正在忙着给老坟砌石砖，一个人正站在爆竹碎屑密布的地上指指点点，路江民看清楚了，那指指点点的人是王二。路江民就凑了过去。王二一见路江民，就说，路指导，你在这坟山里走，当心别人把你当成鬼。路江民知道王二在说气话，他被派出所拘留后，心中一直憋了口气。路江民自然不会跟王二计较，就笑了说，王二，在什么地方发财了，修起祖坟来啦？

王二说，发什么财？天被你们这些干部撑着，翻都翻不过来。要翻过来了，我还能分点马天昊的浮财。我这是没有办法，风水先生说了，我祖坟的朝向错了，净交狗屎运。要发达就要把朝南的坟头移个方向，朝东，这样就会紫气东来，大富大贵了。要不，不仅受穷，而且还会有牢狱之灾。

路江民听了这话笑了说，王二，我以为你是尽孝道，没想你迷信嘞。那风水先生的话你能听？他说大富大贵就大富大贵了？要富贵，得靠勤劳、靠发奋，靠搬祖宗坟头，没门。

王二说，路指导，你是干部，反正站着说话不腰疼，勤劳？勤劳管屁用，在我们泥太阳村，勤劳只能饱肚子。那马天昊，当年是泥太阳村有名的懒汉，但人家祖坟埋得好，在将军岭一锄头下去，挖着矿了，就发达了。人家风水先生看过，马天昊家祖坟埋的地方，就像一锭银子的样子。风水先生在马天昊家祖坟前拿罗盘一试，那罗盘转得呼呼的。风水先生说了，祖坟要埋到这么好的地方，不想发财都不行。

这时一个正在砌坟的村民停下手中活计，搓着一双泥手走过来，他提起放在地上的茶壶咕咕喝一气，就憨憨地咧嘴，冲路江民笑。路江民看着阳光照着他的满口黄牙，就想起了刚收获不久的玉米了。他对路江民说，路指导，这儿孙的福分，得祖宗护着。这祖坟埋好了，不仅埋出富翁，还能埋出皇帝、将军来。你们搞新农村建设，只兴修学校、修房屋、修路，你们总以为这样泥太阳村就会变样，不成！老祖宗在阴间不帮衬你，照样白搭。你们政府家要真有钱，拨点来给我们修祖坟，包你农村变个样。

这村民的话让路江民又好气又好笑。路江民看他说得认真的样子，知道他并非调侃。他不想再跟他理论，事实上，路江民知道他也无力说服他。迷信的力量是强大的，特别是当迷信左右了愚昧的时候，这力量就显得更加强大了。

路江民继续往前走，身旁都是火山石材砌成的坟墓，墓碑上都刻着挽联，都雕刻有龙虎等驱邪的图案，有的甚至还在墓前雕了威武的石狮。泥太阳村的文化，都集中在这座坟山上来了。泥太阳村人对祖坟的重视，超出了路江民的想象。

路江民走出一段，又碰见了一群人。他们也是修祖坟的，在修葺一新的祖坟前，老老少少正在跪拜。在坟前，烛台被风吹灭了，而木香却依然燃着，丝丝缕缕地升起来，升到坟头位置就随风飘散了。路江民走近一看，是村主任寸云海正在领着亲人跪拜。

寸云海见来人是路江民，就从地上站起身来，拍打了一下膝盖处的灰尘就慌忙往口袋里掏烟。

路江民摆了摆手，表明自己此时不想抽烟。路江民说，寸主任，你这祖坟修得气派嘞。

寸云海说，路指导，你是没见到气派的，跟老村长家比，我们这祖坟就显寒碜了。我们不过是这几年日子好过点，手头有几个闲钱，就拿来孝敬老祖宗了。

路江民说，寸主任，这泥太阳村人修祖坟热情很高嘞。

寸云海说，这是我们泥太阳村的风俗，祖坟的好坏，关系着活着的儿孙后代。祖坟埋得好，人丁就旺，家境就殷实，前程也亮堂；祖坟埋不好，祸事连连，家境窘迫，日子自然也过得惨淡，人丁不兴，牛马都难养。你想祖坟那么重要，当然人们也肯在上面花钱花心思。这日子过得好的为感谢祖上恩德，想把墓越修越好；这日子过得马虎的希望修了祖坟，得到祖宗庇护，翻身发达。路同志，你想想，这好过的不好过的都修墓，当然热情高啦。不瞒你说，前些年我也不信这一套，但有一天我们家来了一个看风水的先生，硬说要看我家祖坟，我就带他来看了。他看后，说我家祖坟埋得好，我日后定会发达。我当时并不在意，但第二年村上选举，我就被选成村主任了。

路江民说，寸主任，那跟祖坟有什么关系？群众信任你，才选你当村主任。这份感激，你该记在群众头上。

寸云海被路江民说得有些不好意思，他尴尬地笑了笑说，路指导，我们农村人兴这套，你别看不惯，这祖坟修漂亮点，不碍什么事嘛。

路江民说，寸主任，不碍事？我告诉你，这修祖坟，还真碍事嘞。我倒是觉得，村干部该带头灭灭这股不良风气。再说了，把老祖宗的坟翻来倒去，在九泉之下他们也难安宁嘛。

寸云海听路江民这么说，脸上也不高兴起来了。他说，路指导，你管天管地都行，怎么管到人家的祖坟上来了？你这样会犯众怒的。我就不明白，村民们自发地修修祖坟，碍谁了？

路江民用手指了指山下的石材厂说，寸主任，因村民们大修祖坟，占了石材厂的大量石材，让石材厂无法按时向自己的老客户合力地产公司交货，犯了违约责任，人家差不多要把起诉书递到法院了。

寸云海不解地说，有这样的事？

路江民说，你去石材厂见了张厂长就知道了，他都愁得眉毛胡子挤在一块儿了。

太阳渐渐地从西山上隐下去，天边升起一串火烧云来。山坡上的风吹得更急了，先前还感到秋老虎热得厉害的路江民，顿时觉得这山风有些硬了，一股寒意掠过他的身子，走在他身后的寸云海说，毕竟是深秋了，你这身穿着单薄了。你这要风度不要温度的城里人做派，会犯病的。

寸云海随意的一句话，没想就言中了。路江民晚上回到住处，就喷嚏不断，接着就发起了高烧。路江民以为是一般的伤风感冒，就早早地脱衣上床睡了。还好，路江民睡下不久，李小四来找路江民了。李小四找路江民，是因为从乡上到村里的公路修好后，他赶马驮不到生意，想让路江民帮忙说句话，去石材厂找活做。

李小四敲开路江民的门，见路江民脸红得像一个熟透的苹果，就笑说，路指导，你睡觉还抹胭脂呀？路江民说，小四我头昏得厉害。李小四就用手摸路江民的额头，刚触到额头他就叫起来，路同志，你咋像一截点着了的木炭呢？

李小四赶忙搀扶了路江民往村卫生所去。一路上，路江民都觉得冷，哆嗦个不停。李小四说，路指导，你怕是被疟蚊咬着了。路江民说，我白日里在坟地里，背上像被什么蜇过一下，当时没在意。李小四就撩起路江民的衣服，见他背上有一红肿的疱，就说，路指导，肯定是疟蚊无疑。

村上的卫生所相当简陋，几个人正围在一起搓麻将。见李小四扶了路江民进来，一个清瘦得像根竹篙一样的男人从麻将桌前站起来，手也不洗就去找注射的针筒。李小四说，廖医生，这可是路指导，你别给他注射过期的针水。廖医生一边往注射器上上着针头一边说，李小四，我老廖还用得着你提醒，我虽然不会看麻衣相，难道还不晓得城里人的命金贵？

廖医生给路江民打了一针退烧针，就又回到麻将桌前了，他一边码牌一边叮嘱被李小四搀扶着的路江民说，我这儿只有退烧药，路指导，你就凑合着点，明儿我再去乡卫生院给你拿点治疟疾的特效药。被这疟蚊咬着，没三五天工夫，是好不了的。

这疟蚊确实厉害，被李小四搀扶回到住处的路江民，躺在床上，冷一阵热一阵，就像一部筛糠的机器，抖动不停。好在有李小四守着时不时为路江民喂点热水，拽拽被子。要不一整夜路江民不知怎么才熬得过来。

路江民病了的消息传得比秋风还快。但消息传到村民耳朵里却变了形。传播消息的人说，路江民昨天去坟山撞了鬼。还有人散布别有用心的谣言，说路江民不准泥太阳村的村民用火山石材修祖墓，得罪了泥太阳村人的祖宗，所以犯下大病了。

不知是哪位好事者，把巫师给请来了。那打扮怪异行为荒诞的巫师，在前往路江民住的观音庙的路上，走的几乎都是舞步。在巫师的后面，是两个壮硕的年轻人，他们一人提一面破锣，用力敲出的声音，吸引了许多看热闹的村民。他们于是就蜜蜂一样往观音庙聚集，一会儿工夫，就把观音庙本来不太宽敞的院子围了个水泄不通。

巫师在路江民住的屋前做起了法事，他时而舞蹈，时而大叫。他夸张的舞蹈和难听的叫声更像一出滑稽戏的表演。原本安静的观音庙此时变得嘈杂喧嚣。昏昏沉沉的路江民不知发生了什么事，想挣扎着从床上起来看个究竟，但被李小四按住了。李小四说，路指导，你身子虚弱，不要乱动。巫师以为你撞着鬼了，在给你做法事。

路江民说，什么撞着鬼了？我分明是被疟蚊咬了，得了疟疾。小四你别管我，出去给他们说清楚，别让他们在那乱弹琴，这分明是扯淡嘛。

李小四刚要出门去，锣声又敲响了，路江民听到了巫师的声音，巫师的声音听起来像是老鸹的叫声。巫师说，泥太阳村人的列祖列宗，你原谅这个姓路的城里人吧，他年轻无知，他不懂孝道，冒犯了你们，他已经知错了，心中忏悔不已，你们就把放出来的大鬼小鬼，都招回去吧，要不我可要把那大鬼小鬼统统杀死了。

路江民听了巫师这番胡言乱语，是可忍，孰不可忍！他吃力地从床上挣扎起来，披衣走出屋子来。正在舞蹈的巫师，一时间僵住了。

路江民问，刚才谁说我冒犯了泥太阳村人的列祖列宗？

巫师说，你反对泥太阳村的后人为列祖列宗修墓，难道不是冒犯他们吗？

路江民有些站立不稳，他摇晃了一下用手扶着门边说，我是反对活人不好好地建设自己的家园，却花大量的精力和钱财去修死人的墓。如果泥太阳村的列祖列宗在天有灵，他们也会反对他们的后人这么做的。我们新建起来的火山石材厂，刚刚打开销路，产品刚得到市场认可，原本想顺顺当当地做下去，春节时让泥太阳村的家家户户能分个千儿八百块钱的，过一个宽裕的年。但现在可好，大量加工好的石材被村民用去修坟修墓了，客户的货供不了，人家就要把我们石材厂告上法庭了，要真是这样，今年别说给大家过年钱，不欠债不亏本就不错了。泥太阳村那么多劳动力辛苦大半年，可不白辛苦了？我想，我们泥太阳村人都是孝子。但大家知不知道，对先人最大的孝道就是我们活着的人日子过得比从前好，好得让地下的先人们放心，高兴。巫师，你说我说得对吗？

病中的路江民说得吃力，声音有些发颤，但他的话却是有分量的，巫师一时间被问住了，半天搭不上腔来。

李小四见路江民站得有些吃力，就上前来扶他，路江民谢绝了，他要李小四到他屋子里搬个凳子出来。李小四搬来凳子，路江民在门前往凳子上一坐说，巫师，你刚才不是说列祖列宗要不收回那些大鬼小鬼，你就要把它们统统杀光？我还是第一次听说杀鬼，今天就麻烦你杀鬼给我看。巫师这下为难了，他搔了搔头皮说，列祖列宗没恶意，把那些大鬼小鬼收回去了。

住嘴！

听说路江民病了赶来探望的秋叶听到巫师在信口雌黄，就拨开人群大吼了一声。

巫师一见秋叶，有些慌张了，他用眼神向两个敲破锣的青年示意了一下，想拔腿溜掉，却被秋叶迎面拦住了。

黄疤子，你装神弄鬼，妖言惑众，这些年你害了多少泥太阳村人？人家尹大嫂家大毛，吃菌子中了毒，你非说是撞了鬼。昧着良心为赚人家尹大嫂的几个钱，你又是摆法场又是卜卦，硬是把抢救孩子的大好时机耽误了。孩子送到乡卫生院，人家医生怎么说，早来半个小时，还能保住一条命。你黄疤子，作孽嘞，你去看看尹大嫂，她至今还疯疯癫癫的，你害了人家一家两代人还嫌不够，还大了胆子跑到市里来的新农村指导员面前出丑？丢尽了我们泥太阳村人的脸，乡亲们，你们说咋办？

听了秋叶的话，人群中爆发出了愤怒的吼声——

把黄疤子抓起来！

杀了黄疤子！

打死他！

群众的愤怒吓坏了巫师黄疤子，他扑通一声就跪地上了，他跪在地上，头鸡啄米似的往地上点，他求饶道，大家饶我一次吧，我再也不装神弄鬼了。

路江民转过身，用背对着看热闹的村民，他让李小四把他的衣服撩起来。

李小四用手指着路江民背上还未消散的红疱对村民说，路同志是被疟蚊咬了，传染上了疟疾，根本就没撞着啥鬼。

村民们见路江民不是撞了鬼，而是遭遇了疟蚊，都有些失望，也就再没了看热闹的心思，就自顾散了，巫师也乘机挤在人群中溜走了。观音庙的院子里就只剩下秋叶、李小四、路江民三人。秋叶和李小四将极度虚弱的路江民扶回屋，让其躺下，李小四说，秋总，你来照顾路指导，我就放心了。他向秋叶挤出一个相当暧昧的笑容，就告辞了。

路江民躺在床上睡着了。秋叶坐在床边看着路江民疲惫而憔悴的脸，心中就生出许多的爱怜。她细细地端详着他，发现病中的路江民更加英俊和帅气。但马上她自己就不好意思了，如此近地细细端详一个男人，对她来说还是头一次，这让她既激动又有些羞赧。

秋叶慌忙从床边站起来，她显得有些慌乱，腿不小心还碰倒了凳子。她弯腰把凳子扶起来，顿时感到身体里的血流得有些急，心也狂跳不止。秋叶不明白自己为什么如此紧张，平日里跟路江民在一起谈工作的时候，她是从容的，虽然内心深处依旧对他有一份欣赏，但从未像今天这样方寸大乱。

熟睡的路江民突然动了一下，接着就用脚蹬起了被子，他嘴里呢喃了两声，像是说水，秋叶慌忙去倒水。就在秋叶将杯子凑近路江民唇边时，他突然就颤抖起来，吓得秋叶杯子里的半杯水泼在了被子上，他抖得是那么厉害，秋叶听到了他牙齿剧烈碰撞的声音。他的眼睛一直是闭着的，仿佛连将眼皮抬起的力气都没有。秋叶听到路江民嘴里吐出了一个含混不清的冷字，就又更加剧烈地颤抖起来。

秋叶慌忙放下杯子，伸手紧紧地抱住了路江民。她着急地喊叫，江民，江民，你怎么啦？你吓死人啦。

任秋叶怎么喊叫，路江民依旧在秋叶怀抱里颤抖不停。秋叶喊着路江民的名字，喊着喊着就痛哭了起来。也许是哭声惊动了路江民，他渐渐地停止了颤抖。当他吃力地睁开眼睛的时候，他看见了秋叶满是泪水的脸。

当秋叶看见路江民睁开了眼睛，就欣慰地笑了，当她意识到自己的双手还紧紧地搂住路江民时，就触电般地松开了。

路江民吃力地问，秋叶，你咋哭了？

秋叶抹了泪水说，你吓着人家了嘛。

路江民笑了，笑得有些费劲。他突然将手从被子里伸出来，抓住了秋叶的手，他对秋叶说，这次病了，我才知道我多么孤独。

秋叶不说话，她把路江民的手握得好紧好紧。

太平有象

原载《民族文学》2021 年第 11 期

· 一 ·

公鸡已经叫过三遍了，太平村依旧没有醒来的意思。雾幔像个热恋中的痴情男孩，紧紧搂着村子，就像搂着心上人一样，怎么也不愿松开。沙玛在公鸡叫头遍时就醒了，他睁着眼赖在床上，反复回味着昨夜米酒的香甜。昨夜他喝高了，他精心饲养的黑山羊，下了小崽。那是故乡乌蒙山的黑山羊，是父亲一年前托人远道送来的。想着他的黑山羊，沙玛睡不住了，他一骨碌下了床，披衣推开门，探头看一眼，见一片朦胧，就骂，有本事你就罩一天！边骂边回身去，将昨夜狼藉的饭桌上的半碗残酒倒进了肚里，就独自背了院里的背箩，准备下地去。一方面他想去巡视他的甘蔗林，更重要的，他想给那对羊母子，寻一箩肥美甘甜的青草。

沙玛人还没走出院子，黑狗大王就汪汪地叫了两声，意在提醒，它愿意给他做伴。沙玛侧身，表情严肃，声音威严，说不准乱咬人。黑狗就摇尾巴。沙玛又说，不准咬牲畜。黑狗犹豫了一下，勉强又摇了一下尾巴。沙玛说，都记住了？黑狗狠狠地摇了一下尾巴。沙玛紧绷的脸松动了一下，掠过一丝浅浅笑意，手一扬对黑狗说，前面带路。黑狗就兴奋地窜出了院门。出院门的沙玛朦胧中看见，黑狗一出门，左右邻居出门的狗，都惊慌地窜回自家院落了。沙玛见此，就笑出了一脸皱纹。

这条叫大王的黑狗，凶得很。它见什么都咬，什么都不怕，它咬生人，也咬家禽牲畜，还咬同类，甚至连“驴友”开的大吉普，它也追着咬。它有一股莫名的狠劲，沙玛就是看中了它的这种狠。它的狠，无意中树立了沙玛这个村主任在太平村的村威。

沙玛手握一把月钩似的银镰，一路上寻着又绿又嫩的青草，割了就扔进背上的箩筐里去。草寻了半背箩时，雾也悄悄散了，早晨的阳光把整个山谷照得金晃晃的。这时，沙玛和黑狗大王，一起到了甘蔗林边了。

敞胸露怀的沙玛，身背背箩，手握银镰，看着长势蓬勃的甘蔗林，心中有了王者的荣耀，脸上泛起征服者一样骄傲的笑容。这个打小就在苦寒的乌蒙山区种荞麦的沙玛，如今硬是在滇南的山地上，带着他的族人，种出了连本地人都羡慕的优质甘蔗。这份成就，不自豪都不行。他的目光，就像这早晨的阳光，明亮而温暖地掠过这像士兵一样齐整地站立的甘蔗。他把箩筐放下，将敞开的衣服纽扣扣上，还用手梳理了一下自己的头发。毕竟，将军是不能随便的。

但黑狗大王，却不合时宜地汪汪大叫起来，被叫声粉碎了将军梦的沙玛正心生不快，痛骂了一声死狗，就见大王像一道黑色闪电扑进了甘蔗林。沙玛以为大王发现了什么野物，赶忙伸手提起背箩，一甩手背到背上，也跟着扑进了甘蔗林。

甘蔗林里面，是一幅惨不忍睹的景象。

如此不堪的场景，怔得沙玛手一发抖，手中的银镰就掉地上了，他顾不得也没心思去捡，木桩一样地呆立着。大王在他身边，吐着红得像火焰的舌头，喘着粗气，眼中尽是悲伤。一大片甘蔗林，被压得七零八落，像一个经历了战火却又没来得及打扫的战场。沙玛甚至闻到了被折断的甘蔗散发出的腥甜气息，那气息扑进鼻孔，仿佛是鲜血的气味。闻着这气味，沙玛就像烂泥一样瘫坐在了甘蔗的尸身上。他捡起一根拦腰折断的甘蔗，含着泪，用力去撕咬这半截残蔗，蔗皮割破了他的嘴唇，他把那还未成熟的甘蔗汁液和着脸上流下的泪水和嘴里冒出的血水一股脑儿咽进了肚里。

黑狗大王惊诧地看着自己主人疯狂的举动，又突然汪汪地大叫起来。沙玛捏着半截甘蔗，欲击打黑狗大王出气，却见大王大叫着，扑向了十几米处的被压倒的甘蔗林地。沙玛只见大王去处，嗡的一声，惊起一片黑压压的绿头苍蝇。苍蝇飞起处，大王围着啥东西，一边绕圈一边声嘶力竭地叫唤。

沙玛赶忙起身，奔赴过去，看到了一大团血肉模糊的东西。浓烈的血腥味，熏得沙玛眼睛一阵刺痛。沙玛定了定神，将这沾着血迹的白色怪物抱起来，放进了箩筐里。

沙玛感觉到，自己抱起的，仿佛是一个软塌塌的面团。

·二·

太平村起个大早的，除了沙玛，还有两个被致富梦想鼓舞的年轻人，一个叫阿嘎，一个叫木呷。他们俩相约去雨林深处，看他们的发财宝贝。一年前，阿嘎从州职业学院大专班毕业，没像其他的毕业生那样在州府或县城找工作，而是心急火燎地回了太平村。回到太平村的阿嘎，放下行头就去找儿时玩伴木呷。木呷取笑阿嘎，说你怎么放着城市人不做，回来当农民。阿嘎说，你懂啥？尽说没见识的话，未来属于乡村，不赶早回来，致富先机就是别人的啦。再说，我们彝族人，跟那些傣族、拉祜族、基诺族的人待在一起，就像山羊混在绵羊里，人家天天想吃糯米团，我却想我的苦荞粑。

阿嘎告诉木呷，他学会了在大树上种铁皮石斛，吸大树的营养，是极品中的极品，市场上价值不菲。阿嘎一鼓动，木呷的血就躁热了，说不学做毕摩了，跟阿嘎学树上种石斛。

木呷放弃神职醉心于俗事，这让做毕摩的父亲乌火恼火透了。乌火认为阿嘎这几年去州里不是读书，而是修炼魔法，是他让自己的儿子着了魔，走上邪道了。他对儿子说，木呷，你不学做毕摩，太平村今后就没毕摩了。木呷说没就没吧。儿子的不以为然激怒了老子，乌火咬牙切齿说，你要太平村失去神的庇护吗？没了毕摩，太平村就没人传达神的旨意了。木呷抢白说，在我心中，阿嘎才是真的毕摩，他带给了我发财的旨意。

在乌火看来，这阿嘎太讨厌也太讨恨，他蒙蔽了自己儿子的心灵。当清晨阿嘎去叫木呷进雨林时，躺在床上的毕摩乌火用诅咒的语气大声说，今天可不是什么好日子，从树上掉下来，人会砸成烂鸡蛋的！

一路上，阿嘎一边挥舞砍刀砍着阻挡他们前进的藤蔓和树枝，一边调侃木呷，你今后腰缠万贯，不会怪罪我断了你的通灵路吧？木呷说，要真发了财，我向阿爸推荐你，让你做毕摩。阿嘎说，你想得美，我们发了财让我侍奉神灵，你去花天酒地？

于是他俩都忍不住哈哈大笑，在静谧的雨林里，两个年轻人的笑声，清脆而爽朗。说说笑笑的两个年轻人，不知不觉就进到了雨林深处。

雨林中，突然传来了一声恐怖的叫声。阿嘎和木呷像遭了电击，钉子一样钉在了地上。叫声掠去了他们脸上的笑意，惊吓让他们的头发瞬间竖了起来。

阿嘎心中嘀咕，难道是毕摩乌火的诅咒显灵啦？

叫声再次响起。这一次，挤进他们耳朵的，不仅仅是恐怖，还有悲怆、苍凉和绝望。

木呷定了定神，对阿嘎说，是哀鸣声。

阿嘎点点头，用手示意木呷跟着他往声音响处走。他俩小心得像怕踩死蚂蚁那样，放轻了脚步，像侦察兵一样往声音传来的方向挪。

洪钟一样浑厚的叫声，让木呷胆怯得小腿都打颤了。阿嘎，不会是鬼怪吧？要不，我们别往前了，还是回去吧。

阿嘎回过头来，看一眼惊魂未定的木呷，他语气轻蔑地对木呷说，早知道你相信世上真有鬼怪，我不该约你来种石斛，你就该跟你阿爸学做毕摩。要想回，你就回去吧。

阿嘎自顾又转回身，径直往前走。这次他没放松步子，而是脚步坚定地往前走。看阿嘎态度坚决，木呷摇了摇头，只好也跟了阿嘎往声音传来的方向走。木呷发现裤管被草叶上的露珠浸得透湿，步子也变得沉重了。

怕就回去吧，阿嘎头都没回说。

木呷说，我可不愿做胆小鬼。

木呷边说边大步往前迈，他想证明自己并不胆小，不愿躲在阿嘎身后，但他刚要超过阿嘎，却被阿嘎一把拽了回来。

嘘——

阿嘎一个指头立在嘴边，接着又用力将木呷按蹲下去，随即自己也蹲下，用眼神示意木呷往左前方看。

木呷看到，在左前方，一头野象正在用长鼻往草丛里拨弄着什么，它似乎发现了什么东西，想用鼻子把那东西给卷起来。野象似乎很心急，它粗重而短促的鼻息，让木呷读出了它的焦虑。

它像是丢了啥东西。木呷对阿嘎说。

阿嘎白了木呷一眼说，这是大象，又不是人，身上有钱包手机?

但它真的很着急，木呷抢白说。

没错，阿嘎点头说。它都急得发狂了，快看，它正用腿刨泥嘞。

木呷说，它身子前好像是个深坑，它想下到坑里去。

阿嘎说，我看那是偷猎人挖的陷阱。

听阿嘎这么说，木呷急了，那它不能下去，陷阱下面布的有竹尖子，会受伤的，我们得阻止它。

他边说边“腾”地站了起来。

但他立足未稳，又被阿嘎拉扯了蹲下来。

想找死呀？你以为那是你家厩里的肥猪？这是凶猛的野象！阿嘎瞪一眼木呷说。

它要下去了真的会受伤。木呷用手拍了拍地面说。

大象可不像你那么笨，它聪明得很，会主动避开危险的。

还真像阿嘎说的那样，大象用脚刨了一阵，没再刨，而是昂起头，吃力地把长鼻伸向空中，又叫了一声。

这一声跟先前阿嘎和木呷听到的声音比起来，显得疲惫，却更加悲怆绝望。

那声音在阿嘎和木呷听来，不是叫声，更像是哭声。

它叫完，将头垂下，将长鼻又伸进坑里去，这次它没试图把什么东西给圈拽出来，而是在抚摸什么。清晨的阳光斑驳着透过树的缝隙，照亮了它眼角的泪珠。

木呷说，它好像很伤心。

阿嘎揉了一下自己的眼角，谁都看得出它很伤心。你木呷真像一个长舌妇，讨厌死啦！

野象似乎放弃了对坑里的东西的努力，它收回长鼻，沉默地围着那坑，绕了一圈又一圈，最后迈着疲惫而沉重的步子离开了，消失在了雨林的更深处。

阿嘎和木呷奔向那土坑，想看看坑里有什么东西。

奔到坑前的他们愣住了。

坑里是一头小野象。

俩年轻人如果不是看到小野象身边漫开来的血迹，一定都会认为这小野象是睡着了。它的样子看上去憨态可掬，安详而享受，像是正被一个美梦萦绕。

土坑确实是猎人挖的陷阱，里面有用茅草和芭蕉叶伪装起来的尖如芒刺的竹尖子。木呷尝试着想下到深坑里去，却被阿嘎唤住了。

阿嘎说，木呷别费心了，小野象死了。

木呷说，你凭啥说它死了？

我在州里念书时，听我的傣族同学说过，母象特别护崽，如果它没死，野象妈妈断不会离开。阿嘎手抚木呷肩叹息说，我们刚才听到的，是野象妈妈的呼救声。

木呷盯着深坑看了一阵，眼泪珠子就从眼角滚落下来了。阿嘎，木呷瘪了嘴说，你别笑话我，我就是心软，想着它这么小，我就想哭，都说大象大，可它却这么小，还没头半岁的仔猪大。

阿嘎轻拍了两下木呷的肩膀，哽咽了一下说，哪个的人心是铁打的？我心里也不好受，只是人死不能复生，象也一样，我们回去吧。

木呷说，阿嘎，我想再看看它。

阿嘎没说话，他移开搂着木呷肩膀的手，从上衣口袋里摸出烟，但却没摸到打火机，他索性把一支烟揉得粉碎，抛地上了。

动啦！

木呷惊叫了一声。

啥动啦？

阿嘎好奇地问。

木呷说，我看到象鼻前方的芭蕉叶动了一下。

他边说边用手指土坑里的偷猎人用来作为伪装的芭蕉叶。

阿嘎朝木呷手指的方向看去，见那芭蕉叶，比这头小野象躺得还安静。

你眼花了，木呷。

我没有，那芭蕉叶真的动了。

要真动，也是风。

坑里哪有风，象鼻子前的芭蕉叶动了，说明小野象还有呼吸。

木呷边说边纵身跳进土坑里去了。

当心竹尖子！

阿嘎心提到喉咙喊。

· 三 ·

沙玛背着不知为何物的腥臭东西，三步并作两步往太平村走。一路上，浓烈的血腥味招来了蜂群般的绿头苍蝇，它们像一群轰炸机，嗡嗡地在沙玛的头上边飞边鸣。黑狗大王冲蝇群汪汪大叫，但它低估了苍蝇对腥气的执着。

沙玛一身汗水吭哧吭哧背着一团腥臭来到太平村口时，遇到了毕摩乌火。毕摩乌火用手扇着自己的鼻子说，沙玛，你背的是大粪吗？都快臭死人啦，我说过多少次了，不干不净的东西别往村子里背，不吉利的。

沙玛将背箩往路沿坎上一放，喘着粗气说，乌火，闭上你的乌鸦嘴，别仗着你是毕摩，就信口雌黄。

乌火听沙玛数落，也不生气，只是皮笑肉不笑地说，沙玛，我知道你那点心思，总觉得我这毕摩的身份碍着你了，要不你拿去？这样，你这村主任就身兼二职，成土皇帝了。

于是，两人就真真假假斗上了嘴。

乌火，你这是假大方，我要真夺了你毕摩的职，你就啥都不是了，我怕你哭天抢地去告神灵和我们的老祖宗。

沙玛，你这是门缝里看人——把人都看扁了。我乌火不当毕摩哭天抢地？怕是你沙玛不当村主任才会捶胸顿足、寻死觅活吧？你也就只会当个小官，还有啥能耐？我乌火不当毕摩还能做彝医。

现在西医那么发达，谁会待见你那草药打天下的彝医。

沙玛，说你没见识，轻了，你这是真没觉悟！这是民族医药，连国家都得重视，你竟敢说它不受待见，我看你这村主任，是不想当了。

…………

他俩使的虽都是嘴上功夫，仅是唇枪舌剑，但也弥漫了刀光剑影，心与心都碰了个火花四溅。

斗嘴斗累了，乌火就走近沙玛放在路沿上的背篓，探头想看个究竟。

但扑鼻的腥臭气熏得他差点儿没晕过去。乌火转身，“呸呸呸”地冲地上连吐三口唾沫。他一边用脚用力搓着地上的唾沫，一边冲沙玛表情严肃地说，不祥之物，不祥之物！沙玛，这是不祥之物呀！

乌火！沙玛也语气严厉地说，别跟老子装神弄鬼，我沙玛是吓大的？不祥之物？你有本事就告诉我，这到底是啥东西？

不祥之物！不祥之物！乌火语气肯定地说。

是什么不祥之物？沙玛又厉声问。

我也不知道，反正不祥，沙玛，不吉祥呀！

沙玛气得上前揪了乌火的衣领，咬牙切齿地对乌火说，你们这毕摩世家是不是就只知道这三个字——不吉祥！乌火，你晓得不，这三个字害苦了我沙玛家！

沙玛边说边用力一推，把乌火推倒在了地上。

被推倒的乌火，像皮球一样蹦跳了起来，跟沙玛扭打成一团。

村主任与毕摩互殴，这消息太令人兴奋，兴奋得比山坡上的风还要快地传遍了全村。于是村里老老少少都蜂拥了来看。

黑狗大王也汪汪地叫唤着，伺机去帮主人的忙。沙玛见大王欲扑过去咬毕摩的脚，就大吼一声，死大王，滚一边去，不关你的事！

黑狗大王就丧气地摇了摇尾巴，溜到一边，张了嘴，伸长了舌头专心看它的主人与毕摩厮打。

围者众。毕竟他俩都是村里有身份的人，不好意思再拳脚相加下去，加之又有村里老者劝，一场好斗，也就悄悄收场。

全村人的兴致，迅速转向沙玛背箩里的怪物。

村子里两个体面的人物，像一对斗气的小孩做出如此不理智的事，内心都有了强烈的羞耻。毕摩乌火抹了一下嘴角流出的血水，跺了一下脚冲沙玛说，翻百年老账，真是心胸狭隘的东西。他就一甩手上的血水回家去了。

沙玛觉得自己确实有些过分了，他红着脸，冲好奇的众乡亲说，一团烂肉，看啥看？

沙玛原本想哄着众乡亲，却没想被众乡亲围住了。他们问沙玛，这些是啥？沙玛说，我要晓得是啥，还会跟乌火打架？

沙玛边说边伸手去摸被乌火踢伤的腿。

有人说，这看上去像猪肚。

就有人反驳，有这么大的猪肚吗？啥眼力？这怎么会是肚子，我越看越像胎盘。

众人就哄笑，人群中的闲言碎语又阴又损。

胎盘？是你家老婆肚里掉的吧，要那样，她生的八成是个神儿子。

什么神儿子，抖散话见长的村民戏言，说，生下来能做你兄弟。这么大的胎盘，生下来还不是成人？

沙玛听不下去，火头上的他，没有任何幽默感，他用当村主任的威严吼道——

谁再嚼舌头，我就连同这臭东西把它扔山箐里去，一起喂狼！

但他的威严在此时已完全失效。村民中依旧有人嬉皮笑脸，说沙玛，这东西扔山箐里可惜，你背回家去，这个月你家都不用买肉了。他边说边伸手，欲把沙玛背篓里叫不出名的那大团东西提将起来。就在此时，黑狗大王像一团黑色闪电扑过来，重重地一口咬向他的手臂。

村民们首先是惊呆了，继而就是各自抱头鼠窜。看着珠子落地一样四散开去的村民，先前给沙玛和乌火劝架的老者，摇摇头叹息一声，然后走向沙玛说，一帮幸灾乐祸的乌合之众。

幸灾乐祸？沙玛看着老者说，什么灾？什么祸？不就一团臭肉？

没那么简单！老者故作高深地摇摇头说，怪物现世，必有灾祸。沙玛别再往家背了，埋了它吧。

沙玛态度坚定地说，我就不信它是什么带灾带祸的怪物，我要弄不清它是什么东西，它就是把我家臭成茅厕，我也不扔它埋它。

老者摇摇头，叹口气径自走了。

沙玛重新将背箩背上，往家的方向走。黑狗大王一阵小跑，紧跟上主人。沙玛突然转身，说，谁让你咬人的？难道你还不嫌乱呀？

·四·

沙玛背着沉重的背箩，推开家的院门，站在院子里叫唤着自己的老婆。他粗脖大嗓地要老婆给他倒荞麦烧酒喝，却遭了老婆一顿奚落。

我还以为是英雄回来了！老婆语气中带着鄙夷说，彝家太平村村主任与毕摩打架斗狠，传到旁边的拉祜、傣家、哈尼寨子去，还不把人家的牙给笑掉了。

酒没喝着，却遭一顿奚落，沙玛窝火极了，但又不好发作。他把背篓重重地放在檐坎上，脸阴得像夏天雷雨前的天空，径直进了里屋，木桩一样倒在床上。

沙玛头才沾枕头，老婆就冲进来了。老婆冲他歇斯底里，说你要不把那背箩里臭烘烘的东西扔出家门去，我就死给你看。沙玛摆摆手，说恶婆子，你真比母蚊子都恶，耍啥泼？出去出去，老子困了，想睡觉。

老婆就骂，说沙玛，大中午的，你睡啥觉？早死三年，你背上都能睡起青苔。你一天就只想村子里的甘蔗、菠萝，什么时候想过家？什么时候想过我？什么时候想过儿子阿嘎？阿嘎成天往深山林里跑，哪天被豹子吃了，被毒蛇咬了，我看你用什么传宗接代？你现在又得罪了毕摩，他可不会替你给你那些逝去的老祖宗求情开恩的。

嫂子大声八气地说我什么坏话呀？毕摩乌火在院子里大声说。

说曹操，曹操到。沙玛老婆被吓了一跳。沙玛小声对老婆说，乌火要问起我，就说我没在家。

沙玛这一说，彻底激怒了自己的老婆，她尖着嗓门厉声说，沙玛，你安的什么心？你不在家？你要让毕摩以为，我刚才是跟野男人说话？咹？！

讨了个这么认死理的婆娘，沙玛只能服了。他一骨碌起床，披上衣抹了脸，推搡开站在自己面前的老婆，出了里屋。

院子里，站着笑得像弥勒佛般抱着一个酒罐的毕摩。

毕摩乌火看一眼哭丧了脸的沙玛，说沙玛哥，宰相肚里能撑船，还生我先前的气？

你太高估自己了，沙玛哼一声，说无事不登三宝殿，找我干啥？

毕摩乌火双手用力往上扬了扬酒罐说，找你喝酒，顺便告诉你那背箩里是啥东西。

沙玛斜睨了眼瞅一眼背箩说，你知道是啥？你真知道是啥？

当然！

毕摩乌火点头说。

你凭啥知道它是啥？

因为我是毕摩嘛。

沙玛老婆见俩人又斗上了嘴，不是冤家不聚头，要打嘴仗，到堂房来，当着列祖列宗，让他们评评你俩，哪个更行更能。

毕摩乌火进了沙玛家堂屋，往火塘边木凳上一坐，打开了酒罐。荞麦酒的清香，就在堂屋里弥漫开来。

闻到酒香，沙玛的火气立马就散了。

沙玛拿来两个土碗，往火塘边一放，乌火往俩土碗里倒满酒。沙玛端起酒碗，也不跟乌火碰，一仰脖将一碗酒倒进了嘴里，他喉结耸动了一下，满满一碗酒就美美地进了肚里。他把酒碗往原处一放，说乌火，你别诓我，真知道我背回来的是啥东西？

乌火将酒碗凑到唇边，抿了一小口，说好酒要慢慢品。

沙玛说，我问你话。

乌火说，胎盘，是大象的。

大象的胎盘？沙玛有些惊异。

乌火点点头。

为何先前不跟我明说？沙玛又有些生气地说。

乌火又抿一口酒，说，我是毕摩又不是神仙，也是才知道的。

搬这里好几年了，没听说这里有大象呀？沙玛皱了眉头说。

是没听说。乌火应声道。

太平村来了大象，沙玛思忖了一下说，太平有象，按说应该是好事。

是不是好事，要观了天象再说。乌火用职业的语气说，他看了看沙玛，叹了一口气，又说，是麻烦事那是肯定的了。沙玛哥，你我都招惹上麻烦了。

麻烦？你说我招惹了麻烦？沙玛摇着头说，乌火，我搞不懂有啥麻烦。

不是你，是你和我，不，准确点说是四个人，还有你儿子阿嘎，我儿子木呷。

乌火的话听起来像绕口令。

沙玛越听越糊涂了。

沙玛兄，俩孩子摊上了大麻烦。

乌火语气不再像先前那么沉稳了。

到底啥事，你能不能说明白点？这又不是你做法事，装啥神秘？

你儿子和我儿子，弄回来了个象儿子，你说麻烦不麻烦？乌火摊了摊手无可奈何地说。

你是说，阿嘎和木呷，弄回来了一头小象？沙玛被惊到了。

正是！乌火重重地点了点头，说，要不我怎么知道你背回来的是大象的胎盘？在厨房里忙活着给沙玛和乌火准备下酒菜的沙玛老婆端一盘油炸花生米进堂屋，听说儿子弄回一头小象，惊得一盘花生米全倾倒在堂屋地上了。

偷猎大象，那是犯王法的呀！她胆战心惊，又无比担忧道。

乌火说，不是偷猎，嫂子，俩孩子事实上是救下了一头小象。

沙玛老婆说，那是做了积阴德的事，有啥好担心的？

话虽这么说，道理也是这样。乌火端酒，这次没抿，而是一口干下了大半碗酒说，但谁能证明他们不是偷猎是施救呢？怕就怕……

乌火，你怕啥？沙玛说，我们彝家人，猎就是猎，救就是救，光明磊落得很。

但人家不会这么想。人家讲的是证据，你儿子我儿子，大清早就进雨林去，是不是去看他们挖的陷阱里困没困住猎物？乌火皱了皱眉头说。

沙玛老婆说，他们是去雨林里看种在树上的石斛。

嫂子，你知道他们是去看他们种的石斛，沙玛哥也知道是这么回事，我也清清楚楚，但人家执法的人会相信我们的话？乌火边说边摇摇头，我怕的是，黄泥巴掉裤裆——不是屎也是屎呀。

沙玛思忖了一下说，乌火的话有理，你巴望清清白白，却会越抹越黑。小象现在在哪里？

乌火回答说，在后山背阴地阿嘎育石斛幼苗的窝棚里。

·五·

阿嘎和木呷，费了好大劲，才把小象从陷阱里弄出来。他们在附近就地取材，砍了根竹子，又找了几根粗藤，抬了小象往丛林外走。

抬了小象走在前面的木呷越走越胆战心惊。木呷一紧张，小腿就不由自主地抖动，阿嘎知道木呷打小就这样，看他小腿抖动，就说，木呷，你肚子里又有啥弯弯绕了？

要是……木呷停顿了一下说，要是森林公安撞上我们，把我们当偷猎分子咋办啊？

阿嘎说，咋办，凉拌！我们这是救援，是做好事，怕啥？

救援，人家公安相信？我们额头上又没刻着救援两个字。人家要认定你我是偷猎分子，那就惨了。

木呷这一说，阿嘎就没了先前那份救援者的自信。他对木呷说，这小象，不能抬回村去。

那抬去哪里？总不可能抬镇上医院去吧？它中了毒，需要排毒解毒。木呷说。

阿嘎皱着眉头想了想说，抬村后山的背阴地去，我那里有育石斛苗的基地，把小象放窝棚里，那里很少有人会去。

木呷说，放那里好是好，但小象急等救治。

阿嘎说，你阿爸能与神灵对话我不相信，但我相信你爸的医术，特别是解毒功夫，那是你家的祖传秘方。

不行不行！木呷头摇得像一面拨浪鼓。

咋不行？阿嘎说，难道你怕你阿爸举报你？

老子举报儿子，至于吗？木呷说，我怕他骂我净给他找事。

现在你还想这些？救象是火烧眉毛的事，他想骂，你就让他骂几句，他能把你身上的肉骂少二两吗？阿嘎给木呷打气。

那……木呷犹豫一下，点点头说，好吧。

木呷急匆匆地回到家里时，他的父亲乌火毕摩正在用手捂着被沙玛打伤的嘴角生闷气。看着心急火燎的儿子，他视而不见，把头扭到了一边。

儿子木呷没工夫去观察自己父亲的神色，进门就冲父亲嚷着要解毒药。

中了阿嘎的毒啦？我早跟你说过沙玛家没一个好东西！

阿爸你说啥呀？木呷说，是小象中毒了，它掉进了猎人的陷阱，被猎人的毒竹尖子毒昏死了。

儿子的话把老子听迷糊了，他转回头来说，什么小象大象的，我搬这里十多年了，从没听说这太平村周围有什么大象小象的。

木呷跺了一下脚说，阿爸，我骗你干啥？我今天跟阿嘎在森林里真碰上了大象了，那大象叫声又吓人又凄惨。

木呷语气急速地给父亲乌火讲述了今天的所见所闻。

听完儿子木呷的讲述，乌火脸上泛起一阵浅浅的笑意。看着父亲脸上一闪而过的笑意，木呷有些莫名其妙。

阿爸，你笑什么呀？

不关你的事。

那你快给我解药呀！

乌火起身，去给木呷配解药。他一边配药一边嘀咕，这辈子给人配过药，给牲畜家禽配过药，给象配药，还是大姑娘上花轿——头一遭呢！

多小的象？乌火问。

很小很小的，一头养了半年的猪那么大。

是不是一头出生不久的小象？乌火又问。

那我可不知道，木呷说，你问这做啥？

乌火诡秘一笑说，随便问问。

他配好药，递给儿子木呷。木呷拿了解药转身离开时，乌火又嘀咕道，沙玛，我终于知道你背来的是啥东西了！

木呷转身，说阿爸，你提沙玛阿伯干啥？对了，今天这事，你可别告诉他，就你知我知阿嘎知。

乌火摊了摊手说，为啥呀？

走漏了风声要是让公安知道了，把我和阿嘎当了偷猎分子，那是要坐班房的。木呷说完就小跑着去后山了。

乌火咀嚼着儿子的话。

他越想越觉得事情重大。

他决定放下面子，主动去找沙玛。

现在，乌火和沙玛两个太平村的显赫人物，相向坐着，都觉得这是件棘手的事。

沙玛说，那幼象要救不活咋办？报森林公安还是偷偷埋了？

乌火说，沙玛兄你放心，我对我毕摩世家的解毒药有信心的。

好，我相信你。沙玛说，救活了咋办？

乌火说，能咋办？让俩小子偷偷把它放森林里去。

说得轻巧！沙玛加重语气说，这么点大的象崽，放森林里找不到那象妈妈咋办？

咋办咋办？我又不是村主任！我只是个毕摩！乌火也加重了语气，说天上的事我管，地上的事，是你沙玛管嘛！

乌火这话，说得沙玛脸上有些挂不住。沙玛端起酒碗，自顾喝了一大口，抹了一下嘴，说天上的事你管，对对对，那我正好问问你，你那太爷爷毕摩，当年弥留之际，除了看见大鸟，看没看见大象？

一听沙玛这话，乌火就像皮球一样，气得从火塘边的凳子上蹦起来了。

沙玛！乌火抖动着隐隐生痛的嘴角说，你不仅记仇，还心胸小得像一条缝！这个时候，你都没忘记挖苦我，挖苦我毕摩世家。

乌火，你误会了我的意思，沙玛努力解释说，我这哪是挖苦你，哪是挖苦你毕摩世家，我只是有种不祥的预感罢了。这太平村来了大象，真的不知是福是祸。

沙玛的语音未落，他家羊厩里的母羊就咩咩地叫唤起来了。那叫声仿佛是受了什么惊吓才发出来的。

沙玛起身去羊厩查看，乌火也跟了过去。

厩内，阿嘎正在手忙脚乱地挤羊奶，看他毛手毛脚的，就是挤奶外行。

乌火说，阿嘎，你这是要干啥呀？

一听声音，阿嘎站起来，铁青了脸的沙玛看见，自己儿子年轻的脸上，沾满了奶浆。

乌火叔，阿嘎边抹脸边说，我挤点奶去后山，那小家伙苏醒了，看样子是饿了。

你想得真好，沙玛依旧铁青着脸斥责说，你的象宝宝安逸了，我的羊羔子咋办？你让它喝西北风？

从阿爸的话中，阿嘎知道，乌火叔已经泄了密了，他有些尴尬地冲阿爸笑了笑说，要有办法，我也不会在你羊口夺食，你别马着个老脸，包容点嘛。

阿嘎说着，提了装有羊奶的塑料小桶准备离开。

把桶放下！

沙玛用命令的口气冲阿嘎吼道。

阿嘎吃惊地看着沙玛，见他一脸威严，赌气将塑料桶往地上一放，就大步流星往厩外走了。

站住！

依旧是命令的口气。

阿嘎站住，不回头也不吭声。

就这样走了，那可怜的象儿子吃啥？沙玛在阿嘎身后问。

阿嘎没好气说，这你该问你自己！

赌什么气！沙玛哼了一声说，这点羊奶，够你象儿子吃吗？把这拿去。

阿嘎回过头来，看见父亲手上，摇晃着几张百元大钞。

谁稀罕你的钱！阿嘎嘟哝道。

你这人儿子不稀罕，可象儿子稀罕！沙玛说，还不快伸手给老子接了，骑摩托去镇上买两大桶牛奶来。

听阿爸沙玛这一说，阿嘎感动得眼泪都快从眼眶中冲出来了。他伸手接过钱，冲父亲深深鞠了一躬，就从院子里推了摩托，出院门后一跃而上，轰响了油门向镇上扑去。

看着旋风一样离去的儿子，沙玛叹了一口气。他对乌火说，我担心得很，这大象要真来咱太平村，我们的那些甘蔗、苞谷、菠萝怕是要遭殃了。

乌火沉默。

他掐了掐手指，起身告辞了。

走出院门，他又折回身来，

吉人自有天相！

他冲沉默着坐在火塘边的沙玛大声说。

沙玛像木头一样没反应。

只有黑狗大王，冲乌火一阵汪汪。

·六·

是夜，毕摩乌火换上了一身做法事才穿的盛装，手里握着他的法铃悄悄出了家门。他独自一人来到村口，站在村口的大榕树前，观起了天象。

夜的幕布上，繁星像一颗颗闪着金色光芒的徽章，又像一粒粒刺眼的金属纽扣，将所有的秘密，牢牢地扣锁住了。毕摩乌火深知自己的法力，不能跟那个能看见预言的太爷爷毕摩比拟，他没看见任何天象，他看到的，跟所有凡人看到的别无二致。

在遥远的百年前，作为乌蒙山远近闻名的大毕摩的太爷爷，在弥留之际，硬撑着从病床上爬起来，穿上他做法事的盛装，手握磨得锃亮的铜质法铃，夜观天象，看见天空所有的星辰重新排列成一只大鸟。最后，这只像火一样的大鸟的阴影刚好覆盖了太平村。那个曾经的故乡，乌蒙山的太平村。

太爷爷用极为含混的口气说出了那个预言，大鸟出现的时候，就是太平村人失去家园的时候。

太爷爷没说这大鸟是什么鸟，但这个预言，作为毕摩家族领会的神的旨意，代代相传，一直传到乌火毕摩的父亲阿库。预言成了传说。

预言也好，传说也罢，太平村的人几十年来并没有把此当真。直到二十世纪九十年代初，一个叫马鸿鹄的老板带着一群做发财白日梦的乌合之众来到位于太平村的大包山。

据说马鸿鹄在大包山肚子里勘探出了大量的矿产，梦想发财的人们蜂拥而至，他们像土拨鼠一样在大包山私挖乱采。大包山旁的太平湖水渐渐没了，旁边的湿地也了无踪影。沙玛的父亲倮伍，觉得事态严重，作为太平村的老村长，他往乡里县里反映，后来还递了状子，但无果。马鸿鹄的人，照样像以前一样，把整个大包山弄得乌烟瘴气。

现实中求告无门。倮伍就去找毕摩阿库，他希望通过毕摩阿库，得到神灵的帮助，赶走马鸿鹄带领的这群像土拨鼠一样的家伙。倮伍和阿库坐在阿库家院子里，足足喝下了一缸子荞麦酒，沉醉之时，也是阿库天灵盖打开之时。那个太爷爷预言的大鸟，飞进了他敞开天灵盖的脑袋，阿库顿悟了，他一拍大腿，摇晃着站起来，对倮伍说，神灵说了，那只大鸟就是马鸿鹄！

倮伍以为，阿库一定是喝高了。他笑了，说，你哄鬼呀，马鸿鹄是个人，不是鸟。

阿库说，倮伍哥此言差矣，像没见识的人说的话。马鸿鹄是人没错，是个大活人，而且是个讨厌的大活人！但鸿鹄是啥？倮伍哥，你说鸿鹄是啥？

倮伍搔搔头皮说，鸿鹄是啥？鸿鹄是明摆着的人名呀。

错！阿库摇着头喷着酒气说，鸿鹄是鸟，而且是传说中的大鸟！

阿库此言一出，倮伍的天灵盖也打开了，他一拍大腿“腾”地站起来，喷着浓烈的酒气咬牙切齿——

原来如此！

有着“小诸葛”美誉的倮伍，作为太平村聪明过人的领袖，却因为领悟了预言，干下了愚蠢透顶的傻事。他变卖了自家的羊群，拿出了全部积蓄，私下里又让毕摩阿库在村民中散布所谓的预言，并向不明就里的村民说明大鸟指的就是马鸿鹄。一听说要让他们失去家园的大鸟是大矿老板马鸿鹄，村民们纷纷表示有钱出钱，有力出力，要帮着倮伍赶走马鸿鹄。

但马鸿鹄却像一座山一样是赶不走的。村民们提锄弄棒跟马鸿鹄一伙人群殴了数次，但双方除落下几个残疾外，开矿的照开，过日子的也只能照过。

赶不走就只能除掉！这个疯狂的念头从倮伍脑子里冒出来，就像野草一样疯长起来。他花十万元请了个杀手，要取了马鸿鹄性命。

百无聊赖的马鸿鹄，正在住处和他的副总还有财务总监玩斗地主的纸牌游戏。玩得正酣时，蒙面杀手突然出现在他面前。副总急得就要掏电话报警。马鸿鹄摆摆没握牌的手制止了报警。他将捻开的纸牌合拢，往桌上放好，一脸平静地看着杀手，杀手握着寒光凛凛的刀子——

马总，有人出十万元想要你的命。兄弟，马鸿鹄说，我总得知道，我与人无冤无仇，为何有人要雇你杀我?

你觉得你不该杀？杀手的语气突然间变得高亢且义正词严，因为你叫马鸿鹄，你就该杀，就得死！百年前太平村德高望重的老毕摩弥留之际，夜观天象，他看见的那只凶恶的大鸟难道不是你?

一只大鸟？马鸿鹄说，老毕摩看到的大鸟，与我何干?我是人，不是鸟。

想想自己的名字。杀手冷冷地举刀指了指自己的头提醒马鸿鹄。

哦，马鸿鹄思忖了一下说，原来是因为我的名字，我原来的名字叫洪福，洪福齐天的洪福。我那在乌蒙山学院教书的婆娘嫌我名字土，硬逼着我改成了鸿鹄。名上多了两个鸟，我当时心里很不痛快，觉得在她眼里我就是个鸟人。现在看来，我最初的感觉是对的，一个名字都惹上杀身之祸了，你们说我冤不冤？

马鸿鹄偏头摊手对他的财务总监和副总诉苦的模样充满了委屈。

马总，你也别觉得冤，杀手晃了晃手中寒光凛冽的刀说，你竭泽而渔，把大包山变成了人间地狱，丧尽了天良，不该杀？不杀你，太平村人就得失去家园。

我现在算弄明白了，原来是太平村那群穷鬼想要我的命！马鸿鹄若有所思地点点头说，我开采矿石，炼钢炼铁，还不是为国家做贡献，谈何竭泽而渔？这太平村穷得叮当响，有何“鱼”可渔？你一个杀手，谁教给你的这些文绉绉的说辞？你今天要真杀了我，我冤大了，要真这样，我这个冤死鬼一生都饶不了你！

不是我要杀你，也不是太平村人要杀你，杀手用刀往上指了指说，是天要杀你，谁叫你要取个鸟名呢？天注定你要祸害太平村了，我不过是替天行道！

杀手此话一出，马鸿鹄像个充了气的皮球，从椅子上蹦了起来说，那我就冲着老天喊冤！你刚才说毕摩观天象看到了一只大鸟，一只对不对？

马鸿鹄边说边冲杀手竖了竖食指。

蒙面的杀手点了点头。

我马鸿鹄的鸿鹄可不是一只鸟，兄弟——马鸿鹄拉长了语调说，那可是两只呀，两只！一只为鸿，一只为鹄，鸿是大雁，鹄是天鹅。老毕摩观天象看到的是一只，怎么可能是鸿鹄？那你替天行什么道？

一句话问蒙了杀手。

杀手迟疑了一下说，也许搞错了，但我收了别人的钱。

马鸿鹄大声说，那你把我的头拿去不就行了，还让我费那么多话？

杀手颤抖了一下，说，我不错杀人。

马鸿鹄摆摆手说，那你就拿着钱跑吧，我看你也不是做杀手的料，婆婆妈妈的！你给我跑得越远越好，免得让我认出你！

马鸿鹄做了个送客的手势，杀手就风一样消失在了夜幕中……

翌日，马鸿鹄带着几个手下，披着他的呢子大衣，迈着方步，手里握着炮弹筒做的水烟筒，在太平村里乱走，边走边咕咕地抽。他走几步，喷一口浓雾，然后大声说——

不是有人想要我的人头吗？想要就拿去！

他一遍又一遍地这么喊，直喊得嗓子都沙哑了才罢休。

太平村的村民都听到了他放肆的声音，觉得这辈子，从未像今天这样活得如此窝囊。马鸿鹄耍够了威风大摇大摆地走了，警察来了，威严的警笛声把整个太平村都吓蔫了，人们一脸惊恐地看着那个刀脸警察，将锃亮的手铐重重地铐在了倮伍那双粗粝的大手上。

村民们后来都埋汰倮伍，说既然是神的预言，就不该跟马鸿鹄斗。他既然是天界派下的大鸟，就该对其逆来顺受。村子里一些身强力壮的人，还主动去找马鸿鹄，让他给他们派些挖矿的活计。马鸿鹄扬言说，他就是要掏空大包山的山肚子。

多行不义必自毙，这句大俗话，还真在马鸿鹄身上应验了。在一个漫天风雪的黄昏，喝多了酒的他驾车从大包山回市里，把车开出了路沿，葬身在了一个深箐里。

马鸿鹄死了，在大包山上私挖乱采的乌合之众没了首领，为利益开始你争我夺，大打出手。大包山的乱象触目惊心，最终市里下了决心，为保长江上游生态，禁止了在大包山采矿。

倮伍的儿子沙玛，在得知马鸿鹄的死讯后，找到毕摩阿库。他认为是阿库蒙蔽了父亲倮伍，父亲倮伍才会铤而走险，干下雇凶杀人的蠢事，但阿库坚持说马鸿鹄就是大鸟的化身，是自己持续的法事和诅咒要了他的性命。

自从那以后，沙玛认为毕摩家族都是不诚实的人。他对阿库说，你撒下的弥天大谎会遭天谴和报应的。

现在，夜观天象的毕摩乌火，每每想起此事，眼前就会浮现出父亲毕摩阿库那张委屈的油脸，耳朵里就会灌进他山风一样的呢喃。

这怎么会是弥天大谎呢？你太爷爷那可是西南闻名的大毕摩，他看到的，确实是一只大鸟。沙玛小儿，老大不敬，口出污言，才会遭天谴和报应的！

·七·

乌火夜观天象的时候，沙玛在床上翻来覆去睡不着。沙玛老婆气得翻身起床，抱了被子去儿子阿嘎的房里睡。阿嘎没回家，他和木呷都放心不下象崽，两个年轻人决定守个通宵。

我可不愿跟一条蛆睡在一起！

要在平日，沙玛老婆这话一定会激怒沙玛，但今夜他懒得跟她吵嘴。没有见识的老婆怎么能理解一个脑子里扑腾了一只大鸟的男人。

沙玛的脑子里有一只大鸟，那是一只黑颈鹤。自从今天太平村周遭惊现了野象，沙玛的脑子里就扑进了这只叫黑颈鹤的大鸟了。他躺在床上，不安和恐惧，让他翻来覆去。

很多年前，毕摩太爷爷的那个预言，像一个恶毒的诅咒，让沙玛在年轻的时候失去了父亲的庇护，被判了重刑的父亲，在那个名叫板板房的监狱里，苦熬着漫长的刑期。沙玛在农闲的时候，常去看望自己的父亲，但父亲一次也没跟他见面。父亲托狱警带话给他，说我不要你看，不要你惦记，如果你是个真正的孝子，你就替我撵走马鸿鹄，守护好自己的家园。

马鸿鹄的意外死亡证明了他并不是那只大鸟，也并不是那只大鸟的化身。沙玛认为自己的父亲好诓，被毕摩世家的谎言骗了。

马鸿鹄死了，采矿者作鸟兽散。看着那些被钻得千疮百孔的山体，沙玛在心中发誓，要把太平村和大包山建设成美丽的家园，要让蓝天对他笑，花朵对他招手，风吹草低见牛羊。

国家要保护长江上游，遏制水土流失，便倡导退耕还林还草。此时，沙玛也被太平村推选成村主任。于是他就镇里县里跑，硬是争来了一个退耕还林还草示范区的项目。

要退耕，不种土豆，也不种荞麦，太平村人想不通，他们说，沙玛你这是要让我们喝西北风呀。沙玛说，粮县里会供应，每个人头都有，而且是白花花的大米。县里市里都出钱给项目，大家种树播草，给大家工钱，等生态恢复了，就发展林下经济。太平村人听沙玛这么说，就都乐和了，说沙玛你不是村主任，你是画画的，给我们画蓝图哩。

沙玛说，我不仅要画，还要带着大家真锹实锄地干。沙玛说到做到，三五年过去，这太平村，就有了新模样。山坡有了新绿，原来干涸的太平湖，开始积水，周围呈现出大片的湿地。湿地里，有了小鱼小虾，有了泥鳅，有了秧鸡和水鸟。这些小动物，就像是从地底下冒出的不速之客。

而太平村退耕后，长得最好的是草。从前的那些土豆地、苦荞地和燕麦地，都变成了美不胜收的高山草场。每逢周末，就有县里市里的摄影爱好者和旅游者，驾车来这里游玩和拍照。草场绿草肥嫩，养的山羊也肥美，有经商眼光的个别村民，率先利用自家院落，搞起了农家乐，专营彝家羊汤锅。每到周末或节庆时，太平村就会热闹得像炸了锅，这热气腾腾的“锅”里，弥漫了诱人的羊膻味和彝家的烧酒香。

就在沙玛一幅蓝图初绘成时，那场太平村百年未遇的大暴雪，改变了一切。沙玛记得，那场雪一直下了整整半个月，半个月里都是纷纷扬扬的雪花，就像是天漏了一样，那年冬天还特别冷。与那场漫长风雪一起君临的，还有儿子阿嘎。沙玛的年轻媳妇，给他生下了一个胖小子。

初做父亲的他，又紧张又激动。孩子出生在这冰冻三尺的风雪严冬，让他操心起母子的保暖与饥寒。媳妇生产后，身子显得极度虚弱，奶水不足，吃不够奶的孩子就嗷嗷大哭，哭声让他内心发紧，心颤肉抖。他想了想，就决定去羊场买一只羊，杀了背回来给老婆熬一锅补身子的上好羊汤。

沙玛顶着风雪出了门。去羊场要途经太平湖边的湿地，但雪下得太大了，积雪也太厚了，看不见太平湖，更看不见湿地，整个世界像删除了一切，变成一片白茫茫。沙玛途经湿地时，惊飞起了一群嘎嘎叫的大鸟。沙玛过去从未见过这种鸟，他眯了眼呆呆站着，看着它们在寒风中飞远。

沙玛嘀咕说，这两天不仅给自己送来了风雪、儿子，还送来了鸟。这鸟长得像画上的鹤，看来有大吉祥。

这样一想，沙玛心情愉快了些。他重新迈开步子往羊场方向走。这时，他听见了两声凄厉的叫声，沙玛停住，往叫声方向张望。他看见一只大鸟，吃力地站起，张张翅膀，又吃力地倒下了。

于是他便踩着没膝的积雪，深一脚浅一脚赶了过去。

沙玛看见的是一只受伤的大鸟，这鸟确实像农家贴在堂屋上的松鹤图的鹤，不同的是，它脖子上的鸟毛是黑色的。

大鸟看见沙玛，惊恐地再次起身飞走，但它只是扑腾了几下，就绝望地蜷缩在雪地上了。

沙玛过去，把它抱了起来，他发现，这鸟的左翅膀和左脚都受了伤。沙玛没再往羊场走，他想，就用这只大鸟，给媳妇熬一锅鸟汤，这肯定比羊汤还补。

但媳妇听说沙玛要炖一只大鸟，就拖着孱弱的身子从床上起来，她用虚弱却又无比坚定的声音说，沙玛，你要是敢炖了它，我就吊死在院子里的柿树上给你看。

沙玛从媳妇的话里，听出了认真。于是他就将大鸟抱起放在柿树下说，你们一起死给我看好啦！

不要以为我不敢！

媳妇的语气里，既有警告又有挑衅。

真是个恶婆子。沙玛嘀咕道。

这时，县文化馆的胡有文馆员手里提着用红纸包好的礼物上门来了。这胡馆员是个摄影发烧友，雪一下，他就赶到太平村来了，这几天都住在他表弟毕摩乌火家。他准备上大包山拍雪景，听说沙玛媳妇为沙玛生了个儿子，就赶过来贺喜。

但他才推开沙玛家的院门，就被眼前的景象惊呆了，他看见一只大鸟掠过他的头顶，稳稳地落在了柿树上。柿树摇晃了一下，几团雪就落在了雪地上。那鸟太漂亮了，它收拢起翅膀，盯着院子里看。

院子的柿树下，也是一只蜷缩着的大鸟。它一动不动的样子，像是死了。胡馆员看着这一幕，吃惊被后悔取代了，他后悔出门时没随身带相机，错过了好景致。

站在堂屋前的沙玛。同样也看到了那只大鸟。

大鸟嘎嘎叫了两声。

那是呼唤的声音。

蜷缩在地的大鸟动了一下，随即想吃力地从雪地里站起来。遗憾的是，它摇晃着站起身，随即就又摇晃着倒在雪上了。

这时，树上的大鸟俯冲而下，试图叼走它。任由它奋力扑打着翅膀，任由它惊起一地落雪，还是不能将受伤的大鸟叼起来。

它仰头又发出嘎嘎嘎嘎的叫声。

这声音里有着绝望，似人在大放悲声，仰天叹息，接着，沙玛和胡馆员就看到了惊心动魄的一幕——

它垂下头来，用自己的嘴轻轻地梳理着受伤大鸟的羽毛，它动作轻柔，生怕自己尖锐的鸟嘴弄疼了它，它做得一丝不苟，旁若无人，直到它认为已经为其梳妆好了，才走到它对面，蹲下身子，开始用自己长长的脖颈去碰了碰它的颈项。它与它就此达成了默契。它们交颈缠绕，用尽全力去缠去绕，两只大鸟的脖颈，扭成了一条粗壮的麻花。最后，它们在雪地上仿佛是相拥而眠了……

两只交颈而死的大鸟，让站在院门口的胡馆员泪流满面，沙玛像做错事的孩子，低垂了头呆若木鸡地站在堂屋前的檐坎上。见多识广的摄影发烧友胡馆员，哽咽着说，这是黑颈鹤，太平村怎么会有黑颈鹤?

从沙玛嘴里，胡馆员知道太平湖湿地的雪地上来了这被沙玛叫作大鸟的黑颈鹤，这个只要是摄影发烧友都会闻之激动的消息，让胡馆员断然终止了上大包山拍雪景的计划。

他背着摄影包，扛着支架，一身长枪短炮地就开始在太平湖边，像一个狙击手一样开始了蹲守。功夫不负有心人，他捕捉到了太平湖上黑颈鹤的最初影像。

胡馆员回县文化馆后，将他的摄影作品冲洗出来。他还将亲眼所见的两只大鸟交颈而死的“爱情故事”写成了文章，一并寄给了省里一家全国有名的摄影杂志社。

黑颈鹤照片及其“爱情故事”引起的轰动效应是胡馆员始料未及的，人们蚁群一样向太平村涌来。一个名不见经传的偏僻彝村，现在成了旅游热点。城里的帅哥靓女，把太平湖作为拍婚纱照的好去处。有婚庆公司甚至找到沙玛家，说愿意出高价买下他家，将其命名为殉情地供人参观。

旅游资源匮乏的乌蒙山，突然出现这样一个旅游景点，让市里的领导也很兴奋，他们向县里明确指示，由市旅游局牵头，出巨资将太平湖、太平村、大包山一体打造成AAAA级以上旅游风景区。

这个消息传到太平村时，村主任沙玛兴奋激动得在村里摆酒畅饮了三天。但让他没想到的是，乐极生悲的事情也说到就到了。

太平村作为不适宜人生存的苦寒之地，整体搬迁的通知已逐级下放，最后，到了沙玛的手上。

知道太平村要整体搬迁消息的村民们，像接到一个噩耗一样悲悲戚戚了。有一个人却是例外，那就是毕摩乌火。他兴奋地冲沙玛说，沙玛，我太爷爷的预言应验了吧？毕摩就是毕摩！

搬离故土的伤悲，只有搬迁者才能体会。他们集中在老祖坟场大放悲声，那哭天抢地的场面，成为太平村人记忆中的集体伤口。

沙玛没去坟场，他独自去了板板房监狱，父亲倮伍这次破例跟他见了面。披头散发的老父亲在沙玛眼中越发苍老了，父亲倮伍的脸上没有悲伤，他笑容满面地对沙玛说，你带领乡亲们建设了一个美丽的家园，才招来大鸟的。你要自豪地走，祖先的魂灵，会替你守好它的。

沙玛说，阿爸，相信你的儿子沙玛吧，我会带领乡亲们再建一个美丽的家园，等刑期结束，我就来接您。

倮伍收敛了笑容。看着父亲由晴转阴的脸，沙玛以为是父亲把他的话当成了夸海口。

阿爸，你还是不相信你的儿子呀。

倮伍摇了摇头，叹了口气说，沙玛，不是阿爸不相信你，阿爸的心里担忧呀，要是再招来大鸟咋办？

沙玛忍不住笑了，他对倮伍说，阿爸，毕摩太爷爷看到的大鸟是黑颈鹤，它只生活在高寒之地，我们搬去的是炎热之所，它不会去的。

…………

黑颈鹤没来，但大象来了。

为什么大象刚出现，自己的脑子里都是扑腾的黑颈鹤呢？

翻来覆去的沙玛，越想越不明白了。

·八·

阿嘎用父亲给的钱在镇上买了两大桶牛奶。他骑摩托赶回背阴地的窝棚时，看见木呷提着一根木棍正与幼象对峙。

你敢出去，看我不抽死你！

听见木呷恶狠狠的声音，阿嘎忍不住笑出了声。他熄了摩托的火说，木呷，它饿了，想出去找东西吃。

木呷听到阿嘎笑，心里更来气。这畜生好难照顾，解药一起效，它就来精神了。他用木棍朝窝棚画一个圆弧，说你是骑摩托还是赶牛车呀？你再不赶回来，它讨厌的长鼻子，会把窝棚掀翻的。

阿嘎从摩托车上搬了一桶牛奶过来，喘着气说，这是野象又不是家猪，能少了脾气？

他边说边把牛奶桶放在了木呷的脚边。

木呷白一眼阿嘎说，这么大一个桶，它怎么去吃呢？你不会以为大象是用鼻子吃奶吧？

阿嘎冲木呷神秘一笑，转身回到摩托车旁，从装头盔的后备箱里拿出一个大奶瓶，朝木呷晃了晃说，知道我为什么回来晚了吧？

为了制作这个大奶瓶，阿嘎几乎在镇上走遍了所有的商家，最后，经人指点，才找到镇上兽医站的龚兽医，软磨硬泡，龚兽医才答应现场为他制作了这个大奶瓶。为了这乳胶的大奶嘴，龚兽医可没少花功夫和时间。

阿嘎的细致和周到让木呷佩服。他冲阿嘎竖起一个大拇指说，阿嘎，行呀，心细得像绣娘。你奔波了大半天，喂奶的事，我来就好。

木呷从阿嘎手中抓过奶瓶，扭开奶嘴盖，灌满牛奶后又扭紧奶嘴盖，然后提心吊胆地靠近幼象。木呷知道，要是幼象不领情地给他一象鼻，不亚于身上挨一闷棍。

但幼象似乎知道了木呷的担心和善意，它乖乖地垂下了长鼻，木呷靠近它，将奶嘴塞进了它嘴里。

它贪婪地吮吸了起来。

满满一大奶瓶牛奶，瞬间就空空如也。

木呷拿着空瓶子，冲阿嘎说，这家伙的食量，怕是能喝掉一桶牛奶。

幼象的牛奶需求量，超出了阿嘎和木呷两个年轻人的想象。阿嘎每过两天，就要往镇上跑，镇上卖牛奶的，都以为他是村子里来的一个牛奶的零售商。

这样下去，我们会招架不住的。木呷对阿嘎说，这畜生把我们当开牛奶厂的农场主啦！

阿嘎对此早已一筹莫展，每每想到幼象与日俱增的牛奶消耗量，他内心都会生出一种崩溃感。但阿嘎不愿让木呷看透自己的心思，他故作轻松地说，一头幼象都养不起，还干什么大事呀？木呷把你讨媳妇的彩礼钱先借我，今后石斛有了收成，我就还给你。

木呷说，我准备讨媳妇的彩礼钱不全都投资给你买石斛苗了吗？

阿嘎拍了一下脑门说，你看，我把这都整忘了。木呷，你去找你阿爸，兴许他手上有积蓄。

你打我阿爸的主意？木呷苦笑着摇头说，我阿爸还想打主意向别人借钱哩，他手上一旦有俩零花钱，马上就会变成草药，他总对我讲，毕摩不能消灾祛病还是毕摩吗？

这下阿嘎是真的犯难了，他心里嘀咕道，都说钱能办到的都不是啥大事，但没钱连小事都办不了！

木呷说，阿嘎，你也别犯愁，大不了我俩把这畜生放森林里去得啦！

你说得轻巧！阿嘎断然道，把它放森林里去，找不到象妈妈，它会饿死的。要真是这样，你我都是刽子手。

阿嘎挖空心思想了半天，也没想出一个解决幼象牛奶钱的好办法，只好硬着头皮去找父亲沙玛。

儿子找老子借钱，老子没钱，这让老子又恼火又羞耻，帮不了儿子的老子急得团团转。

沙玛冲阿嘎摊摊手说，不是老子不借给你钱，而是老子两手空空没有钱，前几年的积蓄，一些供你读书，一些用在菠萝的品种改良上去了。

阿嘎低着头说，大家都没钱，可幼象要吃奶呀。

老子知道它要吃奶！

沙玛虎着个脸，翻了下白眼对阿嘎说。

阿嘎叹了口气，转身走了。黑狗大王想跟阿嘎去，没想换了阿嘎一飞腿。

死大王，滚一边去。

大王疼得一边打着滚一边痛苦地汪汪叫唤。

但出了门的阿嘎又低垂了头折回家来。他进屋后对沙玛说，跟你借两斤酒。

借什么借？沙玛粗声大气地说，说话生分得很！自己打去。

阿嘎自顾在酒缸里装了满满一胶壶酒，提着回背阴地去。

他出门前听见父亲的声音——

小子，酒会让你暂时忘记难题，但它解决不了难题。

父亲的话没错，阿嘎和木呷在背阴地的窝棚里相向而坐，也没想出个解决幼象牛奶钱的好办法，只是越发明白了一分钱难倒英雄汉的道理。

想不出办法的阿嘎和木呷只能借酒消愁。就在两个年轻人喝得酩酊的黄昏，沙玛找上门来了。

我说过酒解决不了难题的，小子！

沙玛的语气充满了教训，阿嘎说，你跑来就是来看我笑话吗？

笑话儿子不也笑话了老子？你阿爸没那么蠢。沙玛边说边从口袋里掏出一沓钱说，这象儿子再能吃喝，也够你对付一阵子了吧。

看着父亲手上厚厚一沓钱，阿嘎有些意外说，阿爸，你不是没钱吗？

沙玛说，我没钱，但我有家底，我把厩里那两只山羊卖了。

那可是爷爷送你的羊！阿嘎知道，阿爸把它们当了宝贝。

爷爷送的咋啦？沙玛故作轻松说，正因为是爷爷送的，你今后问爷爷要两头，你阿爸不是又有羊啦？

沙玛边说边把钱塞在了阿嘎手里。

阿嘎接了钱，就踉跄着往外走，他急着想骑摩托去镇上买牛奶。

但沙玛厉声唤住了他。

醉酒骑摩托是违法事，沙玛说。

沙玛走过去，伸手向儿子阿嘎要了钥匙，亲自骑摩托车去镇上买牛奶，他心里有些乱，想替儿子做点事，也顺便兜兜风散散心。

卖掉那两头羊。沙玛是痛下了决心的，这种痛只有沙玛能体会。父亲从监狱出来后，没有往自己儿子的新家来，而是独自回到了大包山上，做了一个放羊倌。父亲说，热地方的羊，肉不好吃，既膻腥，又粗柴。沙玛托人带信给父亲，说他孤身一人，自己放心不下。于是父亲就托人带了两只羊，说你既然惦记牵挂我，看看羊就好啦。

沙玛想，今后没羊看，又该想父亲了。他心里清楚，父亲犟着不与他同住，就是要让他牵肠挂肚，这样，他沙玛就不会忘了故乡。

沙玛去镇上，星夜买回来牛奶送去背阴地，人也困乏了。回家正准备洗脚上床睡觉，院门又敲响了，黑狗大王也汪汪卖力叫唤。沙玛此时被人打扰，心有不快，开门就嚷，什么鬼呀，深更半夜的。

不是鬼，是毕摩。

乌火抱着一罐酒，满脸堆笑地站在门口。看着一脸烂柿花一样笑容的毕摩乌火，沙玛没好气地说，你三天两头往我这送酒，想拉我下水呀？

你这是不服人尊敬，真把自己当干部了？乌火瘪一下嘴说，要不是我儿木呷摊上你家的事，我才懒得低三下四上门找你。

怎么是我家的事？你把话说清楚点。

怎么不是你家的事儿？你儿子蛊惑我儿子，跟他树上种石斛，他要不跟你儿子进雨林，会发生捡到象儿子的事？

都说来者不善，原来你乌火是兴师问罪来啦！

乡亲们夸你有格局，有气量有度量，我倒是看得相反，整个小肚鸡肠，兴师问罪，我乌火问你什么罪？何罪之有？你堵着门干啥？彝家有你这样迎客的吗？

乌火说着就自顾挤进了门。

在太平村人眼里，沙玛和乌火，是村里的两大能人，乌火管天，沙玛管地，一山难容二虎，俩人不待见，村里人也清楚，当然，他们彼此心里也清楚。

这样的两个人坐在一起喝酒，场面就自然有些尴尬，尴尬得憋半天三杯酒下肚，也找不到话头。

毕竟是在自己家，沙玛开了话头。

怪了，自从听说太平村来了大象，我就每晚都梦到了黑颈鹤。

你倒好，睡得着。

谁睡得着？一脑袋的鹤。

我观了几晚的天象。

看见大鸟了？

一说到鸟，话题就中止了。

我没别的意思。沙玛解释。

乌火摇了摇头说，没看见。

那看见大象了？沙玛又问。

乌火摇了摇头。

你什么也没看见，找我干啥？沙玛指着自己的鼻子说。

我看到书了，乌火说。

你看到了天书？

沙玛有些惊异，天书说啥啦？

不是天书，是太爷爷留下的书。乌火说，准确点讲，我看到了古典籍。

沙玛说，古典籍你看得懂吗？别在我面前冒充知识分子。古彝文，你也能看出名堂？

当然，要不也成不了非遗传承人。乌火边说边端起酒碗一饮而尽。

有名堂就摆来听听。沙玛说。

有了卖弄学识的机会，乌火是一定要在沙玛面前显摆的。他装腔作势咳嗽了两声，清了一下嗓子，尽量放缓语速道——

我太爷爷抄的是十月历，也就是我们通常说的十月太阳历。历书上说，我们的先人，用十兽纪日。分四方五位。东方鳄鱼，南方大象，西方是驮太阳的神鸟，北方是猴子，中央是喊太阳的黄公鸡。鳄鱼掀开了洪水，招来水灾，是罪魁祸首，被砍了四肢作为顶天支柱，故鳄鱼被封为分管东方之兽。大象是动物界的和平维护者，居南，封为南方之神兽，神鸟驮来太阳和光明，居西，封为西方神兽，猴子被人用来发丧，它主管人类灵魂归去，为北方之神兽。天上原来有七个太阳，六个被神人射落，剩下一个不敢出来，大地漆黑。好心的先人养公鸡喊太阳，喊出太阳带来光明，所以公鸡位居中央，为中央神兽。我们彝族人婚丧大事，要毕摩卜卦，就来源于此。

你一下猴子，一下公鸡的，把我都弄糊涂了，你能不能拣重点说？沙玛有些不耐烦了。

啥在你心目中才是重点？乌火翻翻白眼仁问。

大象，沙玛端起酒碗说，当然是大象。

乌火有些火气说，我不是早说了吗？大象是南方之兽，从来都是和谐吉祥的象征嘛。大象来我们太平村，叫太平有象，是吉象，大吉之象！

沙玛听乌火这一说，似信非信，他对乌火有些不恭地说，你们毕摩世家，从来都有望文生义的本事。

乌火这回是真生气了，他“腾”地站起来，反唇相讥道，毕摩当然是世家，这是传承的力量，但从没有听说过村长村主任有世家的！

他说完，拂袖扬长而去。

村长村主任咋啦？沙玛气得吹胡子冲着无边夜色说，村长村主任从来都是村中领头羊！

·九·

沙玛其实是听进了毕摩乌火的话的，要不，夜里他也不会睡得那么香甜。他早晨醒来，感觉到整个人神清气爽，身子仿佛卸下了好几十斤，乌火送来的酒罐还摆在火塘边。他抱起酒灌，倒出一碗喷香的烧酒，一仰脖就一口干了。

高兴了就喝一碗早酒，这是沙玛的习惯，这习惯会让他在一天里面不仅身体通泰，而且心里舒服。他抹了一下嘴，出门，在院子一角将背箩提将起来，反手往背上放时，才想到羊已经卖与他人，便将背篓扔地上，反剪了手，出了院门。

黑狗大王也欢天喜地跟在他后面，边跑边摇动着它雄赳赳的狗尾。

沙玛只要高兴，就会绕着太平村游走，样子像极了旧时土司巡视领地。村民们都能看出来，他身上总有一种掩饰不掉的威严与自豪。

这太平村，原本不叫太平村，它有一个听起来让人胆寒的名字：蚂蟥箐。蚂蟥箐名副其实，蚂蟥多，不仅有水蚂蟥，而且还有树蚂蟥。水蚂蟥叮了人的腿，会让人疼痛难忍，像粘了万能胶一样难除掉。树蚂蟥更恐怖，人打树下过，就会纷纷扬扬落下。旧时有马帮打蚂蟥箐过，都得在镇上买一只羊，到了蚂蟥箐，让马锅头将羊往前撵，那羊往树丛里走，树蚂蟥就纷纷落下，紧紧地粘连在羊身上，它们拼命地吮吸羊血，羊就咩咩地痛苦大叫，直到被吸成一具羊架。

沙玛率领村民来到蚂蟥箐，做的第一件事就是除蚂蟥，他带领全村人，用石灰粉将蚂蟥箐撒成了白茫茫一片，又用猪羊的血浸泡大丝瓜瓤子诱吸蚂蟥，将其集中后用火烧成灰烬。第二件事就是态度强硬地找搬迁办，改掉蚂蟥箐这个听起来就让人不寒而栗的名字，改回原来老家的村名——太平村。

沙玛想起刚来的时候，这地方就是一片蛮荒，除了蚂蟥，还有咬得人疼痛难忍的红蚂蚁和要命的蚊虫，这种湿热之地，草木疯长，各种叫不出名的有毒昆虫大量繁殖，让人不堪其扰。原本就是背井离乡的村民，到此后情绪都降到了最低点，成了个个哀鸿，沙玛的心中，也是悲凉一片，绝望与满腹苦水混杂一起。回去吧！咱们回去吧！我们回老家去，我们坐惯的山坡不嫌陡！他的耳朵里，塞满了山风一样呜咽的村民的哀求。

但沙玛知道回不去了，他们都是开了弓的箭镞。他冲那些哀求吼叫，告诉他们回不去的事实。跟着我干，不给老彝胞丢脸！我一定给大家一个更好的家园！他掷地有声的话，成了村民们的信心支柱。

什么都是问题，吃惯了苦荞疙瘩，吃不惯糯米团，吃惯了土豆，用红薯当顿，肚里就犯酸水。附近的本地人就嘲笑，说山猪吃不惯细米糠。吃是问题，干活更是问题，种熟了荞麦，种甘蔗、稻田就手生。沙玛就跑到傣寨学，像小学生一样找农科站的农技人员教。几年光景折腾下来，就还真折腾出了景象，他们种出了比本地人种得还要好的稻谷、甘蔗和菠萝，村子里有了欢声笑语，间断了几年的火把节，又在紧锣密鼓中，在火把、篝火和歌声中，重新成了重要的民族节日。连省里来考察的领导都感叹说，这是一块风姿绰约的彝文化飞地。

而这一切，立头功者，非他沙玛莫属。在镇上、县里、州上、省里到处拿奖，直拿得脚瘫手软。沙玛每每想起这些，想不骄傲都不行。

看着花团锦簇、瓜甜果香的家园，看着安居乐业、幸福安康的乡亲，沙玛在太平村周遭，怎么看都看不够，怎么走也走不累。

但志得意满的沙玛，心中还是有一份遗憾，那就是父亲倮伍，他怎么哄怎么劝都不奏效，出狱后径直回了大包山，回到了那黑颈鹤翩翩起舞的地方。他说，只要他在，太平村人就有了故土，就有了根。

而今天的沙玛，却想把根深深扎在这里。他总是这样教育儿子阿嘎，有志气的彝族人，对故乡最好的怀念，就是用自己的双手打造出一个比故乡更美丽、更富庶的家园。这话，是在市里乡村振兴动员会上，那个市政府文绉绉的周秘书替他写的发言稿里的话，但确实是他沙玛的心声。

沙玛站在亮丽的阳光下，心中充满了豪情。意气风发的他涌起一个念头来了，那就是他要带领自己的乡亲，把脚下这块一直被族人们当作异乡的土地，建设成家乡。

我们就是这里的主人！

——这样一想，他整个人都像这美好的早晨，通透而敞亮了。

但这好心情却被毕摩乌火这讨厌鬼破坏了，胖得像一个皮球的乌火，蹦跳着冲他跑过来。气喘吁吁地说，不好了不好了，要出大事啦！

沙玛看乌火一惊一乍的模样，脸上就泛起了鄙夷之色。他皱着眉头说，沉不住气的男人，知道啥叫大事？你不会又看了啥古书，让你晓得天要塌？

乌火一听沙玛的话，就跺了脚说，你不说损人的话，难道会死吗？我昨晚在你家喝多了酒，回去就睡了。今早醒来，老婆就说，昨天晚上木呷回家来，翻箱倒柜找东西，把我的迷药拿走了。那可是能迷倒三头牯牛的迷药呀！

嗯，沙玛嘀咕道，这也算大事？

这还不是大事？乌火推了推手说，木呷拿那么多迷药去干啥？

你儿子拿的迷药，你来问我拿去干啥？毛病！

毛病？沙玛你骂我有毛病？乌火指了指自己鼻尖然后又用力指沙玛说，你才有毛病，脑子有毛病！他拿那么多迷药，要用在那象儿子身上，迷死了咋办？

沙玛听乌火这一说，上牙咬了下嘴唇思忖一下，觉得有理，就一拍沙玛的肩头说，那还愣着干啥？还不快赶背阴地去。

木呷和阿嘎折腾了半个早上，也没能让幼象喝下迷药，起先，木呷将迷药溶在水里，让幼象喝，但聪明的幼象仿佛知道水里下了药，长鼻子刚触到水桶，就缩回来，然后一撩，就把一桶水给掀翻了。阿嘎见状，就取了奶瓶，将迷药兑在了牛奶里，装进奶瓶让幼象喝，幼象吸了一口，但随即就把吸的一口牛奶全喷在了阿嘎的脸上，弯腰站起身的阿嘎，弄成了一个大花脸，惹得木呷捂着肚子笑了半天。

笑啥笑？阿嘎说，等段晓果的车来了，我看你还笑不？这活蹦乱跳野性十足的，迷不翻，看咋把它弄上车？

阿嘎说的段晓果，是给阿嘎提供石斛苗的商人，昨天他驱车来背阴地给阿嘎送先前预订的石斛苗，发现了关在窝棚里的幼象。当他听说这是一头阿嘎和木呷从雨林里捡回来的幼象时，就动起了歪心思。他说他关系广，知道有人暗地里做收购野象的生意。

这能卖好大一笔钱，你俩要做成这笔生意，就不用向我赊石斛苗了。他说。

阿嘎在雨林的树上种石斛，因为缺少购苗钱，限制了种植规模。听段晓果这番话，心就动了。

但动了一下心的阿嘎，随即又坚定地摇了摇头，我和木呷犯王法的事不做的。

犯啥王法？你知我知木呷知，买的是泰国人。

泰国人？他们买象干啥？

做大象表演，招揽游客呀。

不……不行，阿嘎继续摇头说，那些驯象师，对野象的手段可残忍了。

段晓果听阿嘎这话，也摇摇头说，别装活菩萨了，发啥善心呀？你真以为你能养得活这幼象？你没这能耐也没这本事！你想过没？养死了咋办？你脱得了干系？

木呷抢白说，我们养它一段时间，等它大点儿就放它回森林去找妈妈。

找妈妈？段晓果冷笑一声说，木呷，你给我编童话呀？它要找不到妈妈，饿死咋办？它要饿死了，你说它是饿死的，还是被你们害死的？

段晓果让木呷无言以对。

即便饿死，阿嘎头昂一下说，也比受训象师的活罪强。

此言差矣！段晓果不愧是一个巧舌如簧的商人，皮笑肉不笑的，目光尖锐盯着阿嘎说，没错，这幼象是要受驯象师的罪的，但那是要让它褪去身上的野性，经过受训，它就不是一般的象，是象里的艺术师，就像浴火重生的鸟那样，不是鸟了，是凤凰，你替它烦忧，真正是杞人忧天。它成了艺术师，体现的是价值。这价值，比它在山野丛林里做一头自生自灭的野象不知强到哪里去了。

听了段晓果这一蛊惑，阿嘎看看木呷，木呷看看阿嘎，都觉得此话有理了。

段晓果轻易地就洞察到了阿嘎和木呷内心的动摇，他说，我可不会白帮忙的，卖的钱我们仨等分。我今天回去就联系买主，明天就开车来拉象。

段晓果看了看幼象，试图挑逗一下它，伸手去挠幼象的鼻子，幼象长鼻一丢，吓了他一跳。他后退两步，对阿嘎和木呷说，明天怎样把它弄上车是个大问题。你俩得想法子。

阿嘎左思右想，也没想出个好法子，倒是木呷，一阵苦思冥想，就想到了父亲乌火的迷药……

沙玛和乌火急匆匆赶到背阴地的时候，两个年轻人已经累得汗流浃背，他们引诱幼象喝迷药没得逞，就想强行给幼象灌迷药。俩年轻人虽身强力壮，但却不是幼象的对手，制服不了幼象的他们，看见自己的父亲，来了援军般地兴奋，他们大声招呼两个前辈赶快过来帮忙。阿嘎说，乌火叔，阿爸，你们来得正好，我就不信我们四个人还制服不了一头幼象。

他的话音刚落下，响起的却是响亮的耳光声。阿嘎还没反应过来，沙玛扬起的大手掌就重重掴在他脸上了。

这时段晓果驱车来到了背阴地，他斥责沙玛说，难道你不知道打人是违法的吗？

阿嘎捂着脸，说段总，他是我爹，你别管闲事。

段晓果说，老子打儿子也违法。

沙玛恶狠狠地瞪段晓果一眼，说你别人模狗样地装文明人，他阿嘎平白无故给大象下迷药违不违法？

这一问，还真问住了段晓果，一时语塞的他，赶忙从口袋里掏烟，递给沙玛。沙玛不接，段晓果也一脸堆笑给乌火递烟。乌火迟疑一下，就欲伸手去接，却被沙玛呵斥住了。

坏人的烟你也敢抽？沙玛冷冷道。

段晓果这下火气上来了，他说，大叔，我是正经生意人，怎么在你眼里就变成坏人了？

乌火也觉得沙玛言辞不当，就说，沙玛兄，生孩子气，也不要拿外人出气，你咋就把人家当坏人了？

沙玛瞥一眼乌火说，别人说你聪明，在我眼里你就是个笨球。

乌火摊摊手说，沙玛兄，气还生我头上来了？过分了！

我过分？沙玛上前，推了一把乌火，指着段晓果开来的车说，你睁开你的狗眼，仔细瞅瞅，他开的什么车？四周封着栏杆，我看你儿我儿要给这象儿子下迷药，就是想把这象儿子卖给他。

你说的没错，段晓果说，我这不是好心帮阿嘎和木呷，这象是野象，怎么能养？养不活的。我正是趁它还小，牵线把它卖给驯象师，既赚了钱，又免去了麻烦。这岂不是两全其美？

两全？全个狗屁，还其美？美你个头。沙玛气得吹胡子瞪眼，手指段晓果说，你这一肚子坏水，想的都是歪门邪道，说你是坏人轻了，你要真怂恿这俩逆子卖了这象儿子，你就是个罪人！而且你把他们也变成了罪人！

阿嘎捂着被打疼的脸说，阿爸，你别血口喷人。人家段总真是一片好心，是诚心诚意帮我们解决难题。

啥？沙玛没想到自己的儿子如此糊涂，他忍不住伸手往阿嘎头上又是一巴掌，说老子今天要是不把你打开窍，我就是个失职爹。他帮你们解决难题？他要把这象儿子卖了，你和木呷的人生就无解了！

你阿爸说得对，话丑理正！乌火附和道。

阿嘎，段晓果唤了一声说，我可跟境外的人联系好的，而且收了人家定金，你不会反悔吧？你反悔，你就得赔违约金哦。

听段晓果还在要挟自己的儿子，沙玛气得挥手一巴掌就过去了。好在乌火眼疾手快，伸手拦开了，要不，这一耳光，会比扇阿嘎的还要响亮。

段晓果吓得退后了两步。

沙玛欲再上前，却被乌火一把抱住了。乌火冲段晓果说，你这年轻人呀，还不快走，咋连势头都不看？

段晓果挪动了一下脚步，又犹犹豫豫停住。

沙玛说，你真的想要违约金。

商有商道，段晓果说，违约是要赔的。

好好好！沙玛冲段晓果连鼓三个掌，说我这就给警察打电话，让他们赔你违约金啊。

他边说边伸手对阿嘎说，把你的手机给我。

一听说沙玛要给警察打电话，段晓果就慌了，说，别别别，我走还不行吗？

就这样走？沙玛冷冷地说，你岂不亏了？

段晓果说，我认了，亏就亏吧，我认栽了。

那还不快滚，沙玛一挥手说，免得老子看你泼烦。

段晓果灰溜溜地小跑到车前，拉开驾驶室，一轰油门，车子放一串响屁，瞬间就从背阴地消失了。

沙玛瞪一眼阿嘎，又瞪一眼木呷，嘴里爆出了一声——

糊涂！！！

然后，他板了脸冲乌火招招手，就转身大步流星地走了。

乌火也冲两个年轻人说，糊涂！

说完就跑去追沙玛了。

·十·

这幼象卖又不能卖，养又养不起，幼象与日俱增的食量，对阿嘎和木呷，都成了压力和负担。

两个年轻人思来想去，最终还是决定将幼象放归雨林里去。在一个月黑风高之夜，两个年轻人将幼象悄悄地赶进了雨林深处。

赶走了幼象，阿嘎和木呷起初都有一种如释重负的轻松，但这种轻松感很快就被内心的不安取代了。这幼象找到它妈妈了吗？找到象群了吗？如果它一直脱群，它该怎么生存下去？

这些心中泛起的问题就像泉眼里冒出的水，越来越多。这些问题，将两个年轻人折磨得寝食难安。

在背阴地的窝棚里，阿嘎和木呷，两天来一直在黄昏相向而坐，喝上了闷酒，而且都喝到酩酊大醉。这样过去了两个夜晚，木呷终于率先在第三个黄昏打破了沉默，他说，阿嘎，我们是救护人呢还是刽子手啊？

阿嘎说，我要能回答上这个问题，我还喝这酒？木呷，就让那象儿子听天由命吧。

阿嘎的话音未落，窝棚外就传来了叫声。木呷被惊得站了起来，他对阿嘎说，外面有啥在叫唤。

阿嘎点点头说，我也听到了。

他们奔出窝棚时，看到了被他们赶进雨林的幼象。在血一样的黄昏里，这头归来的幼象，仿佛笼罩在某种悲壮的氛围里。

阿嘎突然抱了头，跪在了地上。

木呷赶忙上前，想把阿嘎扶起来，但阿嘎挣扎着就是不愿站起来。他说，木呷，它找我们来啦！你看到没，它是流着泪找来的。

木呷放眼望过去，看到了盈盈如月光的象眼和未风干的泪痕。

幼象缓慢地移动着脚步，走向阿嘎。它伸出它的长鼻子，轻轻地抚弄着长跪不起的阿嘎，它充满了温柔，仿佛是在安慰过度伤心的阿嘎。木呷跑过去，伸手搂着幼象的头，他哽咽着说，你要原谅我和阿嘎哦，我们要有能力和办法，不会赶你走。

阿嘎说，木呷还不快拿牛奶去。

木呷说，哪还有牛奶？

阿嘎“腾”地站立起来，他对木呷说，那就把酒壶提来。

木呷说，难道你要跟它喝酒?

阿嘎认真地点了点头，看看幼象对木呷说，今晚你，我，还有它，要一醉方休!

是夜，阿嘎和木呷都喝高了，翌日太阳老高了，才从窝棚的床上爬起来。他俩没顾得上给自己做早餐，却忙着给幼象准备食物。当他俩带着昨夜残存的酒意提着菠萝香蕉来到幼象住处时，两人吓得酒意烟消云散了。

幼象侧躺在地上，纹丝不动，就像死了一样。

你这是乐极生悲，这么点的象，你给它灌了满满一碗酒，木呷责备着阿嘎，它一定是醉死了。

阿嘎斜睨了一眼木呷，说木呷，它又不是你，小酒量还要冒充海量。

他边说边无限关切地蹲下身子，伸手去摸幼象的身子。木呷看见阿嘎的手仿佛被电击了似的颤抖了一下。

它怎么烧得像一截燃着的木炭。

木呷捂了捂鼻子说，这屋里咋一股屎臭味?

阿嘎吸了吸鼻子，一股令人作呕的臭味就扑进他鼻孔里来了。

这时木呷叫了起来，说象儿子拉稀了。

阿嘎这时才注意到象屁股上都是脏兮兮的粪便。

阿嘎认真检查着这头幼小的病象，发现他被毒竹尖刺破的伤口愈合得挺好，但脐部却严重化脓发炎了，感染让幼象出现了发烧和腹泻的症状。

他站起身子，对木呷说，我们得想办法救它，你快去找你阿爸。

木呷说，我阿爸医人行，医象绝对外行。阿嘎，你还是去镇兽医站请岩香医生吧。

阿嘎说，这会走漏风声的。

木呷说，顾不了那么多了，这牲畜要真死了，你我那才真是吃不了兜着走啊。

阿嘎思忖一下，认为此言极是，就骑了摩托，奔镇上去了。

岩香是镇上新近从州职业学院分到镇兽医站的傣族年轻女兽医，木呷在州职院念书时，就听人说过，她出众的外貌和和善的性格让她赢得了院花的美誉。但岩香最出众的不仅是外表，她还是州职院著名的学霸，有关兽医的论文还上了院办的学报。

一听说去医象，岩香就来了兴致。她准备了一些消炎退烧的兽药，就跨上了阿嘎摩托的后座。

骑着摩托拉着美女的阿嘎，整个儿不仅身体通泰，心情也好极了。如果不是心里装着那头病象，他恨不得要用彝语为岩香一展他引以为傲的歌喉。

岩香真是一名出色的兽医，娇小玲珑的她虽是初次给野象看病，但仍旧镇定自若，样子像个行医多年的老手。她手指轻柔地安抚着幼象，在它毫无感觉的状况下就打完了针。她给它消了毒，洗干净了身子。一切都做得麻利而熟练，阿嘎和木呷都赞叹不已。

岩香忙活完，站起身用手掌抹了一下额头上的汗水。她让阿嘎和木呷放心，说幼象的伤经过消炎，身体的烧就会随即退去，生命无碍。

阿嘎要岩香保守秘密，并强调说，这是背阴地的秘密，不能为外人道。岩香点头，说保守秘密可以，但你得每天来镇上接我，我放心不下它。

这是个求之不得的美差，阿嘎爽快地答应了。一旁的木呷一肚子醋意，他实在后悔，先前去镇上兽医站接岩香的为什么是阿嘎而不是自己。

幼象的病情，在岩香的救治和阿嘎与木呷的精心照料下迅速有了好转。归来的幼象与以前有了明显不同，它变得温顺安静了许多，对阿嘎和木呷表现出了亲热的态度。天热的日子，阿嘎和木呷躺在大青树下乘凉，它就会走过来，用长鼻为他俩"按摩"。它跟岩香更亲，每天岩香来看它，它都会高兴地抖动耳朵，卷起小尾巴，装一副萌态，求岩香抱它。岩香搂着它的脖子的时候，它就会发出幸福的叫声。

有一天岩香爱抚着幼象对阿嘎和木呷说，它应该有个名字，这样我们好称呼它。

他们都点头表示赞同。木呷说他既然来到我们太平村了，就取个太太的名字吧。

岩香摇摇头说，不行不行，这什么名呀？难听死啦！

阿嘎说，那叫平平吧。

岩香点头，说平平好，平平安安也是我们对它的心愿。

于是幼象就叫了平平。岩香嗲声嗲气唤它，它还憨态可掬地迈开象步为岩香跳起舞来了。它笨拙的舞姿逗得阿嘎和木呷哈哈大笑。阿嘎边笑边说，看来它也认可了平平这名字。

岩香几乎天天都来看平平，阿嘎几乎天天都骑摩托去接岩香，这接来送去久了，就有了感情。当木呷意识到阿嘎已经和岩香好上了的时候，觉得自己成了多余的人。他想离开背阴地回家住，但又扔不下对幼象的关切与想念，只好作罢。

看木呷成天闷闷不乐，阿嘎以为这段时间木呷在背阴地待烦了，就劝木呷回村里去。没想到阿嘎这一劝成了火上浇油，木呷把劝当成阿嘎赶他走。他冲阿嘎暴跳如雷，他说，阿嘎，你真是个贪心鬼，岩香是你的，难道平平也是你的？我告诉你，平平是我们大家的！

看到自己的朋友像吃了炸药一般，阿嘎只能尴尬地笑笑，拉岩香走了。

岩香坐在阿嘎摩托车后座上，突然就咯咯咯地笑了。

阿嘎说，岩香，你笑啥呀？

岩香说，我要知道木呷喜欢我，才不找你嘞。

阿嘎说，木呷喜欢你？别自作多情好不好？

你说啥，我自作多情，岩香在阿嘎背上捶了两拳说，难道你看不出，你的朋友都成醋坛子了吗？

阿嘎就笑，说我要是早知道木呷也喜欢你，我就把你让给他。

你敢！岩香边说，边像擂鼓一样在阿嘎的后背上舞开了拳头。

阿嘎哎哟哎哟地叫唤着说，岩香，你手轻点，还真捶呀？

岩香说，想知道我为啥笑吗？阿嘎，听说过花为媒，没听说过象为媒。

阿嘎听岩香这一说，知道岩香想嫁给自己了，一脸幸福的他，把摩托骑得像闪电一样快。

·十一·

阿嘎与岩香的婚事很快就提上了议事日程。

按照傣族的婚俗，如果阿嘎和岩香结婚，阿嘎就要到岩香家去住上一段时间，这就叫从妻居。但阿嘎要照顾幼象平平，去岩香家从妻居不现实，岩香就去找自己的父母。岩香父母是通情达理的人，同意岩香与阿嘎按照彝族风俗举行婚礼。

这可累坏了沙玛，为了操持儿子的婚事，他像上足了发条的钟摆，忙得嘀嘀嗒嗒停不下来。整个太平村人也跟着高兴，阿嘎能娶到貌美如仙的傣族姑娘岩香，让他们骄傲极了。

大喜的日子是乌火择的黄道吉日，这是毕摩分内的事。但沙玛还是亲自登门，给乌火送去了一坛陈年荞麦老酒以表谢意。毕摩乌火告诉沙玛，说阿嘎娶傣族姑娘岩香，是天意，是上天派神象来撮合的大好事。乌火的话，从来没有如此入过沙玛的耳和心，沙玛的脸笑得就像个熟透的烂柿子，人机械得像鸡啄米地只会点头称是。

婚礼前一天，阿嘎回家去操办婚事。杀猪是必须的，结婚离不开坨坨肉，宰羊也是必须的，没有一锅膻香味扑鼻的羊汤锅，族人们的高兴劲头就提不起来。一时间，沙玛家的院子热闹得像一个翻炒着大豆的铁锅。

背阴地的木呷却冷清极了。他一个人守着幼象平平。平平吃饱喝足，不理会木呷，侧躺在地上，象眼一闭，就进入了梦乡了。木呷出了窝棚，看了看被火烧云染得彤红的黄昏，就又折身回去，一个人坐在昏暗简陋的窝棚里，喝起了闷酒。

闷酒醉人，几杯烧酒下肚，木呷就醉得不省人事了。他身子一歪，就躺在窝棚里那把破旧的竹躺椅上，呼呼大睡了。

木呷是在剧痛中惊醒过来的，醒过来的他发现自己被压在一根原木下，身上是山茅草和石棉瓦。当他意识到窝棚垮塌了，酒就醒了大半，他用力推开身上的原木，扒掉身上碎裂的石棉瓦和零乱的山茅草，灰头土脸地从窝棚的废墟中站起来。站起来的他吓得哇地大叫了一声。

在木呷面前是一支严阵以待的大象的军队。木呷知道，是它们侵犯了窝棚。大象也发现了木呷，领头的母象示威地冲他发出了愤怒的吼叫声。

这吼叫声木呷似曾相闻，这不就是先前雨林中那只母象的声音吗？木呷意识到平平的妈妈来找平平了。

一想到平平，木呷心中一惊，就赶忙一边呼叫着平平，一边搬动着那些石棉瓦和山茅草。木呷想，平平一定是埋在窝棚的废墟里了。

但象群里响起了一声奶声奶气的叫声。

这声音木呷太熟悉了，那是平平的叫声。

木呷呼叫着平平，让母象很不高兴，它打了一个生气的响鼻，就向木呷冲将过来，木呷吓得转身就逃。他最后爬到一棵大青树上，母象用鼻子去缠卷大青树，试图将它连根拔起。但它尝试几次后，感到了力不从心，于是就带着平平，领着它的队伍离开了。

惊魂未定的木呷确认大象离开后，依然不敢从大青树上下来。

离开背阴地的大象没有回雨林，而是径直扑向了太平村人居住的寨子。十数头大象肆无忌惮地进了寨子，一路上为显示自己的破坏力，它们掀屋顶，拔栅栏，弄了个一塌糊涂。如果不是黑夜掩盖了它们的暴行，场面将惨不忍睹。母象领着平平走在最前面，它们的目标是夜里依然灯火通明的沙玛家。

野象的到来弄出了不小的动静，但在沙玛家为第二天婚事而忙碌的人们依旧浑然不觉，他们忙活着给肥猪开膛破肚，为壮羊剥去毛皮。欢声笑语让忙碌的景象弥漫上了幸福的光泽。沙玛更是忙成了陀螺，他不停地给来帮忙的人端茶递烟，和唢呐手们商议着如何才能将傣族送亲的葫芦丝乐队给比下去。婚丧嫁娶，离不开毕摩，他是当然的司仪。按理，今夜他应该早早来与沙玛主人家商议婚礼的程序，但沙玛知道，乌火喜欢在这时端着，要主人家派人三番五次去请，以此显示存在感。但沙玛就是不主动派人去请乌火，他知道无论他如何磨蹭，乌火最后都会出现在自己家的。但沙玛的老婆却沉不住气，她已经三次提醒沙玛，该去请毕摩乌火了。

放下你那硬撑着的身段好不好？沙玛老婆对沙玛说，这可是你儿子的终身大事，是你求人的时候。

沙玛说，正因为是终身大事，我才不求他，阿嘎成天叫他叔，我就不信乌火他不来。

沙玛话音还悬在空中，门就吱呀一声开了，乌火跌跌撞撞就扑进门来了。他进门就大喊，沙玛兄，你面子太大了，大象都来喝你家的喜酒了。

跟着沙玛落下去的话音，泛起的是院墙上瓦片掉在地上的噼里啪啦声。

沙玛说，来晚就来晚呗。编啥诓？

编诓？乌火说，你不信出门看看，大象的队伍都到你家门口了。

这时，一直趴在院墙角打盹的黑狗大王，“腾”地跃起，犹如一道黑色闪电就扑出了院门，沙玛也赶紧起身，小跑着出门一探究竟。

沙玛的头才探出院门，象鼻子就顶着他脑门了。吓得他赶忙缩回头，慌张地将院门给关上了。这头大象仿佛知道主人家不喜欢它，它象鼻一勾，就将挂在门头上的红灯笼给叼下来了。它抬脚，轻易地就将其踩了个粉身碎骨，但即便如此，也没解它心中块垒。它昂起头，就发出了愤怒的吼声。

它的叫声，引得院内的人们也发出了惊叫。

沙玛警告说，叫什么叫？野象来了，大家都赶紧奔顶房去吧！要快！要快点！

人们于是就一窝蜂地往沙玛家顶楼跑。

院内是嘈杂的脚步声，院外是黑狗大王的狂吠声。

黑狗大王实在是高估了自己，它根本没有意识到自己的行为是螳臂当车，是鸡蛋碰石头。阿嘎在楼底撕破了喉咙唤它回来，它却飞蛾扑火般冲向了象阵。井然有序的象阵没想到会碰上如此自不量力的亡命之徒，队伍出现了短暂的混乱，特别是幼象平平吓得直往象队的中间钻。

黑狗大王卖力的叫声和鲁莽的举动充分激怒了母象。母象小跑着摇晃着象鼻迎向黑狗大王。黑狗大王并不畏惧这庞然大物，依旧狂吠着扑向母象。它瞅准机会，张开狗嘴一跃而起，试图将那耀武扬威的象鼻给咬下来。但它的嘴还没碰到象鼻，狗身却被象鼻甩出去老远，重重摔在地上的黑狗大王发出了痛苦的惨叫。

几只成年野象快速围将过去，它们像一群曲棍球队员一样，用象鼻将黑狗大王抛过来又挡过去，尽情地戏弄不自量力的黑狗大王。把它从狂吠一直摔到一声不吭。

太平村给阿嘎婚事帮忙的众乡亲看着这力量悬殊的对决，都怔住了。他们挤在屋顶上，看着被黑狗大王充分唤醒了野性的大象们，轻而易举地将沙玛家的院墙夷为平地。它们大摇大摆地在沙玛家院子里提前享受起了为婚礼准备的菠萝、芒果和香蕉。有两只淘气的大象把鼻子伸进了院子里盛满酒的大酒缸，烧酒刺激得它们的长鼻子都直了，它们不喜欢这刺鼻的酒香，索性上前，将酒缸给掀翻了。站在楼顶的人们，第一次在酒香里嗅到惊心动魄的味道，都紧张得紧紧依偎在了一起。

它们把沙玛家院子弄得一片狼藉后，才心满意足地离开。

乌火毕摩在屋顶摇响了手中的法铃，他仰天大喊——

天神爷，你快显灵，把那些大象强盗赶回雨林里去！

众人于是都跟了乌火一起朝着夜空喊。

沙玛没跟着众人喊，他独自沉默着下了楼，走出家门，跨过院墙废墟，将奄奄一息的黑狗大王抱回了家。

·十二·

太平村惊现野象群的消息，传得比山风都快。一时间，科考队、环保组织和新闻记者都蜂拥而至。

外来的人们，饶有兴趣地向村里的人打探野象的信息，沙玛家被记者和自媒体爱好者围得水泄不通，对野象的热情和关切，让他们忽略了太平村人的惶恐和不安。

阿嘎因为野象的捣乱，没能按彝族风俗举办婚礼。他听了岩香的，按傣族习俗举行了婚礼，去傣寨从妻居。沙玛起先把自己关在屋子里，什么人也不见，后来在一个月黑风高的夜晚，他抱着黑狗大王来到了背阴地。他搭了一个简易的

窝棚，在此住了下来，

是木呷发现的沙玛和黑狗大王。那天，他回背阴地，想看看那些好些日子无人照料的石斛苗，没想到却发现了命若游丝的沙玛和黑狗大王。

他和它已经很多天不吃不喝，抑郁了。

木呷赶忙去找救兵，他请来了父亲乌火，乌火带来了沙玛最不愿意听到的消息，乌火说，太平村出现了野象群，引起县里和州里高度关注。州里领导在听取科考队专家的调查和意见后，认为由于近年生态好，亚洲野象种群繁衍速度加快，原有野象栖息地已经不能满足其生存需要，亚洲象自然保护区要扩大，太平村将在区域之内。

我们的家园怎么办？沙玛叹口气问。

乌火说，听说州政府正在考虑将整个太平村搬进县城里去。

沙玛兄，乌火说，下一步，我们都成城里人啦。

沙玛问，你想去城里？

乌火摇摇头，说不想。

沙玛问，为什么不想？

乌火说，城里夜空到处是霓虹，我怎么观天象？

沙玛低头不语。

匆匆赶来背阴地打理石斛苗的阿嘎，听到了两位老人的对话。他扶起沉默不语的父亲，又看看毕摩乌火，他冲乌火笑了笑，说乌火叔，城里观不了天象，你可以看世象呀。太平村被划进了亚洲野象自然保护区，我们看似失去了家园，但新家园在等着呀。县里划拨了最好的地块，给我们打造了一个美丽的彝族文化特色社区，我和岩香前几天去县里，听规划局的同志讲，我们的新社区还叫太平这名，每家都是宽敞、明亮、舒适的住房，而且是按照彝族民居的样式设计的。你们上了年纪的老人都住社区去，我们年轻人，一部分跟我学习树上种铁皮石斛，一部分去自然保护区上班，成为保护区领工资的员工。我们这是从糠箩里跳到米箩里了。

你说的当真？一直闷葫芦着的沙玛，张口问。

阿嘎点头，说当然当真。

乌火也频频点头，说这真是好世象！

沙玛白一眼乌火说，世象不归你毕摩管。

乌火急了，说不归我管难道归你管？

当然归我管，沙玛拍了一下胸脯说，太平村搬县里，我这村主任就是社区主任。

乌火瘪瘪嘴说，看把你美的。

沙玛说，我就是美咋啦？进了社区，你这毕摩，该退休了。

阿嘎就笑，说别听我阿爸的，县里知道你救治野象的事，决定建一个彝医传承馆。石斛是名贵药材，今后我们的销路，还得仰仗你老宣传哦。

大家于是都爽爽朗朗笑了。

一直趴在一旁装死的黑狗大王，哼了一声。沙玛瞅它一眼，说你听好了，进了城你就不是大王了，别再乱咬人，要做文明狗。不听招呼，我就送你回来，让大象教训你。

被遗忘的戍者

原载《民族文学》2023 年第 8 期

·一·

带路的向导就像推荐他的土官说的那样，是个闷葫芦般憨厚老实的人。他在队伍的前面头也不回地走，全然不顾在暗无天日的丛林里已经行走了五天的殖边队的士卒们。尹默君勉强还能跟上他的步伐，这得益于他在英国剑桥学习时热衷于体育锻炼培养出的耐性和体魄。一路上，向导都挥舞着银片似的砍刀，手起刀落处，都是荆棘和藤蔓短促而痛苦的声音。但后来，这些声音被士卒们粗重的鼻息覆盖了。苟延残喘的队伍，显然对这次勘界前期摸底工作的艰苦估计不足，官兵的情绪都越发焦躁不安。队长郝成璧已经失去了前四天的沉着与淡定，一路上像个怨妇一样喋喋不休。

吃饱了撑的！一句埋怨的话被他说得咬牙切齿。

尹默君回过头，目光有些不可思议。

我说的可不是你。郝成璧抹了一下额头上的汗。

那你说谁？

省上那些高高在上好大喜功的官老爷。

好大喜功？尹默君没想到，一个小小的殖边队队长，竟然埋汰起省上来了。尹默君还知道，郝成璧这话含沙射影。上书省府勘界，动议是他父亲提出来的。他不想跟郝成璧理论，秀才遇到兵，争论个啥？其实，省府这次勘界的前期摸底，高层意见也不一致，有赞成有反对。

赞成者认为，英国殖民者在中缅边界阴招迭出，潜移界桩，私立子桩，侵入我界，蚕食我国领土，是关乎国家主权领土的大事，勘界势在必行，省府应派人分段切实按照原立界约及垒石号数原图，与英方会同逐一清查，有损坏者赔修之，有移动者改正，复其原位。这个动议的股肱之臣就是自称一介书生，实为省府高级幕僚的父亲。反对者认为，勘界是国家之事，滇省不应越俎代庖，大包大揽，擅作主张。但在父亲苦口婆心的游说下，赞成者占了上风，省府采纳了其建议。父亲的《界务调查报告》得以印编成册，成了勘界最有价值的参考文书。志得意满的父亲，修书急召还在剑桥攻读地理学的自己回国，言语之急迫和恳切，尹默君现在想起来，还是会为之动容。

尹默君想提醒郝成璧不要鼠目寸光，但他忍住了，只是提议让大伙儿休息一下。你这个喝过洋墨水的，咋领这么份遭罪的苦差呢？坐在石头上大口喘气的郝成璧一脸不解。尹默君笑了笑，从背包里取出一个绘图夹说，苦中有乐呗。他边说边在图纸上画起来。

郝成璧凑头过来一看，看见一些弯弯曲曲的线条和东一个西一个散落在图纸上的三角符号，脸上就生出了鄙夷。你就画个大姑娘给兄弟们看看，鬼画桃符个啥？一听到大姑娘三个字，蔫鸡一样的殖边队士卒们就精神了起来，都嚷着让尹默君画个大姑娘。尹默君无奈地笑笑说，弟兄们搞错了，我可不是画家。

不是画家，你在纸上瞎比画个啥？

这话让一直试图保持绅士风度的尹默君失了态，他高高举起手中的绘图夹，言语铿锵道——你们看好了，这是手绘地图，比你们想看的有大姑娘的画重要多了！你们殖边队的价值，都体现在这些图上！

尽管尹默君知道自己是在对牛弹琴，但情绪上了头的他，今天却固执地想弹上一曲。

·二·

尹默君讲了一个故事。一个与地图有关的故事。一段他在英国剑桥留学的亲身经历。

地图学教授劳伦斯是剑桥大学的知名教授，也是地理学界声名显赫的学者。尹默君慕名选了他的课。劳伦斯教授有一个习惯，就是在开课第一讲时，都会讲一个生动的故事，用以佐证地图学的重要。他从不老生常谈，每年的故事都花样翻新，这几乎成了剑桥的美谈。甚至有不选地图学的学生，混进劳伦斯的课堂，专为听他开课第一讲的那个故事。

尹默君心中一直铭记着劳伦斯教授讲的那个所谓的故事。那天，坐在阶梯教室里的他，看见一个风度翩翩、气度非凡的绅士推门进来，径直就上了讲台。他谦谦君子的样子给尹默君留下了良好的第一印象。尹默君看着他用右手轻轻捋了捋嘴唇上方略显调皮的八字胡，教室里就爆发出一阵影迷看见明星般的激动掌声。劳伦斯教授用近乎沉醉的样子享受完掌声后，用轻轻的咳嗽清理了一下自己的嗓子，然后将捋八字胡的右手轻轻搭在讲台上的地球仪，便抑扬顿挫地开始了他的故事。

他依旧讲了一个与地图有关的故事，故事并不精彩，可那些听讲的学生却笑得前仰后合，有人甚至边笑边朝尹默君看，这让尹默君很生气，他觉得无论是笑声还是眼神都是挑衅性的，带着明显的嘲讽。其实，劳伦斯教授讲的是一个事件。英国一个叫戴维斯的作家，1909年出版了一本《云南：联结印度和扬子江的链环》，在书中附了一张云南地图，这张地图将滇缅北段有争议的土地悉数划为缅甸版图，英国作为缅甸的殖民者，居心昭然。但在1919年印行的《中华邮政舆图》和《云南邮务区舆图》中，却照搬了戴维斯书中的云南地图。这种以谬传谬的作为，让尹默君的父亲相当愤怒，他多次上书，恳请其通令各院部转令全国，改正错误版图，明疆界，保主权。尹默君心里清楚，父亲让他留学英国，在著名的剑桥大学让他选择一个冷僻的地图学专业，与此事件有很大干系。

阶梯教室里不怀好意的笑声，激怒了尹默君，他果断地将右手举过头顶，示意自己有话要说。但劳伦斯教授视而不见，享受着哗众取宠获得的笑声。尹默君忍无可忍，像个充满气的皮球般从座位上蹦起来。

劳伦斯教授——

尹默君大叫了一声。

劳伦斯教授怔了一怔，教室里的笑声也戛然而止。

同学，劳伦斯教授伸出双手，示意尹默君坐下，但是尹默君执意站着，这让他有些恼火，于是收敛笑容严肃说，你的行为很不绅士。

现在，我想做一个战士！尹默君说，劳伦斯教授，你的言行侵犯了我。

侵犯？劳伦斯耸耸肩又摊摊手，你是中国留学生吧？戴维斯的地图，可跟我无关，是你们中国人照搬照印的嘛。我一个学者，讲讲与地图有关的事实，何谈侵犯？

学者？尹默君冷笑了一声，不错，在没听你的讲座之前，我以为你是令人尊敬的学者、地图学专家，但现在我不这么看，我认为你不配，你和那个戴维斯一样，都不配。你们违背了地图学伦理，还扬扬得意，夸夸其谈，视一个国家主权领土为儿戏，你不觉得可耻吗？

尹默君昂着头，愤然走出了教室……

你赢得了尊严，但也得罪了老师。郝成璧一边裹旱烟一边说。

我也这么认为，拒绝上他的课，但没想到的是，他竟然主动来找我，给我道歉，恳请我去上他的课。

你会成为我优秀的地图学学生——他这样对我说，语气中充满了尊重。作为地图学专家，他丰厚的学识让我受益匪浅。

知错能改，是个好老师。郝成璧竖了大拇指。

我这次辍学回来，得到他大力支持，他一句话就说服校方为我保留了学籍。

一句话？

对，一句话。

尹默君冲郝成璧念了一句英语，随即又翻译成了中文——

一个优秀的地图学学生，他首先必须是一个爱国者。

此话有理。郝成璧点点头。

尹默君笑了笑说，知道我为何心甘情愿领这份苦差了吧？

但尹默君话音未落，头顶就嗖地飞过什么东西，接着就是一个站起活动身子的殖边队队员的一声惨叫。

一块飞石，正中他的脑门。

郝成璧喊一声，卧倒！就敏捷地扑过去，将尹默君压在身下。所有的殖边队队员都匍匐下身子的时候，一直沉默着坐在尹默君身边的向导却惊鸟一样腾起，他惊叫一声——野人！欲拔腿逃跑。

但眼疾手快的郝成璧抓住了他的裤管，让他摔了个狗啃泥。

· 三 ·

麂子关有野人出没，是一个传说，但从来没有被证实过。这个传说，已经流传了十数年，最早有关野人的消息，是一个猎人从密林里带出来的，但并没有引起当地土官的重视，土官认为这猎人遇见的更可能是鬼魂。胆小的家伙，你撞鬼啦——土官这样奚落猎人。但猎人固执地认为他见到的是野人，说那野人敏捷如猴，速度比风都快，他还指挥着一群猴子。

土官说，你不会告诉我遇到孙大圣了吧？猎人不知孙大圣，被土官调侃的他又委屈又恼火，于是逢人便说他看见野人的事，硬是把故事变成了传说。

向导趴在地上，瑟瑟发抖。郝成璧顺着他手指的方向看过去，看到的是一个屹立着的模糊人影，不觉心里一惊。他对被他压在身下喘不过气的尹默君说，兴许真是野人，我要是像你这样有文化，今天撞大运了，说不定能写本书。

尹默君推开郝成璧，趴在地上观察，确实看到了一个屹立不动的人影。作为剑桥大学地图学专业的学生，他轻易测出这个距离是任何人都无法用手将石块扔到这儿的。非同常人，难道真的是野人？他心里一紧，便起身去拿背包，但他经历了和向导同样的遭遇，被郝成璧一拽裤管，摔得很狼狈。

不要命啦，石头不长眼。郝成璧小声警告。

我背包里有望远镜。

你吭个气，我去帮你拿嘛。

郝成璧匍匐着爬到尹默君背包边，从包里取出一个单筒望远镜。

尹默君趴在地上，用郝成璧递给他的单筒望远镜眯了眼往模糊人影处看。

一个清晰的人从单筒望远镜扑进了他的右眼——是个清朝老兵！

话从他嘴里惊奇地蹦出来，让郝成璧更惊讶——

什么？清朝？还老兵？你咋知道的？

他胸前有个勇字，白发银须如瀑。

尹默君简洁准确地回答。

他手上提着一根草绳，尹默君用望远镜继续一边观察一边对郝成璧说，他在甩动草绳，那种划着圆圈的甩动。

他话音未落，头上却划过嗖的一声，接着，是树枝断裂的声音。

炮绳！郝成璧用肯定的语气对尹默君说，扔石头的炮绳，怪不得扔这么远。

他还在甩动绳子，样子越来越疯狂。尹默君边观察边点头。

石块于是雨点般地落在他们卧倒的四周。

郝成璧身后有士兵拉响了枪栓。

干啥子？郝成璧语气威严而不满。

杀了他！士兵说。

蠢货！郝成璧一脚蹬在士兵的脑门上，杀人是儿戏？再说，我下命令啦？

士兵趴在地上，抱着疼痛的头，一脸委屈指了指被石块击中头颅的士兵说，他把熊二娃的头都搞开花了。

不能开枪！尹默君将望远镜从右眼眶移开说，郝队长，我背包里有件白衬衣。

白衬衣？干啥？郝成璧不解。

把它当白旗。尹默君边说边示意匍匐在被石头击断的树枝旁的士兵，要他将树枝递过来。

让我竖白旗？你让我民国殖边队给清朝士兵竖白旗搞投降？笑话！

听郝成璧如此不满，尹默君赶忙解释，我不是要你向他投降，是要你向他示个好。

亏你想得出，郝成璧说，你有尊严，我们这些武棒棒更有。

郝成璧说完就给士兵下了命令：兵分两路，从左右两边借助灌木丛掩护，迂回包抄，接近目标。

士兵们于是匍匐着从左右两边散开，他又强调，抓活的，给老子听好，要活的！

原地瞬间只剩下他和尹默君，他转过身，四仰八叉躺着，从口袋里摸出刚才卷的旱烟点着，深吸一口，将它递给尹默君。尹默君摆摆手说不会。郝成璧于是收回手，又深吸一口旱烟说——

怪球事，清朝都灭亡那么多年了，怎么还有清朝士兵？难道我们见鬼啦？

尹默君没应他，他心里也犯嘀咕，咄咄怪事，确实是咄咄怪事。

他不明白郝成璧为何要把他和自己留在此，这个不身先士卒的队长，现在像极了一个甩手掌柜。

我们就这样待在这儿？

听他这样问，郝成璧反问，抓个清兵，而且是清朝老兵，犯得着我们亲自动手吗？

刚才雨点一样的石头停歇了。郝成璧站起身，拍了拍身上的枯叶烂草说，看来我的士兵搞定了，过去看看。

但还没等尹默君站起身来，前方就响起了砰砰枪声。不是说过不开枪的吗，尹默君摊摊手说，怎么还交上火了？

郝成璧一脸蒙，跺跺脚说，我就不信十几个民国殖边队士兵搞不定一个清兵，我难道养了一群饭桶？

这时一个殖边队士兵惊呼着队长不好啦不好啦，跑来向郝成璧汇报，看他狼狈至极的模样，郝成璧恨不得迎上去给他两脚。他冲一脸都是抓痕的士兵吼，啥不好啦，是你爹还是你妈死了？

报告队长，我们遭遇了猴群的进攻！

几只猴子，就把你吓成这样，真怂！

队长，不是我怂，也不是弟兄们怂，是那群猴子太凶太狡猾了。它们分批从树上向我们发起进攻，抓我们的脸，撕扯我们的衣服，弟兄们都招架不住了。

士兵引导着郝成璧和尹默君来到出事现场，场面的不堪超乎了他们的想象。士兵们伤痕累累，个个都变成了血人。他们东倒西歪瘫倒在草丛里，目光惊惧而胆怯，似乎刚历经了一场恐怖的战斗。

猴群现在蹲在高大的树上，胜利者一样看着这些斗志全无的士兵，目光似乎都是轻蔑和嘲讽。

郝成璧被这场面给激怒了，他不明白一群荷枪实弹、训练有素的殖边队士兵，为什么会输给一群朋比为奸的猴子。他大声喊叫着那些士兵的名字，命令他们站起来。

我们不能输给一群猴子！郝成璧对士兵们吼叫道，他边说边拔出了身上的佩枪，举枪瞄准了蹲在树上的目光炯炯的猴王。

就在他欲扣动扳机的刹那，一块呼啸而来的飞石击中了他的手腕，他手中的枪在一声惨叫中掉到了地上。

循着石块飞来的方向望去，尹默君看到了他，那个先前在他单筒望远镜里出现过的清朝老兵，铁塔一样矗立在他的前方，一副威风凛凛、视死如归的模样。

这妖怪能指挥猴群。殖边队里的一个士兵指着远处的他对尹默君说。

郝成璧握枪的手被飞石一击，粉碎性骨折了，疼得龇牙咧嘴，理智全无，他声嘶力竭地下了命令——

这老妖怪和这群妖猴，统统给我打！

不！尹默君摆摆手大声制止。

你是队长还是我是队长？郝成璧质问尹默君。

他们已经打过了，尹默君指了指士兵们说，胜败已经显而易见，再打，也不一定赢。这荒山野岭的，突然冒出一个清朝老兵，你不觉得奇怪吗？你打死了他，这不就成谜了吗？都说先礼后兵，今天看来得先兵后礼了。

啥叫先兵后礼？

谈。

怎么谈，你问问那老妖怪，他谈吗？

得拿出诚意，让他知道，我们不是他的敌人。

尹默君边回答边取下身上背包，拿出里面的白衬衣，并吩咐士兵给他弄一根树枝来。

这就是你的诚意？郝成璧叫嚷道，你这是投降！我堂堂民国的殖边队，向清朝士兵投降？

这怎么是投降呢？

举白旗还不是投降？要去你自己去。

当然是我去！

尹默君从士兵手上一把抓过树枝，然后将白衬衣挂在枝条上，大步流星朝清朝老兵站立的方向走去。

大树上的猴王动了一下，猴群也都动了一下。但随着一声尖厉的呼哨，又都安静了下来。

在一片苍翠里移动的飘飘荡荡的白衬衣，白得有些刺目。

尹默君举着白衬衣，向着清朝老兵走，越走越近。近到几米开外的时候，老兵一声暴喝——

站住。

尹默君立定。老兵用混沌的老眼在尹默君身上扫了一遍后，用沙哑的声音问道——

你是何方神圣，为何犯我国境？

我是中国人，老爹，这是你的国境，也是我的国境。

你骗人。

我没骗你，我是中国人，他们也是中国人。尹默君边说边回头指了指身后说，他们是省府殖边队的士兵，管理边境的。

但老兵摇摇头说，你别想骗人！你连头上的辫子都没有，还冒充国人？

辫子？尹默君说，大清都灭亡二十多年了，谁还留辫子？

你说啥？老兵一脸惊讶，大清亡了？

老爹，尹默君语气肯定地说，亡了，公元1911年就亡了。

1911年？老兵皱紧眉头，他有些犯迷糊，便嘀咕道——

1911年是大清的哪一年呀？

宣统三年。尹默君回答。

一听宣统三年，老兵就像被雷击了一下，竟像一截枯木桩一样直挺挺倒在地上了。

尹默君见此，将手上举着的树枝和白衬衣一扔，便冲了过去，他将老兵抱在怀里，一边掐着他的人中一边紧张地呼唤郝成璧赶紧过来。

·四·

殖边队的人赶了过来。

猴群也从树冠上尖叫着像荡秋千一样荡了过来。

猴群在树与树之间将殖边队的士兵包围，士兵背对着尹默君和清朝老兵，也围成一个铁桶。双方形成对峙。猴群在树上发出此起彼伏的叫声，那叫声既是对清朝老兵安危的提心吊胆，也是对尹默君和殖边队员的抗议。郝成璧忍着手腕的剧痛，提醒着队员们要警惕这群跃跃欲试的猴子的进攻。他现在变得异常冷峻和清醒，不断地提醒尹默君，掐人中的手要重一些。

你得下点狠，郝成璧说，他要醒不过来，这群猴子饶不过我们。

尹默君心里想，原来他是知道这群猴子的厉害的。他掐人中的手又加了劲，他对郝成璧说，千万别再激怒它们。

是你在激怒它们，它们以为你活捉了它们的主子。

猴子又不是人，才不会这么想。

不会？你看看，它们哪个不像复仇的战士。

就在他们打嘴仗的时候，昏迷的老兵醒了，他半睁的眼角有泪水流出。

尹默君松开放在他人中上的手，将他的上半身扶起来。

他在尹默君怀里长叹了一口气，无力地说，我明白了，我今天终于明白了。

尹默君问他明白了什么。

荒唐！他摇头说。

荒唐？你明白了荒唐？

年轻人，这……还不够荒唐吗？朝廷都没了，我却为它守了二十多年的江山。他让尹默君扶他站起来，他吃力地转身，指着前方说，看到了吗？那是麂子岩哨所，我是守兵。

尹默君现在知道了，老人是清朝设的麂子岩哨所的守兵。

老爹，你不该这么想，这哪是朝廷的江山，这是我们中国人自己的江山。你是为国家守江山，不是朝廷。

尹默君的话里充满了崇敬。

听说前面是哨所，郝成璧问道，哨所里还有多少守兵？

老人摇头。

你意思是……郝成璧一脸惊讶地说，这是一个人的哨所？

老人又摇了摇头，宣统三年之前，这是个三人哨所。

那另外两个人呢？郝成璧问。

说来话长，老人指了指哨所对郝成璧说，你是长官吧？我带你们去，这哨所，我得亲自交给你们。

老人拒绝尹默君搀扶他，执意要自己行走。他走得颤颤巍巍，仿佛随时都会跌倒。尹默君很难将他跟先前那个将炮绳抡得像一个风火轮的老兵联系起来。一路上，他都念念有词，尹默君后来终于听明白了，他反复念叨的就四个字，宣统三年。尹默君知道，老人是被这四个字击垮的。这一年，他成了孤独的哨兵，被遗忘的戍者。

当然，连同他一起被遗忘的，还有现在已经出现在尹默君视野里的麂子岩哨所。

说是哨所，其实就是用石块堆砌出的粗陋的一间石屋。石屋的表层长满了暗绿色的厚厚青苔，尹默君进到石屋去，鼻孔里扑进来一股潮湿而腐败的气息，那是木头腐烂发出的味道。他还在石屋里看见了三支挂着的火铳，一支铳管擦得贼亮，另两支已经锈迹斑斑。他想，这一定是当年配备给哨所守卫的武器。屋子里有三张简易的木床，两张空着，上面有厚厚的灰尘，不空的一张上的被褥折叠得还算整齐，但缀满了针线活儿笨拙的补丁，破旧不堪。郝成璧右手吊着绷带，左手指指点点，他对尹默君说，哨所虽然简陋些，但比露宿野外强，今儿个就住这儿了。

队员们开始忙活，有忙着埋锅做饭的，有忙着铺地铺的，尹默君这时才发现，唯独不见了老人。他问殖边队的队员，有队员告诉他，老人好像上茅厕了。尹默君就独自寻了去，山茅野草搭成的厕所里不见老人，不觉心中一惊，便又四下寻找，终于在一个界堆石上找到了老人。

他坐在界堆石上发呆。尹默君走过去，在他身边坐下，陪着他一起沉默。

沉默了一阵，老人开口说，现在不叫宣统了，国号是啥?

民国，尹默君解释说，中华民国。

这民国的皇帝是谁?

没有皇帝。

没有皇帝，江山谁坐？

你坐我坐大家坐。

尹默君的回答，吓了老人一跳，他站起来，又摆手又摇头说，使不得使不得，这可是乱臣贼子之心。

尹默君没想到自己一句随口的话，竟把老人吓得不轻，便赶紧转移话题。

刚才你坐在这儿想什么呢？

我在想，大清怎么把我忘记了呢？我是给它守江山的兵呀。

它自己都亡了，哪还顾得上你。

也是。

老人于是又坐下来，沉默了一会儿说，我还是想不通，那黄老八和田二，难道也把我忘记了？

谁是黄老八和田二？

这是三人哨所，当年镇守边关的管带，在营里花名簿上看到我们三个的名字，就对我说，赖小四，你们三个名字带数字的，去麂子岩。他们是这哨所另外的两个兵。

他们跑啦？

兴许是吧。老人犹豫了一下又说，怕也不是。

什么意思？尹默君有些不明白了。

这个叫赖小四的清朝老兵，对过去的记忆仿佛就是昨天——

宣统三年秋天，守备营给麂子岩的给养一直没有送来。眼看就要坐吃山空，我就派黄老八去催口粮，这麂子岩到守备营，要走两天，黄老八老大个不情愿，去了一候也没回来。你想问什么是一候？一候就是五天嘛。我和田二就耐着性子等，想会不会是守备营手头紧，筹口粮耽误了。我和田二又等了一候，粮都等得见口袋底了，黄老八还是没回来。我这下有些心慌了，以为黄老八要么中了瘴气，要么遭遇了野兽，怕是连小命都丢了，于是，我又派田二去。

田二也不乐意，我就说我去。但田二一看存粮，又改变了主意，他知道那点粮食，只能对付两天，就说还是他去。田二去了，一候没回来，我就饿着肚子等。饿得头昏眼花的我，就在哨所附近的森林找野果充饥，这样又过了一候，田二还是没回。我就只得再找野果，范围越找越大，就侵入了猴子的领地。我说的猴子，是你今天见过的那群猴的祖先。猴王见领地被侵，带着猴群围攻我，我被它们又抓又扯，差点丢了性命。我至今都还弄不清我那天是怎样逃回哨所的。

田二一直没回？尹默君忍不住问。

赖小四点了点头。

二十多年，你一直靠野果充饥？

当然不是。我又不是猴子。

那你吃什么？尹默君心中充满好奇。

什么都吃，只要不是毒药。我逮过野兔，捕过毒蛇，杀过狗熊，猎过麂子、马、鹿。我刨过树根，剥过树皮，采过山花野菜，这山上百草，我几乎都尝了个遍。这样过了几个月，比粮更难的事来了——盐没了。没盐吃，人就脚瘫手软没力气。

这个叫赖小四的老兵轻描淡写，仿佛诉说的是别人的故事，但尹默君知道，这每句话里，都是生存的沉重。

粮没了，盐没了，你没想着离开？

想过，也这么干了。赖小四说，当兵吃粮，理所应当，没吃的，还当个鸟兵？我拍拍屁股走了人，但在森林里走了大半天，傍晚时还是回来了。

是迷路了？

不是。我想起了我来哨所时给管带的保证。

啥保证？

人在哨所在。

·五·

为了一句承诺的坚守令人动容，但尹默君内心感动之余，又想到盐的问题。在这荒山穷谷里，人是脆弱的，要生存下去，需要更多的条件，而盐，就是必要条件之一。

你后来解决了吃盐的难题了？尹默君问。

他点点头，说回哨所的当天就解决了。

当天？

是的。傍晚的时候，我回到哨所，看见厨房升腾起了烟雾，我以为厨房着火了，就撒腿奔了过去。还没进厨房，我就发现厨房的门外放着一头断了气的麂子，麂子旁的墙边斜靠着一支猎枪。这平日里别说人影就连鬼影都见不着一个的地方，我走了不到一天，竟冒出个人来，这让我大为惊奇。

他在厨房里忙忙碌碌的样子像是把这儿当了家，这让我相当窝火。我操起斜靠着的猎枪，就冲进了厨房。他显然是被吓着了，手一抖，铁锅铲就掉在了地上，他惊恐地看着我。我端着猎枪，大叫着让他把手举起来。但他听不懂我的话，从怀里掏出了一截竹筒递给了我，并对着我一通叽里呱啦。好在我被抽调来哨所前，在营地跟教官学过些简单的缅语。我竖着耳朵听，又借助他比画的手势总算弄明白了。他是一个猎人，为追一只受伤的麂子，追出了国境。他没想到这里竟然有无人住的石房子，看天色不早，就想在此住一夜，明天再回那边去。他一脸歉意，说那竹筒里的东西是他打扰我的补偿。我用力拉开竹筒的木塞，激动得差点叫出声来，竹筒里是满满一筒盐。我收下了那筒盐，给了他几张兽皮，并表示今后我愿意用更多的东西换他的盐巴。那天晚上，我拒绝了他想留宿的要求，我告诉他这是哨所，不是他可以随便住的地方，今天已是破例。那天夜里，就在这界堆石前，他坐那边，我坐这边，喝了一夜他随身带来的酒。后来他隔一段时间就会到这里来一趟，不仅带给我盐，还带来了菜籽和苞谷种子。我在这里烧荒种地，但第一年种下的苞谷，颗粒无收，青黄不接的时候，就被猴群糟蹋了。还是那个猎人，他教给了我捕猴的法子，我布在树上的罗网捕到了猴王。我驯那只猴王，让它臣服于我。后来我成功了，成了它们的王中王。它们不仅不再糟蹋我的苞谷地，还会替我看守它们。我有时无聊了，就学着它们爬树，从一个树梢荡向另一个树梢。我时常做梦，总梦见自己变成了一只无忧无虑的猴子。

郝成璧不合时宜的出现中断了他们的交谈。他把尹默君叫到一边，商量要不要派队员把赖小四送出这荒山穷谷去。但他犯难的是，该把这个清朝老兵送哪里？他是前朝军人，送去现在的军方显然不妥，但送给本地土官，土官推诿该怎么办？——我们抓了个烫手山芋，他说。尹默君也不知该怎么办，他也没太好的主意，沉思了一会儿建议说，还是让他留在队里，等前期勘界资料收集工作结束后再想办法安置赖小四。

郝成璧犹豫了一阵，同意尹默君的建议。他说，留队里没问题，但他得把辫子剪了，把行头也换了。尹默君说，我背包里有多余的衣服，就怕不合他身。

但让郝成璧和尹默君没想到的是，当卫生兵和一个殖边队队员去为赖小四剪辫子时，惊恐万分的赖小四惊叫着推开他们，奔进石屋子就操起了他的火铳。他端着火铳奔出屋子，大声喊道，哪个敢剪我辫子，我就要哪个的命。

正在东倒西歪闭目养神休息的殖边队队员被喊叫声惊起，他们顺势抓起枪，与赖小四形成对峙。正在跟尹默君商量明天行程的郝成璧赶忙跑过来，喝令手下往两边闪开一条道来，径直迎面朝赖小四走去。

站住！赖小四举了举火铳，厉声道。

把火铳放下，郝成璧摆了摆左手说，服从命令！

命令？我又不是你的兵。

你剪了头发，就能做我的兵，你难道不想跟我走出这深山老林？

谁说要跟你走？我哪儿也不去。

你这是耍小孩子脾气，这可由不得你。

郝成璧的语气里有满满的强硬，他抬了抬吊了绷带的右手，用左手划个半圆弧指了指他的手下，意思是这可是十几号荷枪实弹的人。

这可激怒了赖小四，他噘嘴，吹了一声尖厉的口哨。

瞬间，先前已销声匿迹的猴群，又出现在哨所的石屋顶上。它们虎视眈眈居高临下地注视着哨所前的殖边队队员们。

前几年，那些红发蓝眼鬼私移界堆石，都没打赢这群猴子。赖小四的脸上泛起一阵轻蔑。

尹默君看事态陡生严峻，赶忙上前充当起了和事佬——有话好好说，都别动粗。

赖小四哼了一声，我先前看错了你，你这上上下下一身洋人打扮，本不是啥好人。

他的话让尹默君忍不住笑了，他说，老人家，外边的世界变了，所有的男人都剪了辫子，土装洋装，大家想怎么穿就怎么穿了。

你骗人！

骗你不是人！郝成璧抢着插了话。

我们真的没有骗你，尹默君诚恳地说，丛林外面，换了人间了。大清国不在了，你也不是大清的兵了，你要学着做民国人。民国没有皇帝，民国男人，也没有长辫子了。你和他们不是对手，更不是敌人，你们都有一个共同身份，都是戍边者。我是绘地图的，我绘出的每条边界线，都有你们的功劳。

赖小四似乎被尹默君的话打动了，他指了指那群将哨所团团围住的猴子说，要说功劳，它们也有。那年红发的洋鬼带着一群人，私移我们的界桩，就是被这群猴子撵走的。它们不怕死，红发鬼动用了洋枪，猴子们付出了五条命，但它们却没被吓住，一个个扑上去与洋鬼们又撕又扯，最后他们害怕了，抱头鼠窜，落荒而逃。从那以后，他们再也不敢来私移界桩了。后来，我把五只猴子，分别埋在了五个界桩下。现在你们知道这群猴子为啥跟我这么亲了吧？

我离不开它们，我陪着它们，哪儿也不想去了。

郝成璧乘机走上前，伸出左手将赖小四的火铳夺了下来。赖小四也没抵抗，他喃喃道，我哪儿也不去，哪儿也不去。郝成璧语气坚决地说，哨所我们是一定要接管的，你可以不走，但你不再是清朝的戍士，你只能做民国的哨兵。既然你不想走，我尊重你的选择，但民国军人有民国军人的规矩。你的辫子是必须剪的，清兵的服装也不能再穿。

赖小四叹了一口气，他有气无力地冲猴群挥了挥手说，散了，散了吧。那群猴子就真的散开了，它们发出一声又一声的啼声，消失在哨所边的密林里。赖小四低垂着头，进了哨所的屋子。

屋外，殖边队的士兵已烧好了饭菜。尹默君要了一份，又要了一份，他还让郝成璧把随身带的烧酒壶拿出来。尹默君就这样来到了赖小四住的房间。他与他相向而坐，沉默着吃菜喝酒，喝酒吃菜。最后，他们都有了醉意，昏昏沉沉都睡过去了。

翌日清晨，尹默君被一阵嘈杂声吵醒了。他披衣起床，开门跟郝成璧撞了个满怀。

出事了！郝成璧边说边拉着尹默君走出了哨所。

在哨所外的一棵水冬瓜树上，吊着一个尸首已经僵硬的人。尹默君一眼就看出是赖小四。他上吊的工具，竟然是他脑后那条又粗又白的长辫子。

奔跑的木头

原载《民族文学》2018 年第 9 期

· 一 ·

春天喧嚣着往坡上爬的时候，毕摩一个人沉闷地下山了。去年，金沙江边的仲家人收获的都是干瘪的稻谷，让行将归天的彝家老土司也没能吃到他认为最上等的糍粑。老土司弥留之际留下如此严重的遗憾，这让整个土司府上层对毕摩心存了不满，认为这一切都是毕摩作法不力导致的。倍感冷落和白眼的毕摩，今年没带上吹法号的乐队，而是形单影只地赶到仲家人的寨子。一想到自己孤家寡人的落魄样，他就知道自己难免被仲家人的摩公冷嘲热讽。落草的凤凰不如鸡呀！想到这，他黑而粗粝的脸上泛起了一丝苦笑。

孤独地往山下走的毕摩，春风撩起了他披在身上的黑色察尔瓦，远远看去，像一只独来独往的鹞鹰。山上依旧白雪皑皑，风仍尖锐得像刀子，山下，攀枝花树梢上已泛出了热烈的红色，河风软暖而暧昧。这是金沙江畔最婀娜多姿的季节，但心情坏了的毕摩却彻底失去了感受这好景致的知觉能力。如果不是那双藏在额下鹰一样贼溜溜的眼睛，人们便会误以为山道上有一具行尸走肉。

但毕摩就是毕摩，作为神的儿子，他不仅有一双善于发现的尖锐之目，而且，他还有一种超乎常人的、随时捕捉机会的能力，超能力。

是的，机会，神赐的机会！他站在路边。看着近在咫尺的这一家仲家人劳作的场面时，他的惊呼差点就像一只受惊的鸟要扑棱翅膀飞出来。但老谋深算的他，硬生生地伸出了一只手，将那只已到喉咙的惊鸟又拽了回去。他收住脚步，左手托腮，眼睛死盯着这一家三口正忙着犁田播种的农人，脑子里却浮现出了新近接班的女土司。如花似玉的女主人，却有着一双让整个土司府上层忧心如焚的瘫痪的腿。

忙着活计的仲家农人，注意力都在黑油油的烂泥田里。他真搞不懂，这些丧家犬一样的仲家人，几十年光景，硬生生把金沙江沿岸这片贫瘠的河滩地，整治成了肥得冒油的烂泥田。但今天毕摩不关心田，他关心的是人。在他眼前，一个被太阳灼成铜人似的年轻人正在田里拉犁，掌犁的是他瘦猴一样的父亲，在犁耙好的田里撒稻谷的背微驼的妇女，是他的母亲。这个拉犁的年轻人，比牛沉默，却比一头牯牛有劲。他把犁拉得太快了，掌犁的父亲跟不上他的节奏。父亲气喘吁吁，一边掌着犁，一边谩骂着自己的儿子。

——你慌个鸡巴，忙着去托生呀？

——你这个杂种，要拖死你爹呀？

——慢点，老子让你慢点！小心老子抽死你！

…………

脏话被东奔西窜的河风吹进毕摩的耳朵里，他真想冲上去抽这个掌犁人两个耳刮子。这世上有责备不出力的，哪有怪人太卖力的？毕摩想，这种刁横的人，不该掌犁，该去拉犁才对。

“我命令你下辈子变牛做马！”

毕摩的愤怒让掌犁人吓得手一松，离开了犁把。他抬起头，眯眼打量清楚这不速之客，当即腿一软，差点跪在田里。他像做了错事的孩子般把抬起的脑袋垂到肩下面了。

“我用两头牯牛换他，咋样？”毕摩从察尔瓦里伸出手，指向木头般立在田里一脸茫然的年轻人，对掌犁人说。

“要得，要得。”掌犁人看一眼儿子，头像鸡啄米一样说

“要得你个头！”一直没说话的农妇，将一把稻种掷向掌犁人说，“那可是我儿子！”

看着怒气冲冲的农妇，毕摩笑了一下说：“开个玩笑而已。”

毕摩转过身子，决定去找仲家人的摩公。在他身后，风又把农妇责备丈夫的话送进了他的耳朵——

“你的心被老鹞子叼了，两头牯牛换儿子？你想牯牛想疯了？儿子再木头，也是我身上掉下的肉！”

毕摩又笑了一下，他觉得这才像母亲该说的话。他往仲家人那个叫水寨的寨子走去，水寨里住着另一个神职人员——仲家人的摩公。

摩公不像毕摩，把自己看成神的儿子，摩公在对待自己的职业时，比毕摩现实多了，少了许多神圣感。摩公热爱自己这份神赐的职业，是看重这份职业的游手好闲。在农人们在自家水田地卖力劳作的上午，摩公在自家院子里沏了一壶茶，正怡然自得地享受着春日暖融融的阳光。毕摩的造访让他既意外又有些不快，但摩公还是将心头的不快压住了说——

“是风把你吹来的吗？”

“不，”毕摩摇了摇头说，“我无事不登三宝殿的。”

“找我？”摩公指指自己的鼻尖说，“还有你毕摩办不了的事？是不是去年因为你的傲慢得罪了雨神，让老天几月不见一滴雨，我去找雨神他老人家，帮你赔不是？”

真是哪壶不开提哪壶！毕摩不太喜欢摩公这幸灾乐祸的样子，他说，“对神的虔诚，我什么时候输给你摩公过？去年我在田间作法，你在寨子里又敲锣又打鼓也作法，吵吵嚷嚷的，何意？是你得罪了雨神！我没向你兴师问罪，你该庆幸才是。”

摩公说：“仲家人的稻田，用彝族人的法事能让稻子饱满吗？”

毕摩不是在说，他简直是在怒吼：“大胆摩公！仲家人的稻田？咹，你说什么？自己掌嘴吧，也免了我给土司汇报！”

摩公知道自己说走了嘴，他自己左右装模作样扇了两耳刮子后恭敬地对毕摩说：“我可掌嘴了。见了土司别说，见了我们头人也别说。毕摩，你老人家还不坐下来喝茶。”

毕摩在草墩上坐定说：“明人不做暗事，我想要你们寨子里的一个人，你去给你们的头人说去。”

摩公面有难色，摊摊手说：“毕摩，过去土司跟我们头人有言在先，不抢仲家人做娃子，仲家人只管种田。”

毕摩将茶碗往石凳上一放说：“不是做娃子，是做荣耀的事。”

“什么荣耀事？”

“背脚。”

“背脚？背脚还不是娃子。”

“谁说背脚是娃子？”

“反正不是什么荣耀事。”

“给土司当背脚不是荣耀事？”

毕摩的话终于让摩公哑了火。

沉默半晌，摩公问毕摩，说：“土司这是相中谁啦？”

毕摩说：“是我相中的。”

毕摩边说边站起身，做了个邀请的手势继续道：“摩公，劳你大驾，跟我到田边一看就知道了。”

摩公跟在毕摩后面，小跑着出了门。疾走的毕摩让一身肥肉的摩公跟得有些吃力。摩公说：“毕摩，什么事犯得着这么急？”

毕摩头也不回，照样疾走，他看着前方说：“土司的事，有不急的吗？摩公，你该减肥了，身上背着那么多肉，我看着都累。”

摩公跟着毕摩来到水田边，当他顺着毕摩手指的方向望过去时，脸上有了讶异之色。

“毕摩，你看错人了吧，那可是一个木头，不，比木头还木头。”

毕摩故作高深地说：“我要的就是木头。我还寻思他上山去后取个啥名呢？好，现在有了，就叫木头。”

摩公说：“你带走了他，他家田咋办？”

毕摩伸出两个手指说：“我给他家两头牛，两头牯牛！”

摩公笑了笑说：“不值的，不值的。这事有了两头牯牛，就好办。毕摩，这事包在我身上了，你还是赶紧去做你的法事，招不来丰收之神，土司府里的人会怪罪你的。”

毕摩说：“今年的法事你做，我绝不打扰！”

毕摩的话让摩公大感意外，他忸怩说：“使不得，使不得。”

毕摩看着虚情假意推辞的摩公，脸皮上浮一丝笑说：“使不得？这不是你做梦都想的事吗？别像个女人似的！说好了，三天后，你把那木头带土司府来。”

毕摩话说完，扭头就上山了。

·二·

毕摩满头大汗爬上山来，就直奔了威严的土司府。当他向土司府的管家说明来意，却遭了白眼。认为毕摩多管闲事的管家，不无嘲讽地说："毕摩，你好生伺候好各路神灵，管好小妖大鬼。这该土司府管的事，不劳你操心了。"

"不替土司着想，就是不忠！"毕摩说，"春天来了，按惯例，土司该巡视领地了。你就没想想她的腿？"

管家说："笑话！土司巡视领地，要自己走？土司府有良马几十匹，多宽的领地也跑得过来。"

听管家这话，毕摩脸上有了轻蔑之色。

"说外行话了不是？"毕摩说，"我吉联土司的领地，山高谷深，沟壑密布，道路崎岖。老土司在世时，也是骑一程，让人背一程。这阿喜土司，腿疾严重，咋骑马？不要人背行吗？"

管家说："找个背脚还不简单，土司府里身板子好脚板子也好的娃子有的是。"

毕摩说："我知道土司府里有的是腿杆子硬身板子好的娃子，但背一个大活人爬坡下坎，也累。"

管家说："难道你举荐的人不知道累吗？"

毕摩点点头说："正是。"

管家冷笑一声说："你就吹吧，我可不吃你装神弄鬼那一套。毕摩，我告诉你，这世上只要是人，没有不知道累的。"

毕摩说："管家大人，正因为稀罕，我才从山下急着上山来给土司禀报嘛。"

管家还是不相信毕摩的话，他想，让土司教训他去。

管家让开道，示意毕摩进土司府去。看着毕摩匆匆的背影，管家又揶揄了一句——

"欺骗土司大人的下场，你毕摩不会不晓得吧？"

毕摩心里嘀咕了一句：不长见识的家伙！

他三步并作两步来到土司府的议事厅，看见端坐在土司椅上的新任女土司吉联阿喜。毕摩轻易地从吉联阿喜美丽的脸上，看到了深重的忧虑。

没等毕摩说出来意，阿喜土司先开了口。

"毕摩，我今天请过你吗？"

"没有，主人！"毕摩毕恭毕敬地说。

"烦心事真多！"阿喜抬手，示意毕摩坐下来，她说，"我早该找你说些话了。家父生前说，这彝山上，数你最忠心。"

这话听得人耳顺，毕摩抑制住怒放的心花说："多谢主人！"

阿喜托腮，看着因受夸赞而面露红光的毕摩说："毕摩，这世上真有神灵吗？"

"当然有！"毕摩诧异地问，"主人怎么会问这样的问题？"

阿喜嫣然一笑说，"但有人说没有。"

"谁？"毕摩说，"说这话的人该把他抓起来！妖言惑众！”

“你抓不了他，”阿喜说，“是一个教我的先生说的，他远在成都。”

毕摩说：“那就让成都的官家把他抓了！”

阿喜又笑，笑得舒展了愁眉。她说：“抓他没用，其实也不是他说的，他不过是转述了一派思想家的话而已。”

毕摩说：“主人可信不得这话。”

“我当然不信！”阿喜说，“我要真信了，你就失业了。你还没说明来意呢？是看到了什么奇异天象，还是聆听到了什么神灵的旨意？”

毕摩摇摇头说：“都不是。报告主人，我给您找到了个好背脚。还有，我想提醒主人，春天来了，该是巡视领地的时候了。”

阿喜说：“不要你提醒，巡视领地，早上来议事的头人们说过了。我确实也想出去走走，但不想被人背着出去。那样子的话，会丢了吉联家族的面子的，我可不想让别人看我这病恹恹的样子。”

听了阿喜土司的话，毕摩把头摇得像拨浪鼓，他说：“此言差矣，此言差矣！吉联家族的人，怎会因两条站不起来的腿，说如此泄气的话？主人，你有仙一样的外貌，有神一样的正义威严和慈祥，在白天，你是你领地上温暖的太阳，在夜里，你是你领地上皎洁的月亮。看到你，你的子民，会因你而自豪的。”

“毕摩，别花言巧语了！”阿喜用手捶了捶没有知觉的腿说，“谁会为自己的主人是个瘫子自豪？”

“这可不像骄傲的吉联家族的人说的话！”毕摩一脸严肃地说，“阿喜主人，你知道为什么老主人在弥留之际会选择你做他的继承人吗？难道真的是因为他没有子嗣吗？不！在土司势力江河日下的今天，他更看重您的……”

“阿爸会看重我什么呀，要不是哥哥打冤家战死，他怕早忘掉了他在成都还有一个瘫痪的女儿。自从他差人把我从乌蒙山送到成都，就像甩掉了包袱一样，别说来看我，连只言片语都没捎去过。”阿喜伤心地说。

“不是这样的！”毕摩摇摇头又摆摆手说，“你这是错怪了你阿爸，在你离开的这些年，你阿爸无时不想着你，他念叨你的话，听得我的耳朵都起了茧子。是的，他从未给你捎去过只言片语，这你可说到了他的痛处，他不识文断字呀。他总对我说，要治理好彝山，单靠逞武不行，还得靠这！”

毕摩用手指了指脑子。又说，“老主人正是看中了你的脑子。你在成都学堂里待了这些年，见过世面，学了文化，知书达礼，温文尔雅，这都是我们这彝山上稀缺的。现在，黑彝贵族势力兴起，土司地位有架空的危险，你是受命于危难之际，懂吗？你不就缺两条好腿吗？我今天来，就是要送你两条不晓得累的好腿。”

“送我两条腿？”阿喜一脸惊讶，又拍着没有知觉的腿说，“毕摩，你以为我的腿像牛车的两个破轮子，说换就能换的？”

“当然，”毕摩停顿了一下说，“不是真送你两条腿，我是要送你一个人，一个腿脚不会累的人，让他做你的背脚。”

毕摩的话把阿喜逗笑了，她说：“毕摩，你今天是成心逗我开心吗？这世上哪有不会累的人？要真有，我阿喜倒真是想见识见识。”

毕摩一脸城府地说：“主人，那你就等着吧，不出三天，我就让他站在你面前！”

·三·

真的没出三天，被毕摩命名为“木头”的仲家小伙，就被仲家头人和摩公带上彝山来了。在土司衙门大门前，仲家头人真切地体会到权力的威严。在亮丽的阳光下，仲家头人紧张得额头上沁出了亮晶晶的汗珠。他扯了扯木头的衣角，小声提醒他在面见土司时放机灵一点。

“你这是对牛弹琴，头人——”摩公说，“他能机灵吗？”

木头真的就像木头一样立在土司衙门前，仿佛面对的不是庞大的土司府，而是一片空荡荡的旷野。

迎接他们的是土司府狐假虎威的管家。当他看见面前的三个不速之客时，抖了抖身上黑色的察尔瓦，哼了一声说，“哪里来的野人？一点规矩都没有！”

土司府管家说的规矩，摩公心里清楚，是说他们没准备见面礼。清晨从水寨出发时，摩公就提醒过头人的。但生性吝啬的头人却说，都送个大活人了，还要什么见面礼。

于是摩公就对管家说，“回管家的话，我们不是野人，是水寨的仲家人，我们给你们送人来了。”

摩公边说边推了推像桩子一样立着的木头。

好在这时毕摩赶来了。他对管家说：“管家，他们是土司大人请来的客人。”

管家上上下下打量了一番傻站着的木头问毕摩：“这不会就是你为土司大人请的背脚吧？”

“正是。”毕摩点点头说。

“你开什么玩笑！”管家又哼了一声说，“他呆得像木头一样！”

毕摩一脸奸笑说，“不错，他就叫木头。”

他边说边领了仲家头人一行往土司府里走，撇下管家一人站在门口。管家用手摸着下巴，不可思议地自言自语——

“玩笑，天大的玩笑！”

毕摩给土司找了个傻子来做背脚，而且还是个仲家人，这不仅让土司府的管家不可思议，还让整个土司府衙门都吃惊不小。这消息比彝山上撒野的风还要跑得快，迅速惊动了土司衙门上层。管家传给了小管家，小管家传给了巡捕，巡捕又告诉了管看，管看又说给了马司，马司又透露给了教头。

管着二十四名土司兵的教头不干了，他去找毕摩。他对毕摩说：“你找来那仲家伙子不是能跑吗？那就让他跟我那二十四个兵去操场上比试比试。”

毕摩说：“教头，我怕就怕你那二十四个兵输了颜面。”

土司府的人都来看热闹，原本庄严肃穆的土司府，像节日般热闹了起来，有些消息灵通的邻近村社的里长也骑马跑来凑热闹。别说芝麻官里长对比赛好奇，就连阿喜土司，也在侍从二爷的服侍下，连人带椅被抬到操场上来了。

教头对毕摩说：“十圈定胜负。”

毕摩摆摆手说：“不，一百圈。”

教头说：“一百圈就一百圈。”

比赛由土司吉联阿喜主持。管家让小管家往火药枪里填满火药后交给了二爷，二爷将火枪毕恭毕敬呈到阿喜土司面前。阿喜接过枪，看到二十四名土司兵已在教头组织下站成了一排，毕摩正把木头往土司兵队伍的方向推。

阿喜把枪横在麻木的腿上，对侍从二爷说：“把仲家头人给我带来。”

仲家头人跟着二爷诚惶诚恐地来到土司阿喜身边。阿喜瞄一眼他，然后指了指操场上的木头说：“他赢了，两头牯牛你牵下山；如果他输了，你滚下山去，今年交双倍租子，罚你从此不准上彝山！”

仲家头人觉得自己委屈死了。看着二十四个彪悍的土司兵，他早已泄了气小声嘟哝道：“不是我要赌，是毕摩要赌。”

“你说什么？”阿喜土司大声问。

仲家头人牙齿一阵打战，他结结巴巴地说：“土司大人，我啥也没说。”

阿喜说：“那就愿赌服输！”

头人打战的牙缝间一字一字地挤出：“愿……愿赌……服……服输！”

教头示意土司阿喜已准备好，可以开始。阿喜土司将枪举起扬手就扣动了扳机——

“砰——”

二十四名土司兵像离弦的飞箭射了出去。

木头依旧立在那里，毕摩又急又气，飞起一脚，踢在了木头的屁股上。

“跑！跑呀！”

木头这才开始跑，跑得气定神闲，从容不迫，仿佛不知道这是场比赛似的。

教头跟马司站在一起，马司看着慢悠悠的木头对教头说：“跟这样的人比赛，你不害羞吗？”

教头说：“这还不是被毕摩逼的。”

一会儿，一群人也跑了八九圈。赶鸭子的仍是木头。

马司决定离去，他自认为看这样的比赛既有辱自己的尊严又践踏自己的智商。就在他身子一闪，察尔瓦摆得像一面旌旗般欲转身而去时，人群中有人惊呼起来：“看，看啊——”

木头加速了。

越来越快！

越来越快！快得二十四个土司兵，一下子全被甩在了身后。快得有些倦意的马司一下来了精神，他的嘴张成了一个大大的“O”状。

对于教头来说，场面实在太惨不忍睹了。

当二十四个土司兵累得跟狗一样趴在地上直喘粗气的时候，仲家人木头依旧轻快地奔跑着，就像一只欢乐的羚羊。

二十四个土司兵跑不了一百圈，而木头跑过了一百圈，依旧没停下奔跑的脚步。如果不是毕摩上前阻拦，他还会继续无休止地跑下去。

结尾没有掌声，没有喝彩，人们都惊呆了。吉联阿喜土司对原本还胆战心惊，现已是志得意满的仲家头人说：

“两头牯牛，你牵下山吧。”

·四·

仲家头人和摩公，各牵着一头牯牛准备下山。看着头人牵着的牯牛，比自己牵着的强壮许多，摩公心里有些不爽。摩公提议把两头牯牛赶下山后，卖给从四川凉山来的牛贩子。

“卖了这两头牯牛，钱我们平分。”摩公对头人说。

头人说：“摩公，做梦？这是老黄药师家用个大活人换的牯牛，你也敢打主意？别以为老黄药师死了，我们就可以忘记他对水寨仲家人的恩德！”

头人的话把摩公说了个大红脸。头人说的老黄药师，是木头的爷爷。仲家人当年与苗家人在黔地联合起事抗租，跟官府明火执仗打了七七四十九天，最终寡不敌众，向滇地的乌蒙山寻求庇护，其中一支，东突西奔，像无头苍蝇一样来到了金沙江边，他们就是今天水寨人的祖辈。面对横亘在自己面前的大江，仲家人的乌合之众在满是蒿草和芦苇的河滩地上留了下来。他们在这里搭草棚为家，开垦河滩地造田，热火朝天地开拓另一个家园。但这顺着江流蛇一样蜿蜒的河滩荒地，并非是无主地，它是乌蒙吉联土司家族的领地，因金沙江干热河谷气温甚高，酷暑难耐，加之河滩地肥力弱，多为沙地，当然还有一个重要原因，习惯了住在高山上的彝族人不愿意搬到河边来，天长日久，这里就成了野草疯长，虫豸出没，没人待见的野地。

但对于绝地逢生的仲家人来说，这可是他们的至宝。他们冒着烈日，硬是凭一双勤劳之手在河滩上整治出了一块块像镜子一样的水田，并在上面种出了绿油油的秧苗。仲家人改天换地的决心和勇气，眼看就要变成金色收获的现实时，吉联土司兴师问罪来了。

一方要固守家园，一方要收回领地，互不相让的结果就是对峙。就在吉联土司安营扎寨，准备从各个头人部落调兵遣将，决心将这群立足未稳的仲家人第二次变为丧家之犬的时候，他却不幸中暑了。连续几天的上吐下泻和头痛欲裂，吉联土司被病魔折磨得奄奄一息。没有医治中暑经验的彝医，把自己慌成了热锅上的蚂蚁，也还是无计可施。看着忧心如焚的彝医，毕摩决定在阵前做一起法事，祈求天神护佑自己的主子，祛除他的病魔。仲家人的老头人知道土司病重的消息，觉得这是一个机会，决定在夜里转守为攻，主动出击。但聪慧过人目光久远的老摩公却不同意头人乘人之危的做法。他对头人说，乘人之危，会被世人耻笑，胜了也不光彩。胜了又怎么样？跟强大的土司结下冤家，还是得卷起铺盖走人，照样无立锥之地，照样要成丧家之犬。

既然打不是办法，老摩公就在和上动起了心思。他让头人找来了乳臭未干的青年黄药师，这个在头人眼里的孱弱少年，是仲家人族群里闻名遐迩的黄氏医药世家的传人。头人看着他，就想起了少年战死在黔地的父亲。他对少年说："要是你那药到病除的父亲还在，仲家人也许还有一线生机。"头人的话让少年听出了不信任和轻视。他说："头人，你别拐弯抹角，就直说吧，你要我做什么？"

头人向少年说出了要他去医治患病的吉联土司，向土司表达仲家人足够的善良，以求寄人篱下。让头人没想到的是，少年连眉头都没皱一下就应承了下来。在吹鼓手吹吹打打的护送下，少年来到了土司的行营中。

对于水寨人来说，这一切早已成为耳熟能详的历史。少年药到病除，不仅医好了土司，还成功说服土司，让仲家人在这河滩地上扎下根来。当然，土司也开出了条件，仲家人每年必须给土司府上贡五十担糯米谷。

这个传奇少年，就是木头的爷爷。

仲家头人牵着牯牛站在山冈上说："摩公，自古英雄出少年，当年的黄老药师是这样，看来，他孙子也是这样。"

摩公不以为然说："这木头不能跟他爷爷比，他就是个傻瓜。”

仲家头人摇摇头说：“怪了，他怎么就不会累呢？难道就因为他傻？”

摩公说：“那倒不是。听说是被他爹打的。这娃儿过去不傻，小时候天天跟着他爷爷黄老药师识草断药，鬼机灵一个。后来黄老药师死了，这娃儿就成天去老药师坟头，默默地坐，有时连家也忘了回，依着坟就睡了。他那爹，人简单粗暴，认为儿子是偷懒不想干活，有天在坟头找到他，就揪了他的头发往坟头的石头上撞，就撞成了现在的样子。”

头人听了摩公的话说：“他这爹该死。汉人有句话，虎门出犬子，我看，这黄老药师就是。”

摩公说：“头人，这两头牯牛，便宜那犬子了。”

头人说：“摩公，怎么又想到这两头牯牛上去了。你也该学学你父亲老摩公，他心比你宽敞，目光比你高远多了。”

头人的话是说摩公不要五十步笑百步。原本就脸上挂不住的摩公，现在的脸，比彝山上空升起的火烧云还要红。

头人和摩公下山去的时候，毕摩被管家派来的人叫去了土司府。毕摩不知道管家叫他何事，狐疑着跟着唤他的人来到土司府时，看到的依旧是管家那副不好看的嘴脸。

管家总是不待见毕摩，就像前世结下了仇怨。看见管家这样子，毕摩说：“哭丧着个马脸干啥？又不是我求你。”

管家不知道如何安排木头，他为此已经伤了半天脑筋。越想越觉得安排在哪里都不合适。思来想去，他决定把这个难题当作一个球，一脚踢给毕摩。毕竟木头是他招来土司府的。

管家白一眼毕摩说："这木头又不真是截木头，他是个活人，得安置嘛。你弄来的，你一定比我清楚安置在哪里合适。"

毕摩说："当然是土司府了。"

"我还不知道是土司府？"管家没好气地说，"土司府这么大，你得说个具体的地方。我总不能把他跟牛马羊的关在一起嘛？"

毕摩嘿嘿笑了一下，他摇摇头说："没想到还有事能难住神通广大的管家大人。"

管家哼一声，回敬说："那还不是因为有了个多管闲事的毕摩。"

"多管闲事？"毕摩瞅一眼管家说，"那我就再多管一回闲事，你把木头放教头那里，让他跟那二十四个土司兵同吃同住。"

这确实是个不错的主意。管家思忖了一下，假装为难地说："只好这么办了。我可有言在先，那二十四个土司兵，可是二十四头豹子，把你的木头吃了，我可不负责。"

毕摩对管家说："进了土司府，就是你土司府的人，今后，他不是我的木头，是你的木头。"

木头就这样被管家带到了教头那里。教头打心眼里不想接纳木头，但又不敢拒绝。管家大人的面子，他这样的小官乐意也得给，不乐意也得给的。

傍晚教头把木头带到了土司兵的住处，这让二十四个土司兵兴奋不已。这个在白天里让他们颜面扫地的仲家傻子，夜里够他喝一壶的了。他们相互挤眉弄眼不怀好意的样子，被教头看在了眼里，他咳嗽了一声警告说：“不要太过分，谁伤了他的筋动了他的骨，我就让他伤筋动骨！”

教头嘴上这么说，但心里清楚，自己分明是把一只羊扔到了狼群里了。

毕摩回到家，心情甚好。于是在自家的院子里，借着月光喝下了满满一土罐荞麦烧酒。夜里，毕摩做了一个梦，梦见一群豹子，亡命地追逐自己。他从噩梦中惊醒，拍了一下酒意未消的脑袋，就想到了木头。他现在有些后悔给管家出如此馊主意。今夜木头同二十四个土司兵待在一起，怕是会被碾成一张薄纸。

这样一想，毕摩心就悬起来了。背土司巡游，这可是大事，好不容易才让阿喜土司接受木头做背脚，要是被这群土司兵揍坏了身子，那可就麻烦大了。于是，天还没放亮，他就独自起身出门，匆匆忙忙赶去土司府。

赶到住土司兵院子的毕摩，看到的是不堪的一幕。场面像极了一个才经历过厮杀的战场，狼藉而混乱。二十多个土司兵，东倒西歪躺在晨曦初露的院子里，一个个直哼哼。院里，木头，只有木头，像一截木头一样立在院子中央……

·五·

在管家眼里，十八岁的吉联阿喜土司怎么看都像一个孩子。她的一副病体让她看上去更苍白无力。娇美如花的容貌虽然可人，却又少了威严，多了些弱不禁风。在弱肉强食的乌蒙山中，各家土司遵循的都是强者生弱者亡的丛林法则。那些虎视眈眈的土司们，早已把自己的猎物锁定为吉联家族了。如果说这是吉联土司家族外患的话，那吉联土司领地迅猛崛起的黑彝贵族势力，就是内忧了。这些黑彝贵族，已经越来越不把吉联土司家族放在眼里，现在，连土司衙门召集的议事会也不来了。

老土司去世前，虽然没在土司府举行正式的托孤仪式，但私下里是三番五次嘱咐过管家要全力辅佐阿喜的。当然，忠诚的管家把这当成义不容辞的责任。但据小道消息，同样的嘱托老土司也同样告诉过毕摩，每每想起这些，管家心中就会有稍许的不快。

当毕摩又在他面前提醒该是阿喜土司巡视领地时间的时候，管家瞪了一眼他说："你急，我比你还急！你找来那个背脚哪是木头，他分明就是一个饭桶。我们给土司兵的口粮是定量供应的，他倒好，一人要吃四五个人的饭。带兵的教头抱怨得我耳朵里都起了老茧。照这样下去，土司府会被他吃空的。"

毕摩说："你听了教头的抱怨该高兴才对，管家大人，你不会连马无夜草不肥的谚语都不懂吧？这木头能吃，说明他身体好。身体好，才有劲。要背土司大人巡视这一大片领地，没点腿脚劲能成吗？”

“问题是……”管家说，“我怕我们那些苦荞粑粑，让他的力气长错了地方，据教头讲，这木头吃饭后，成天用根木棍在地上画来画去。”

毕摩问：“他画什么呀？”

“天知道是什么！”管家说，“鬼画桃符呗！”

他们说话的时候，头人阿兹乌去他管理的辖地找黑彝贵族阿卓收上年欠土司府的租子，租子没收到，阿兹乌头人还被黑彝贵族们差人暴打了一顿。那些打手下手极狠，打断了阿兹乌头人三根肋巴骨。

毕摩对管家说：“太猖狂了！土司府得赶快派兵去教训一下这些不知天高地厚的贵族才是。”

管家跺了一下脚说：“毕摩，你说得轻巧。派兵，又不是你做法事招阴兵，念几句咒语的事。土司府多少兵你又不是不知道，就教头带的二十四个土司兵。这些贵族养的家丁加起来上百人，你咋个教训他们？这样吧，毕摩，你代表我和阿喜土司，去安慰一下阿兹乌头人。告诉他小不忍则乱大谋。”

毕摩说：“我跑一趟没关系，但这大谋是什么呀？”

管家摊摊手说：“我也不知道。”

毕摩转身欲走的时候，管家又唤住了他。管家说：“毕摩，你安慰完阿兹乌头人，还得劳你去警告一下那些黑彝贵族们，他们这样无视土司衙门，是存心欺负我们府中无人，你用神的意志去告诫他们，干不得伤天害理的事，会遭报应的！”

得寸就进尺的管家，让毕摩哭笑不得。他想，这些无法无天的贵族，会相信神的意志？说不定，他们会差人像收拾阿兹乌头人一样，也揍自己一顿。毕摩心里咕哝道，我可不想断三根肋巴骨。

管家见毕摩犹豫不决的样子，就拍了拍毕摩的肩膀说：“危难之际，为了吉联土司家族，我们都得挺身而出。”

毕摩知道，骨头虽难啃，却是不得不啃的。他说：“也好。但我有个请求，我想带木头一起去。”

管家听了毕摩的话，知道了毕摩的鬼心思。不就是万一挨揍，好让木头背他跑吗？这样一想，管家差点笑出声来。但管家就是管家，他强压内心的讥笑，不露声色吐出了两个字——

“可以。”

其实，管家小看了毕摩，轻视了他对土司的忠诚。毕摩虽然生性胆小，但他毕竟是知书达礼之人，懂得士为知己者死的道理。在这彝山上，土司是世袭的，土司府是铁打的营盘，其他人员都是流水的兵，但毕摩例外。虽然没有明文规定毕摩世袭，但自从吉联家族世袭了土司，毕摩家族，毕摩一职，就没有更过姓氏。毕摩只要一想起这份信任，就会油然而生感激之情。毕摩比这彝山上的任何人都更懂得一荣俱荣一损俱损这句话的含义。

前去的路凶多吉少，毕摩只凭靠三寸巧舌，但他的族人却从来都轻视语言的力量，他们更喜欢诉之武力，用它来解决问题。在彝山上，毕摩是孤独的。但看着沉默着走在自己前面木头的背影，毕摩发现，这个愣头愣脑的仲家年轻人，比他还孤独。

他知道自己孤独吗？毕摩想。

两个孤独的人，走着同一条路，这路途就更显寂寞。

“你咋像个闷葫芦？”毕摩说，“你能不能陪我说说话？”毕摩冲走在他前面的木头问。

木头没回答，依旧自顾自走。

“真不该带你出来！”毕摩生气道。

木头停住，随即蹲了下去。

毕摩说：“你这是抗议吗？”

木头将两只手往背后伸，示意毕摩，他的意思是背他走。

当毕摩明白了木头的意思，脸上顿时就有了拨云见日的笑容。

“这还差不多！”

他边说边一个身子都趴到了木头背上。

木头双手搂了毕摩的屁股，站起身来，就撒腿跑开来。

木头不断地加速，跑得越来越快。毕摩只觉得群山在不断飞速倒退，左右耳畔都是尖叫的风。他兴奋得想放声高唱，或者大喊大叫。

他想，阿兹乌头人家为啥不住得更远一些呀？

快马没招来替自己出恶气的土司兵，却招来这么个手无缚鸡之力的毕摩，而且还是被人背来的。这让阿兹乌头人很不开心。他躺在床上，发出的呻吟之声听起来更像是对土司府的抗议。

“阿兹乌头人，”毕摩说，“你小点声哼，我知道你疼，伤筋动骨嘛。”

阿兹乌头人试图挣扎着将上半个身子立起来，但他的努力因为疼痛而失败了。尽管疼痛剧烈得让他脸都扭曲了，他还是咬了牙说：“毕摩，疼点无所谓，就是咽不下心中这口恶气。”

毕摩上前，用自己的袖子拭去阿兹乌头人额头上亮晶晶的汗珠子说：“管家大人派我来，就是来帮你咽这口恶气的。”

阿兹乌头人并不接受毕摩献的殷勤，没好气地拨开毕摩帮他擦汗的手说：“毕摩，也就是说，我为土司府断了三根肋巴骨，这都不配被土司知道？消息只配传到管家那儿就完了？毕摩，我这三根肋骨，可是为土司断的！”

毕摩说：“阿兹乌头人，你多心了。土司还是孩子，管家知道，也就等于土司知道了。”

“管家？”阿兹乌头人瘪了瘪嘴，“管家是什么东西？不要拿什么土司还是个孩子这样的话搪塞我，自古英雄还出少年嘞！难道她真是一个不中用的瘫子吗？”

“难道，”毕摩盯着躺在床上的阿兹乌头人严肃地道，“难道阿兹乌头人也像那些黑彝贵族们一样，除了偏见，就是鼠目寸光吗？土司大人虽然患有腿疾，但她年轻的头脑里充满智慧，宽广的胸襟里拥有仁慈和胆略。假以时日，她会成为金沙江畔彝族聚居地区最受人尊敬和爱戴的土司！今天我来，虽不能帮你报断三根肋巴骨的仇，但能让你免遭灭顶之灾！”

“毕摩，”阿兹乌头人翻了一下白眼仁说，“你吓唬谁呀？灭顶之灾？有那么严重吗？”

“当然！”毕摩手往上一扬说，“阿兹乌头人，凶兆已经像乌云一样笼罩在我们的上空，你只不过还没看到闪电罢了。目光短浅的黑彝势力觉得少主年少，软弱可欺，试图架空土司；而周遭的其他土司势力，个个又像饿狼虎视眈眈，随时会猛扑过来，把吉联家族的领地像猎物的肉一样残忍瓜分。他们在等机会，在等吉联土司辖地乱起来，好乘虚而入。他们巴望着像你这样的头人跟黑彝贵族们厮杀开来，那就是他们的机会。”

“你的意思是，我这三根肋巴骨白断了？”阿兹乌头人问说。

“谁说白断了？是君子报仇，十年不晚罢了。”毕摩说。

阿兹乌头人痛苦地想了想，伸出手拉了毕摩的手说：“毕摩，请你转告阿喜土司，为了吉联家族，就算忍十年，我阿兹乌也认了！”

毕摩离开阿兹乌头人，去找黑彝阿卓。阿卓是吉联阿喜土司领地上崛起的黑彝势力的推手人物。毕摩知道，只有震慑住了阿卓，才能打压住黑彝势力的嚣张气焰。毕摩还知道，说服阿兹乌头人容易，但要用语言的力量让阿卓做到心服口服，那可是困难重重的事情。如果弄得不好，自己能否平安走出阿卓家也未可知。

毕摩没再让木头背他，而是自己走。内心忐忑的他走得犹豫不决。他甚至猜测不出老奸巨猾的阿卓，会采用何种方法收拾他。

但愿阿卓不要让自己太狼狈。毕摩想。

无论是作为土司府派出的说客还是使者，在对待阿卓的问题上，毕摩显然都是不称职的。

“木头”毕摩唤了一声木头说，“汉人有句谚语，叫作‘秀才遇到兵，有理说不清’。我去见阿卓，就这结果。”

毕摩这话，连他自己都知道，并不是说给木头听的，不过是自说自话，给惶恐的内心找点理由。木头仿佛也把他这话当了耳边风，没听到似的自个儿木讷地往前走。

毕摩想，聪明往往使人痛苦，而愚蠢却会使人幸福。他甚至觉得，自己像木头那样，该多好。

阿卓似乎早就知道毕摩要来。在院子里，阿卓领着几个弟兄杀了头肥山羊，正把杀死的黑山羊吊在院子的柿树上开膛破肚。见了毕摩，阿卓的热情大大出乎毕摩的意料。

“我一杀肥羊，你就摸上门来了，毕摩，你真是有口福的贵客，快到家里喝杯热茶。”阿卓胖胖的圆脸，盛开的笑容像朵肥硕的牡丹。那股亲切劲，像重逢了多年未见的发小。

但毕摩还是从阿卓那几个在院落里收拾肥羊的兄弟伙的

谈话里，嗅到了凛冽的杀机。

手握尖刀，正准备为肥羊开膛的马脸男子往地上啐口唾沫说：“这羊儿子也是活该，怪他话多，成天‘咩咩’叫不停，现在好了，挨千刀的命！”

毕摩听出了马脸汉子的话含沙射影，心里禁不住打起鼓来。他跟在阿卓身后进屋吃茶的步子混乱不堪。被隔在屋外的木头，好像对收拾整理肥羊尸首产生了兴趣，凑近了又闻又看。

马脸汉子将沾满鲜血的开膛刀往木头面前一亮说：“傻子，小心老子开了你的膛。”

木头好像没看见马脸汉子在他面前晃悠的刀子，他“嘿嘿”了两声，就伸手去抓刀子。马脸汉子把刀收回去说：“沾了你这傻子的血，我这刀子，就不发光了。”

马脸汉子旁边那个瘦得像只猴子的小个子说：“马脸哥，这土司府看来是真没人啦，连这样的傻瓜都派上用场了！”

“嗯，”马脸点点头说，“那土司衙门早就是个空架子了。”

“那阿卓大哥为何还要对装神弄鬼的毕摩客气？还用得着给他赔那么多笑脸？”瘦猴一样的小个子男人不解地问。

马脸说：“阿卓大哥说了，他要学古代的汉人，给毕摩摆桌鸿门宴。”

·六·

阿卓家杀一只肥羊，连几十里外的贵族阿布都策马赶来吃羊肉喝酒，聪明的毕摩知道，阿布可不是为羊肉和酒来的。其实，阿卓不仅请了阿布，他把方圆几十里地有点权势的黑彝贵族都请来了。这轻易地让毕摩看出了这些黑彝贵族们的居心。

土司府的一举一动，全在这些黑彝贵族的监控之下。事实也如此，当毕摩赶往阿兹乌头人家去时，知道这个消息的阿卓就预判出了毕摩定会上门来兴师问罪。

阿卓身为贵族，也是几代人努力的结果，阿卓深信自己家族的血液里，藏着比别人智慧的基因。他不会愚蠢地像对付上门催租的头人那样，派人痛打其一顿，毕竟，毕摩是土司衙门钦派来的人，是彝山上认为知书达礼又连接天地的掌握了神权的使者。

对付文化人，必须采用文化的手段，阿卓是明白这个道理的。自己家族能在短短二十来年里崛起成为贵族，他的祖辈和父辈正是相信了比拳头还要厉害的东西是脑袋。很多事情，使蛮力于事无补，动脑筋却会迎刃而解，柳暗花明。

但阿卓还没有聪明到可以跟毕摩面对面用话语来“掰手腕”的程度，于是他开动起脑筋耍起了歪心思。

这些年，阿卓一直跟在金沙江对岸的汉人做非法生意，他们暗地里勾结贩烟土和私盐。和他打交道的那个汉人外号“小诸葛”，人比猴子还精，鬼主意就像孙猴子身上的汗毛，随便就能变出一串花样来。他总能用计骗过官府，混过多如牛毛的盘查。但他同样也耍阴谋吃下过阿卓的不少钱财。过去阿卓每每想到这个“小诸葛”，都会恨得牙痒痒。而今天，当他听说毕摩赶往阿兹乌头人家后，他却派人下山去，涉江请来了“小诸葛”。

“小诸葛”上山来，迅速乔装打扮换上了一套彝家下人的衣服，冒充一名厨子。准备导演一场“鸿门宴”。阿卓说了，如果他导演的好戏成功，就送他十只又肥又壮的山羊。一想到自己很快就能赶十只山羊下山，“小诸葛”兴奋得在厨房里唱起了汉人的歌。

歌声吸引了靠在厨房外墙角打瞌睡的木头，他踮起脚伸长脖子从厨房外的窗口往里望。看见兴奋过头的“小诸葛”正在摆弄两个土罐子。

“小诸葛”把其中一个土罐子的酒塞子打开，将土罐子的酒倒在了木盆里，大麦酒的酒香迅速在厨房里弥漫开来，部分已跑出窗外，木头吸了吸鼻子，眼睛死死盯住“小诸葛”。他看见“小诸葛”正往那倒空的酒罐子里注凉水，他欢天喜地往土罐里注水的快活样，活脱脱像个把阴谋变成了现实的阴谋家。

文火煨肥羊。当火烧云将彝山之上的天空染红的时候，黄昏来临了。这迟迟没有开始的宴席，让毕摩如坐针毡。而前来赴宴的十几个贵族围坐在一起气定神闲，他们像群团聚的兄弟一样，一边品着罐罐烤茶一边交头接耳。他们轻易就忽略了毕摩的存在。煨煮肥羊的汤锅散发出的香味中夹杂着一种让毕摩躁动不安的羊膻味，在这种味道里，毕摩想到了木头，于是他站起身，欲出家门去院内找木头，但阿卓看到了起身的他，以为毕摩要溜，就干咳了两声。毕摩向阿卓说明为何起身的意思，阿卓笑了笑说："怎么招待好土司府派来的贵客的随从，我们贵族是不会让贵客操心的。"

就在这时，阿卓请来的知客师在院里也吆喝开来。一切准备就绪了，客人们可以入席了。阿卓满脸堆笑，将毕摩邀到主桌的主位坐定，便大声吆喝道："上好酒——"

两个罐口用红布蒙定的土罐子被两个下人从厨房抱了出来。两个几乎一模一样的土罐子，被摆在了主桌上。之所以说是几乎，细心人还是能看出来，这两个罐子还是有细微的差别，在封罐口上，一个捆罐子的羊毛绳是红色的，另一个却是黑色的。这点差别实在太细微，连细心谨慎的毕摩也没看出来。

所谓的"鸿门宴"就要拉开序幕，作为主人的阿卓内心兴奋不已。当然，跟他一样内心兴奋不已的，还有那个冒充厨子的汉人"小诸葛"。他决定亲自动手，将刚从锅里盛到大木盆里的香喷喷的羊肉端到主桌上去。

其实，这"小诸葛"设计的"鸿门宴"，跟真正的鸿门宴相比，相去了十万八千里，不过是一个拍脑门的雕虫小技而已，用的不过是偷梁换柱的小把戏。他在用黑绳捆绑罐口的酒罐里灌了一罐子凉水，而红绳捆绑的酒罐里，依旧是原封不动的荞麦烈酒。他想，只要这罐子酒淌进毕摩的肚子里，能言善辩的毕摩一定会被酒烧成一个口齿不清意识迷糊的笨蛋。到那时，毕摩就会成为阿卓的玩物，任其戏弄，在这群黑彝贵族面前把颜面丢个一干二净。

对于阿卓来说，毕摩丢多少颜面并不重要。重要的是，他要让那些对土司衙门还抱有幻想，立场依旧模糊的贵族们清楚，今天的土司衙门里都是像毕摩这样的怂包，对这样的土司衙门抱有幻想是相当愚蠢的事情。

要让他们在精神上输个一干二净！阿卓上牙咬了下嘴唇想。

阿卓用手摸了一下自己脸上的鹰钩鼻尖，目光从两个酒罐子上扫过。他看清楚了那酒罐子上的黑绳和红绳，伸手出去，抓住了罐口系黑绳的土罐子，并把土罐子揽到自己面前说："各位兄弟伙，我今天宰羊，请大家来吃汤锅喝酒。承蒙大家给我阿卓面子！但让阿卓没想到的是，毕摩也来了，早上起来，我家柿树上喜鹊叫不停原来有贵客到。毕摩先前说他是土司派来的，还带来了神的旨意，这好生了得，我阿卓何德何能？让土司惦记也就罢了，神也要给我旨意？毕摩，你真是好消息和春天的使者，让我心上都开出花来啦！我实在是高兴了！我提议在在座的诸位黑彝兄弟的见证下，我和毕摩各喝下这一罐酒，以表我们对土司和神的敬意和忠诚！"

围坐在桌子前的黑彝贵族们纷纷鼓起掌来。

毕摩有点脑子发蒙，他搞不清楚阿卓的葫芦里到底卖的什么药。彝族人爱喝酒，彝族人也好酒，这是全天下都晓得的。彝族人有酒量，彝族人能喝酒，这是整个乌蒙山都公认的。但开口就要喝一罐酒，这样的欢迎仪式，毕摩觉得不仅有点过分，简直就是不怀好意！但阿卓会对自己怀好意那就是咄咄怪事了！这样一想，毕摩暗自对自己说，只好骑驴看唱本——走了瞧啦。

毕摩唯一清楚的是，无论是自己还是阿卓，这么一大罐子酒下去，都得醉成烂泥一摊。阿卓是不是吓唬人，料定了我毕摩不敢接招？那样，他就有话对黑彝贵族们说了，这毕摩口口声声土司呀神呀的，但都是嘴上功夫，心中并没有敬畏和忠诚。

毕摩开动他那抹了油的脑子，认定这就是阿卓的意图。他想，不就是喝酒吗？又不是喝毒药！嗯，我毕摩可不是你阿卓吓唬长大的！

毕摩站起身，伸手扯掉了封酒罐罐口的红绳。看到毕摩轻易中计，阿卓满心欢喜地也扯掉了黑绳，唤人将封罐口的塞子拔去。

阿卓轻松地抱起罐子。

毕摩一副豁出去的样子，也抱起了罐子。两人象征性地将罐子当杯子轻轻碰了一下。毕摩口一张，眼一闭，罐一仰。就见清清亮亮的酒扑进了口腔。

他手一抖，将罐子放在了桌子上。

“毕摩，一口干呀！”桌边有黑彝贵族提醒他。

而这时，阿卓也放下了罐子。

他“噗”的一声，把满满的酒喷在了桌子上。情急之下就露出了破绽——

“怎么搞得，全是酒啊？”

聪明绝顶的毕摩，这下知道了，本来是用来灌醉他的酒，这下被阿卓误喝了；而自己喝的那罐水，才是准备给阿卓的。

识破伎俩的毕摩，一下子变得镇定自若，成竹在胸。

他重重一巴掌拍在了桌面上，“砰”的一声响，吓得在座的黑彝贵族们都身子抖动了一下。

“有这样招呼客人的吗？”毕摩大喝一声，瞪着一脸惶惑的阿卓，摇了摇头说，“阿卓呀阿卓，你口口声声把我当成贵客，当作神和土司的使者，但却在宴席上自己喝酒，让贵客使者喝凉水。这样的事传出去，羞的怕不仅是你，怕是乌蒙山所有的彝族人！”

毕摩边说边用手指敲击着罐子。

一位黑彝贵族一脸怀疑着站起来说：“阿卓哥可是个实诚之人，咋会在酒罐子里掺水？”

毕摩将酒罐子用力一推，直推到他面前说：“要不试试？”

那位黑彝贵族撸了一下袖子，将一个手指头伸进罐子，拿出来后放嘴里一吮吸，不再言语，乖乖地坐下了。

贵族们都用满是不解的眼神看着阿卓，看得阿卓心里一阵阵发毛了——

“不是这样的，”阿卓说，“不是毕摩说的这样的。”

毕摩抖了一下身上的察尔瓦，潇洒而又满是风度地反唇相讥道：“阿卓，你说的没错，确实不是我说的这样，你是不小心弄错了。”

慌乱的阿卓点点头说：“对对对，就是弄错了。”

毕摩环顾一下不知所措地坐在高脚凳子上的黑彝贵族们说：“阿卓承认了，他是弄错了。他弄错了什么呢？他想用酒灌醉我，让我在你们面前出洋相，羞辱我。所以他备用了一罐酒，一罐水。酒给我喝，水给他喝。这样，你们都会惊呼，阿卓酒量跟他智慧一样大！干倒了毕摩，自己一点事儿都没有。他是要让你们崇拜他，在彝山上听他的！”

“毕摩，你胡说！”阿卓气得叫起来。

“我胡说？”毕摩用手反过来指着自己说，“我胡说了吗？阿卓，你们仗着自己势力大了，就没把土司衙门放在眼里了，胆大妄为打伤了阿兹乌头人，挑战土司权威。你们干的是什么事？不都是亲者痛，仇者快的烂事吗？你们想过没有，没有吉联土司，我们就会被周边其他土司吞并，那时你们还能做贵族？这样不诚心的宴席，我毕摩不赴也罢！”

毕摩说完，急速转身，拂袖而去。

出了门，他拉了一把像木桩一样站在院子柿树下的木头说：“赶紧走，再不走就来不及了。”

木头紧跟着他出了门。

毕摩站住。

木头也站住。

毕摩转过身，冲木头招招手说：“还不赶紧背了我跑，真是木头！”

·七·

木头背着毕摩从黄昏的血布中跳进了夜晚的黑幕里。他奔跑得太快了，比丧家之犬还快。逃跑是可耻的，但木头背上的毕摩，不认为自己的行为可耻。在他看来，这样的逃跑更像是一次凯旋。他起先是担心那些一时发蒙的黑彝贵族们，会在恼羞成怒后清醒过来，要这样他就很难金蝉脱壳。但当他意识到自己成功地利用了宝贵的时间差后，惶恐的内心就充盈了班师回朝般胜利的喜悦。

毕摩觉得自己不是趴在一个人的背上，而是骑在一匹扬蹄飞奔的骏马上。暗夜里的木头，他奔跑得太迅疾、太快速，像风一样。不，他本身就是风，比闪电还快的风。毕摩觉得身子之下的木头，像一把锋利的刀刃，正刺啦着把夜的黑幕划破……

这个普通的夜晚从此嵌刻在了毕摩的记忆里，成为一种奇妙和骄傲。但慢慢地咀嚼和品尝这种奇妙和骄傲，却是后来的事情。心知肚明的木头，任毕摩自我神化。那天夜里，毕摩回到土司府的首要之事，就是邀约了管家去面见女土司吉联阿喜。

面见女土司，让毕摩收获了心满意足的结果。他的足智多谋不仅获得了阿喜土司的称赞，也收到了让管家嫉妒的效果。认为毕摩言过其实的管家，虽然内心固执地认为毕摩为炫耀自己的智慧编造了用谎言做材料的故事，但还是审时度势同意了毕摩要土司巡视领地的提议。在彝山，土司巡视领地，从来都是一件劳民伤财的政治行为。巡视领地几乎让整个土司衙门都得倾巢出动，一个移动着的土司衙门，光吃喝拉撒都够管家操劳的，路途中的变数和意外，更让管家苦不堪言。但熟悉土司衙门规矩的管家，知道巡视从来都不是一种空洞的仪式，它是土司扬威仪、布慈恩，展示自己权势和实力的重要形式。

在管家的精心布置和操持下，通过土司府上上下下的努力，一支阵容浩大的巡视队伍被组织起来。毕摩出行前在土司府前举行了盛大的祭天仪式，在土司兵火铳的轰鸣和仪仗队唢呐的悠扬旋律中，盛装的土司被木头从土司府里背出来。久未见阳光的阿喜土司苍白的脸上竟然也泛起了朝霞一样的红晕。整个巡视的队伍都被一种激情和兴奋充盈着。只有当背脚的木头，依旧像一截没有知觉的木头一样，他按部就班朝前走的脚步，机械而又不失坚定。土司府附近的彝族群众闻讯赶了过来，他们分列在道路的两旁，唱起了古歌。在歌颂与赞美的歌声和鼓乐中，阿喜土司，在木头的背负下，带着她的队伍，踏上了巡视之路。

巡视之路，并非像开始那样热烈而轻松。吉联土司的领地，几乎都是由高山深谷组成，道路的崎岖和坎坷，让巡视的队伍走得缓慢而艰难。每地的头人家，成了巡视队伍的驿站。那些在土司衙门中养尊处优的大小官员，几天下来，个个灰头土脸，苦不堪言，迅速变成一支疲惫之师。怨声载道的他们，在起起伏伏的山道上，狼狈不堪的样子让阿喜土司既轻蔑又不满。年轻的她，心中生出了捉弄这疲惫之师的想法。她把嘴凑近木头的耳畔，用彝语要他快起来。

木头不动声色，加快了脚步。

走在前面的木头和背上的阿喜土司，渐渐地脱离了巡视的大部队。看着这样的情景，管家要求队伍振作精神跟上自己的主人。但他的话在山风的作用下，成了这群人真正的耳边风。管家只得放开喉咙，吆喝木头慢下来。

同样，他的大喊大叫仿佛又成了木头和阿喜土司的耳边风。无能为力的管家喘着粗气，要求毕摩祈求山神，保佑遥遥领先的阿喜土司平安。毕摩站在风中，喘吁短促的祈祷声，弱不禁风。

木头背着阿喜土司，像阵轻快的风，轻盈地越过一个背阴的山坡，来到向阳的坡地。在木头背上的阿喜土司，竟然振臂惊叫了起来。

她的眼前，是一坡盛开的马缨花。这些马缨花，开得喧嚣，自由而放肆。那些怒放的花朵，仿佛要点燃山坡。美得如此放任，美得如此潇洒，让阿喜土司惊叫连连。

木头把阿喜土司从身上放下来，把她抱了坐在山冈的青石上，就朝着那开满马缨花的地方跑去。阿喜土司看到，木头被汗水浸透的后背上，有丝丝缕缕像雾气一样的东西蒸腾了起来。

木头采来了一大抱马缨花，面无表情地朝阿喜土司走过来。他来到阿喜土司身边后，将大朵大朵的马缨花围着阿喜土司铺开来。他不断地重复着采了铺，铺了采的动作，直到最终把阿喜土司置于一片怒放的花海中。

阿喜土司开心极了，她笑得就像马缨花一样。

木头木讷的脸，像坚冰受了春风，轻融中泛起了一丝浅浅的笑容。这浅浅的一笑，还是被阿喜捕捉到了。

你哪是木头？阿喜大声说，你不是木头！

阿喜手指了木头，咯咯地笑了，她的话语和笑声，被风一吹，仿佛就撒满山冈了。

木头忍不住也嘿嘿笑了。他笑得连绷着的腰杆也弯成弓了。

山冈上，两个年轻人的笑声，被山风扬开去。世界，此时似乎也变得美好而年轻了。

“放肆！”

气喘如牛地赶上山冈来的管家，在木头屁股上踢了一脚，冲木头吼叫道。

木头的笑声，仿佛受了惊吓，戛然而止了。

阿喜也止住了笑声。她原本艳阳般的脸，一下子就结上了冰霜。

管家身后的毕摩，试图让阿喜土司重拾快乐，就奉承道：“阿喜主人，你真像一尊活菩萨！”

但他的话并没有让阿喜土司重新开心起来。阿喜抓起两朵花，将花瓣用力撕碎，又将它们抛向空中。

当纷纷扬扬的马缨花碎片随风扬长而去，阿喜土司冷冷地说：

“走吧。”

巡视的队伍于是又蜿蜒成蛇一般往山下走去。

一路上，管家都在小声教训着木头——

“再走那么快，我就打断你的狗腿！”

巡视之路，又变得无趣而沉重。在木头背上的阿喜土司，无精打采，像无筋骨的烂泥，后来，竟然沉沉睡过去了。

下了山，路变得好走了许多。前面有了人间烟火的景象，一台一台的坡地被翻耕后，在太阳的晾晒下，散发出夹杂了泥腥味的芳香气息。三三两两的娃子，用锄头捶打着泥丸。被平整过的耕地上，有人在播种。他们将细碎如芝麻状的东西，一把又一把地扬出去，让它们均匀地落到新耕的土地上。

“这些人在播种啥？”

原本趴在木头身上熟睡的阿喜土司，这时竟然醒了。

她的提问让管家吃了一惊，管家愣了一下说：“报告主人，娃子们正在播种芝麻。”

阿喜睁着一双大而圆的眼睛，看着坡地上略显壮观的播种场面问：“管家，这是哪个头人的田地？”

管家皱了眉头想了想说：“应该是安日火头人的。”

“他种那么多芝麻干啥？”阿喜的眉头也皱紧了，又问管家，“你确定？”

管家说：“主人，你要我确定什么呀？”

管家在阿喜土司的目光里，垂下了头。阿喜盯着管家说：“我要你确定，这地里播撒的是不是芝麻。”

“管家，你把阿喜当三岁小孩了？”阿喜土司叹了一口气说，“是该巡视领地了，要不，翻了天我都蒙在鼓里。”

“主人，我……”

管家欲分辩，但被阿喜土司挥手制止了。阿喜叫一声说：“毕摩——”

站在一边一副事不关己样子的毕摩，没想到土司阿喜会叫他。吓得脚下一滑，差点摔倒。他站定后战战兢兢地说：“主人，请吩咐。”

“毕摩，”阿喜土司双手按在木头肩上说，“我们吉联家族，对你家还可以吧？从我阿爹继承土司位起，土司府就没请汉人来做师爷，为啥？那是把你毕摩家，既当了毕摩又当了师爷。你实话告诉我，这地上播撒的是什么？”

毕摩偏头看了一下管家，也把头垂了下去。

“毕摩！”阿喜土司双手举起来指向天空说，“把你垂头丧气的懦弱的脑袋抬起来，看着天菩萨说，这地里种的是什么？！”

毕摩吓得跪在地上，他一边作揖一边说：“报告天菩萨，报告土司，是罂粟。”

“嗯，”阿喜鼻子哼了一声说，“毕摩就是毕摩，我要不请出天菩萨，你怕不会对我说真话吧？”

“不敢！”毕摩浑身颤抖着。

阿喜土司又扭了扭身子看着管家说，“管家，阿爹当年好像定过规矩，吉联家族的领地上，不准生长这东西吧。”

“这——是，是，”管家边点头边说，“老主人不是升天了吗？安日火头人一定以为，又可以种了。”

阿喜目光冷冷地看着管家说："这安日火头人，眼睛中没阿喜哩。管家，请你转告安日火头人，吉联家族没了老土司，但有了新土司！"

管家浑身哆嗦了回答说："是是，是是是。"

阿喜土司把手往木头肩上轻轻一拍说："走吧。"

队伍继续往前走。

但木头只走了几步，阿喜土司在他背上又发号施令道："停下！"

管家上前问："主人，又有何事？"

阿喜看了看天，又低下头看了看管家说："管家，好像有些不对呀？"

管家整理了一下身上的察尔瓦规规矩矩立定。阿喜问道："这安日火头人只是一个中头人，那管这片土地的大头人是谁呢？管家？"

这一问，问到了要害，管家扑通一声跪地上说："主人，是我。但种罂粟，真不是我的意思。我为了侍候土司府，忙不过来，把土地转租给了安日火，没想他竟然斗胆在地里播种罂粟。主人，我失察，失察呀！"

管家一边说，一边把自己的脸扇得啪啪响。

·八·

阿喜土司巡视领地的队伍下榻在头人安日火家。让阿喜土司没想到的是，仅仅是个中头人的安日火，却有着一个跟土司府比也绝不逊色的庄院。

安日火头人的庄院，由大门、二门、正堂、厢房、五个天井、两个花园和一座碉楼组成，整个庄院除碉楼外虽然都是木构架土坯墙小青瓦覆面建筑，但依然让见过世面的阿喜也觉得规模大得与他的中头人身份不合。土墙面绘有彩绘，道路用照得见人影的青石块拼砌而成，这偌大的庄院，细部如此考究，让阿喜土司洞察了这安日火头人，在生活上是个讲究之人。

可安日火却穿了件缀满补丁的察尔瓦来迎接阿喜土司，也没准备任何的欢迎仪式。见了阿喜的面，还没等木头把她放下来坐定，就控诉起了金沙江对岸的撒玛土司。控告他们占着人多势众，经常在夜里渡江来抢他安日火的娃子和耕牛。

“土司，你来得正好！”安日火说，“就在昨天夜里，撒玛又派人来抢耕牛，被我们的人用长刀捅死了一个，捅伤了两个，撒玛扬言要报复，据说已经考虑要发木板令了，我还想着明天一早就动身，赶土司府汇报，没想到土司大人会自己上门来，我这是什么福分呀！”

一听说木板令，大家都知道问题严重了。木板令一旦发出，土司与土司之间打冤家的事就不可避免。这正是春耕大忙季节，领地上的佃农们正忙着撒荞子，种洋芋。一旦打冤家，每家每户都得派出一个壮劳力来参加，这不仅影响春耕，还会让斗殴双方付出数十条人命数十人伤残的代价。说到打冤家，阿喜土司就会想到自己的哥哥，那个长得像一头豹子一样孔武有力的年轻帅气的小伙子，曾经是阿爹振兴吉联家族的希望。但在与目阿土司因山林纠纷打冤家的过程中，被活活劈掉了半边脑袋。当哥哥的尸首被抬回来，看见爱子惨状的阿爹一病不起，自知来日无多，才让人接回了瘫痪的自己，不情愿地让她成为一个女土司。阿爹至死都没合上双眼，就是明证。

“不能让撒玛土司发出木板令！”沉思的阿喜斩钉截铁说。

“土司大人，”安日火问说，“难道你害怕了吗？人家撒玛土司，正是看到你年少懦弱，才存心欺负我们的。”

“安日火头人，你说得对，我是害怕了。难道你不害怕吗？哪一次打冤家，能不死人伤人？哪一次打冤家，解决过问题？哪一次打冤家不是两败俱伤？”阿喜质问道。

“土司大人，不是我们想打冤家，你误会了我的意思，撒玛想打，我们就跟他打，不惜一切代价。你刚当土司，决不能示弱。再说了，木板令在撒玛土司手上，他想发，谁能拦住他？”安日火头人摊了摊手说。

“我想我能。”阿喜一脸平静说。

“主人，”管家一脸惊愕说，“这可不是小孩子过家家，真不是闹着玩的。”

毕摩也摆摆手说：“使不得使不得，主人，你不是跟我们开玩笑吧？”

阿喜看了看毕摩，又看了看管家说：“就请你们允许我开次玩笑吧，反正在你们心中，我不过是个小孩子。”

毕摩和管家都竞相张了口，但话未出口就被阿喜制止了：“我已经考虑好了，我亲自去，找撒玛土司。”

管家摆手说：“不可不可，要去，就让安日火头人跟毕摩去。”

毕摩听管家这话，心里恨得想把管家大卸八块。安日火头人听了这话后说：“我宁愿带人跟撒玛打冤家，也不去找撒玛讲和。”

阿喜没理会管家的建议，她问安日火说：“捅死的人呢？”

管家说：“报告土司大人，我让人放在村口的核桃树下的青石板上了，离开时我把我的察尔瓦脱下来，把尸体裹了。按规矩，江那边的人夜里会派人来，偷偷把尸体搬回去。”

“不！”阿喜土司摆摆手说，“我亲自把尸体送去给撒玛土司。安日火头人，快下江边去准备木船吧。但不得暴露我的身份！”

安日火头人抬头看了看天说：“要去，也等吃了晚饭去。”

阿喜说：“来不及了。”

她边说边示意木头把她重新背起来……

江涛高一声低一声，江风紧一阵慢一阵，艄公胆战心惊地把木头和阿喜土司摆渡到对岸去。看着那被察尔瓦包裹的彝族人尸体，艄公一边摇橹，一边往嘴里灌着烈性苞谷酒压惊。

阿喜用汉话低声念了一句诗，那是她在成都的学堂里，汉人先生教的——

“风萧萧兮易水寒！”

木头坐在船舷上，守护着瘫坐在船舱里的阿喜土司。淡淡的月色里，越来越近的对岸变得更加深不可测。阿喜的心，就像这木船，虽然执着地要漂向对岸，却又起起伏伏，摇摇晃晃。现在，她内心里，越来越钦佩成都学堂里那个教她汉文的汉人先生。他说得真对，权力是孤独的！阿喜这么想着，身子就抖了一下。

木头解下身上的察尔瓦，将它披在阿喜身上。

“我不冷。”阿喜说。她细细的声音被波涛轻易地吞噬了。

岸越来越近！

气氛变得肃杀。

按照安日火头人的信息，撒玛土司已经赶来了江边，住在了江边瞰山坪的头人约涅木乃家，正在紧锣密鼓差遣兵马向瞰山坪聚集。阿喜土司知道，撒玛土司聚集完打冤家的队伍，就会迅速派人发出木板令。

就在阿喜土司暗自思忖之时，摇橹的船工，口腔里惊呼了一声：“啊！”

坐在船舷上的木头也一激灵站了起来。

船也跟着剧烈摇晃了几下，差点倾覆在江里。

阿喜看到，满山都是移动的火光。这些火光，正星星点点地朝瞰山坪聚集。

阿喜明白了，那些火光，都是赶来打冤家的人的火把！蔚为壮观的场面，仿佛就是撒玛土司的怨气和怒气。

船工将船划到岸边一块巨大的礁石旁，他协助木头将阿喜背负好，就回到了船头。看着放在船尾用察尔瓦捆裹好的尸首，阿喜掏出了一块在月光下闪闪发光的银圆，要船工帮忙把尸首送瞰山坪去。

船工吓得扑通一下就跪在了船头，他说他不要银圆，他要的是命。

“我有一个老婆，两个没成年的孩子，跟你们去，就回不了家了。”船工奋力划了两桨说，“那约涅木乃头人，比豺狼都狠。”

阿喜听船工这么一说，心里直骂这船工是个怂包软蛋。木头背着阿喜土司来到船尾，弯腰将僵硬的尸首抱起来，就径直朝瞰山坪的方向走。阿喜将发光的银圆抛向船工说：“回去的船费预付了，你好生在这里等我们回来。”

船工伸手将银圆抓在手里，夜色掩盖了他发了意外之财的惊喜的表情。

看着阿喜给的银圆，船工嘀咕道：“这是俩什么人呀？吃了豹子胆了！要是落在约涅木乃头人手上，怕连魂都回不来了！”

待船工抬起头来，却不见了木头和阿喜，船工眨了眨眼睛，不太敢相信就一眨眼工夫，那闷声不响，先前坐在船舷上连屁都没放一个的年轻人，背上背个活人怀里抱个死人，消失得比风都快！比风都干净！不会是遇见鬼了吧！

这样一想，船工一下子就觉出了夜的冷，他牙齿一阵打战，慌忙调转船头，往来时的岸奋力摇去……

·九·

木头背着土司阿喜，怀里抱着尸体，闯进了约涅木乃头人的院子里。像风又像闪电一样的闯入者，让约涅木乃的院子就像烧烫的油锅里溅进了几滴凉水，顿时炸开了。

人群的喧嚣惊动了正在喝酒吃煮羊肉的撒玛土司，他的脸上露出了不悦的神色。这让约涅木乃头人觉得很丢面子，恼羞成怒的他腾地站起身来，抓了一把快刀握在手里就冲出客厅去了。

他推开门就看见了凛然立在天井里的木头，看着他怀里抱着一个黑不隆冬的东西，背上背着一个如花似玉的女子。一群土司兵和看热闹的人把院子围了个水泄不通。约涅木乃头人就用寒光凛冽的快刀指着木头问道——

“请问来者何人？”

木头僵立着，背上的阿喜土司说话了——

“请问你又是何人？”

约涅木乃头人仰天大笑，他的笑声就像嚯嚯的江风，混沌而沙哑。

“问我何人？太搞笑了吧？”他连眼泪都笑出来了，他用手掌抹了抹笑出的泪说，“私自闯入我府上，还问我是谁？”

“哦，”阿喜土司微笑了一下说，“原来是约涅木乃头人呀？”

“那……”约涅木乃头人用刀指着阿喜土司问说，“那你是谁？”

阿喜土司莞尔一笑说：“我不告诉你。”

这一笑可惹火了约涅木乃头人，他挥刀逼近阿喜土司，用刀尖在阿喜土司额前划了划说：“哪里来的小娘们，竟敢调戏老子！”

但阿喜土司毫不畏惧，她大喝一声说：“约涅木乃，收起你的刀！一点规矩都没有！还不把撒玛土司叫出来？”

阿喜土司话音刚落，从正门里走出了一个魁梧的男人，他就是撒玛土司。他手中端着一碗苦荞酒问道：“谁这么心急火燎大吵大闹要见我呀？”

阿喜土司在木头背上冲撒玛土司抱拳说：“乌蒙抚夷司吉联阿喜土司求见撒玛土司。”

“哦，”撒玛土司端着酒碗，摆一个自认为优雅的姿态说，“没想到吉联家的黄毛丫头，都长成大姑娘了！你那背脚也够辛苦的，背你一个大活人，怀里还抱一大坨，给我送什么礼物来了？”

“尸首，”阿喜土司平静地说，“给你送尸首来了。物归原主，人更应该。”

一听这话，撒玛土司将酒碗重重一摔。在瓷碗破碎的声音响起时，撒玛土司也从腰间拔出了短刀。

“你这不知深浅的黄毛丫头，送上门来是想找死呀？”撒玛土司骂道。

“谁上门是为了找死？”阿喜嘴角撇出一丝似笑非笑说，“我说我是来讲和的，你信吗？”

“讲和？”撒玛土司将短刀往天上一举说，“你用什么跟我讲和？你有什么资格跟我讲和？”

阿喜在木头背上手一摊说，“撒玛土司，你是土司，我也是土司，我凭什么就不能跟你讲和？”

撒玛土司像个精明的算师那样说：“你呀阿喜，真不愧是吉联家族的人。你们杀死捅伤了我们的人，把尸首送回来，就万事大吉了？那我撒玛家族的面子，往哪放？我撒玛家族的仇往哪消？冤往哪诉？”

阿喜说：“撒玛土司，你的人不渡江去偷我们的耕牛，他就不会死，也不会伤！你是不是觉得我们乌蒙山没人了，还是觉得我一个女儿家好欺负？你的人随意过江，又抢又偷的事，岂止这一件？”

撒玛土司被阿喜这一数落，脸上有些挂不住，就蛮横了说：“我就是欺负你怎么样？一个黄毛丫头，一个瘫子，也敢冲我叫嚣？”

阿喜见撒玛土司耍横，忍不住露出了鄙夷的笑容，她手指撒玛土司大声说：“我黄毛丫头怎么了？我目光比你看得远，知道做个土司要立足长远，要顾虑大局。我脑子比你清醒，知道杀人一千要自损八百，打冤家只会两败俱伤，没有真正的赢家。我是瘫子，站不起来，不能走也不能跑。但我雇个背脚，照样能走会跑，而且比你走得稳，跑得快。我哪点不如你？”

“唉！气死我了！”撒玛土司因为恼火，原本就喝红的脸，这下子变成了酱紫色，他用短刀指了指阿喜，又指了指木头说：“你竟然说一个背脚，背着你比我走得稳跑得快，你怎么可以羞辱一个高贵的土司！”

阿喜土司说：“我说的不过是事实而已。”

撒玛土司想了想，将短刀重新别回腰间，对围观者说：“把这个背脚怀中的丧门星拿走，我今天要跟他比一比，阿喜土司找来这两只脚，到底有多快。”

阿喜土司说：“比赛是有输赢的，输了怎么办？”

撒玛土司指了指阿喜土司说：“我输了，我跟你讲和！”

站在一旁的约涅木乃头人听撒玛土司的话，摆摆手说：“这不公平，要是他们输了呢？”

撒玛土司哼了一声，手指戳在约涅木乃头人油亮亮的额头上说：“这还用问？他们就只配变成肉酱，抛到金沙江里喂鱼！”

约涅木乃赶忙冲撒玛土司竖大拇指并恭维说：“土司大人英明！”

撒玛土司推了一下约涅木乃头人说：“你上交租子像拍马屁一样爽快该多好？对了，阿喜土司，你还没表态，这样奖罚可以吗？”

“可以！”阿喜土司大声说。

比赛的场地定在了约涅木乃头人家背后的驯马场。说是驯马场，其实就是一条宽仅十余尺，长约千米的沙石道。在沙石道的另一端，约涅木乃头人已命人架起了篝火堆。比赛规矩是：撒玛土司和阿喜土司各举一燃烧的火把，木头背着阿喜土司，与撒玛土司在约涅木乃的火铳声中同时起跑，谁先跑到另一端的尽头，将火把投向架起的篝火堆，谁先点燃篝火谁就胜出。

比赛消息比江风还快，迅速就传播开去，原本举了火把赶来聚集打冤家的人们，顾不得长路的疲惫，纷纷赶来看稀奇凑热闹。一时间，瞰山坪因要打冤家而形成的恐惧压抑的气氛，又迅速被喧嚣和莫名的兴奋替代了，瞰山坪，似乎在这黑夜里，被一种近似于节日的快乐笼罩了。谁也没有去想它背后的残酷：这是一个土司，在用命去跟另一土司赌输赢。

约涅木乃头人将火铳举向天空，扣动了扳机。在“砰”的一声枪响中，一团好看的火星子也喷出了枪管。

撒玛土司反应神速，身子像离弦之箭奔了出去。木头有点发蒙，犹豫了一下，才拔腿往前跑。撒玛土司举着火把跑出一段后回头看，见另一支火把被自己抛下了很远，不觉心中一阵狂喜。他甚至得意地冲黑夜吹了一声尖厉的口哨。

人群中有人冲撒玛土司鼓掌，有人用彝语喊着加油。撒玛土司边跑边向路边给他鼓劲的人群挥手，他步履轻快，高举的火把在风中噼里啪啦地炸响着，仿佛也在兴奋着为撒玛土司燃烧。

但撒玛土司的这种感觉，没能维持多长时间。就在他欲再次冲人群挥手时，一道火光掠过他的身边，迸裂出的火星飞溅到他脸上，像被啄了一下地生出了疼痛。疼痛中他恍然大悟，自己已被阿喜土司超越。这时他身子一阵紧张，奋力加速往前狂奔，但迈出去的步子却像捆绑了铅砣般。而掠过他身旁的那束火光，像一道燃烧的箭镞，正扑向终点的靶心，迅疾，坚定而执着。

在人们的惊呼声中，撒玛土司看见远处一堆巨大的篝火，已被熊熊点燃，蹿起的红色火焰，把夜撕出了一个大大的裂口……

撒玛土司止住了脚步，他一边喘着粗气，一边呆呆地注视着越燃越旺的篝火。最后，他愤然将手中的火把扔在了沙地上。

约涅木乃头人这时也喘着粗气赶了过来，他弯腰小心捡起撒玛土司的火把，用安慰的语气对撒玛土司说："胜败乃兵家常事。"

撒玛土司瞪了一眼约涅木乃头人说："约涅木乃，我是输不起的人吗？我生气的是，天菩萨为啥要护着乌蒙山，让那山里出超人。"

"超人？"约涅木乃头人不解说，"撒玛土司大人，谁是超人？"

撒玛土司说："你眼睛长后脑勺啦？那背脚不就是！"

约涅木乃笑了，他说："土司大人讲笑话了，这下贱的背脚不过是跑得快了点，算啥子超人？土司要不放心，我今晚就把他做了。"

“你敢！”撒玛土司说，“你做了他，我就做了你！约涅木乃，你那脑袋是铁铸的吗？会不会开窍？做了他，整个的彝族地区会怎么看我？嗯？”

撒玛土司连珠炮似的提问，让约涅木乃头人目瞪口呆。

·十·

撒玛土司同意讲和。

在约涅木乃头人家的堂屋里，撒玛土司和阿喜土司相向正襟危坐。在撒玛土司一边，站立着撒玛的随从和约涅木乃头人。而在阿喜这一边，只有木头一个人孤零零地呆立着。撒玛土司的目光，一直都死死盯着木头，他不明白这个年轻人的身上，贮存的是何种可怕的能量。在煤油马灯的辉映下，僵硬地站立着的木头，在撒玛土司眼中，更像一尊深不可测的铜像。

撒玛土司还有一个疑问在心中，那就是他实在不明白孱弱的阿喜土司，为何如此不畏不惧，难道她也相信，这个像铜像一样呆立着的年轻人能保护她？她的镇定自若，不像一个闺中小女子，反倒像极了一个久经沙场的大将军。也许，她说得对，要真跟她这样的人结下冤仇，结果就是两败俱伤。

但就这样让他们轻松地离开，撒玛土司仍心有不甘。一死二伤，这个代价并不轻，让他们全身而退，撒玛自知难以服众。于是，他开出了讲和的条件——

他向约涅木乃头人挥挥手，示意他到自己身边来。约涅木乃头人恭敬地来到他身边，撒玛土司对着他耳语了两句。

约涅木乃头人匆匆走出堂屋，不一会就亲手端进来一个瓷盘。盘中，赫然躺着一把寒光四射的快刀。

“都说血债血偿，”撒玛土司看一眼快刀，又看着阿喜土司说，“你们杀死杀伤了我们三个人，我总得给他们的亲人们有个交代吧？就算他们偷了你们的牛，罪不至死嘛。我今天不要你阿喜土司以命抵命，但我得见血！哪怕你在你那没知没觉的腿上刺一刀，我也认。”

阿喜土司笑了一下，是那种意味深长的微笑，她拍了一下椅子的扶手说：“没问题。谢谢撒玛土司开恩，没要我的命。把刀端过来吧。”

约涅木乃头人幸灾乐祸端着装了刀的盘子，信步走到阿喜土司的面前，做出了个自以为很有风度的姿势说——

“请吧——”

阿喜土司连停顿都没打一个，就伸手到瓷盘中将刀抓过来，握在了自己的手中。

阿喜土司举起刀，正欲给自己腿上重重地刺一刀时，一直呆立着的木头，伸手抓住了阿喜土司握刀的手，并迅速将刀夺到了自己手中。

木头面无表情地紧握了刀兀自站立着。

撒玛土司看着这一切，“啪啪啪”地鼓了三下掌说：“想替自己的主人挨刀，我没意见！”

阿喜尖声叫道：“木头，不关你的事！”

撒玛土司又鼓了三下掌，他对约涅木乃头人说：“约涅木乃，还不搬坛好酒来，今晚有好戏看了！”

约涅木乃冲堂屋外大声吆喝：“快给土司搬坛好酒来——”

撒玛土司扭过头去，看了一眼自己的随从们，然后又扭回头来说：“看到了吧，什么叫惺惺相惜，什么叫主仆关系，都他妈的给老子好好学学！”

下人搬上来一缸酒放在了撒玛土司面前，约涅木乃头人慌忙用土碗倒了酒，毕恭毕敬双手捧给了撒玛土司。撒玛土司一仰脖往喉咙里倒下半碗酒说：“难道这出戏就这样收场啦？”

阿喜土司仰头说：“木头，把刀还我，这不关你的事，这是土司与土司之间的事。听到了吗，把刀给我——”

阿喜土司话音未落，木头一扬手，将刀子深深插入自己腹中。

有热血飞溅到了阿喜土司的后脖颈上。

木头对自己下手之狠，完全出乎撒玛土司的意料，惊得他碗中残余的半碗酒，全泼洒在了地上。

木头迎着撒玛土司走去。撒玛土司吓得站起身来，高声道：“你这是干什么？！”

木头几步走到堂屋中来，当着撒玛土司的面，将只剩下刀柄的刀子“嗖”地拔了出来，他用力太猛，以至于刀尖上的血珠，重重地溅在了撒玛土司头上，瞬间成了一朵红梅花。

木头将手中沾满鲜血的快刀“咣当”扔在地上，腹部汩汩流出的血，在地上渗透开来。木头脱掉了上衣，扔在地上，然后赤裸了上身走向那缸酒，伸手抓着缸沿将酒缸提起来，将一缸酒全倒在了腹部的创口处。顿时，酒香混合着血腥味，弥漫了整个堂屋。

木头将酒缸扔在地上。酒缸粉碎的声音召进来两个土司兵，但马上被撒玛土司轰了出去，木头捡起衣服，用力将衣服撕扯成了条状。他旁若无人地用衣服撕成的布条将伤口紧紧捆住，然后走到阿喜土司面前，背过身去，背上阿喜土司，大步流星地走出堂屋，走出天井，走出约涅木乃头人家重兵把守的大门。

看着木头背了阿喜土司离去，约涅木乃头人就抽刀拔腿追出去，但撒玛土司唤住了他。

撒玛土司摆了摆手说：“让他们走吧。”

木头背着阿喜土司，低了头往江边走。阿喜土司此时不再像个土司，她用拳头不断地击打着木头的肩说：“谁让你这样的，谁让你这样的呀？这不关你的事，不关你的事呀！”

在呼啸的江风中，仿佛全是阿喜责备的声音。

充耳不闻的木头，沉默着背了阿喜低了头一个劲儿地往江边走。他身上冒出来的汗珠，打湿了阿喜的胸怀。

终于来到了江边。

那条失去了信誉的船，早已悄然抛弃了他们。木头背着阿喜，站在江边的巨石上，月光，映照着所有的绝望。

江水湍急地流着，涛声寂寞地响着。阿喜诅咒着背信弃义的船工，但涛声轻易地吞噬了她的咒语。

突然，她觉得自己像长了翅膀的鸟一样飞升起来，随即，又像断了翅膀，极速下坠了。

是木头，背负着她跃入了江中。

阿喜觉得全世界的江水，都涌向了她，而自己，正在快速奔向地狱。原本搂着木头脖子的手，随即就松开了。水中，仿佛有一只大手，正在将她往下拉。

那是阎王的手吗？

水中的阿喜，此时已看到了地狱的模样。

但就在地狱的入口，她又邂逅了另一只手。那只手拦腰抱住了她，抱得紧紧的。她下坠的身子，摇晃了几下，又开始往上升去……

当她的头终于顶破了水面，借助月光看见的是木头坚毅的脸。

木头一只手搂着她，另一只手用力划水。下身瘫痪的阿喜仿佛是一个铅坠，木头游了一阵，只得仰了身子，让阿喜紧紧地贴在胸前，双手双脚用力划水。

天空的月亮，仿佛不忍再看他们，伤心着沉到山峦那一边去了。

木头一边划水，一边喘着粗气。阿喜想到了木头的伤，轻声问："痛吗？你痛吗？回答我呀？就说痛，痛死啦！"

木头没有回答，他上气不接下气地用手脚划着水。

"那你累了吗？你累了吗？"阿喜又轻声问。回答她的只有喘息声和水声。

“木头，你真木呀！你真的是木头吗？”阿喜将木头越抱越紧，呢喃着。

他要真是截木头，我就抱着他随波逐流。阿喜这样一想，心中竟然害羞了起来。

岸，仿佛永远都不能抵达，就像个虚幻的梦……

翌日凌晨，毕摩来到了江边，他想他有必要在江边做一场盛大的法事，将江对面阿喜土司和木头的亡魂召过江来。他站在江边，表情严肃，仪态庄重，但就是悲伤得发不出声音。最后，他蹲在江边，看着自己的泪水，一滴一滴落入江水中，成了江水的一部分。就在这时，江边捕鱼人的叫喊，把太阳都惊跳出来了。

毕摩站起身，朝着捕鱼人的叫喊方向奔去，晨风鼓动着他的察尔瓦，像鼓动着一面帆。

毕摩看见，木头赤裸着上身，背着阿喜，正吃力地向他走来，而他背上的阿喜，仿佛依旧还在沉沉的梦乡。木头伸出无力的手，让毕摩赶过来帮他一把。

当毕摩的手抓住木头伸出的手时，木头双脚一软，跪在河滩上了。

“我……”他跪在河滩上说，“累！”

这是毕摩听他说的第一句话，一句两个字的话。

他吐出这两个字后，就昏过去了。

神兵天将

原载《长江文艺》2023 年第 9 期

·一·

这个废弃的气象站像一个落寞的老者，孤独地兀立在山顶上。我看见它的时候，已经是脚瘫手软，汗流如注。这山实在是太高了，我和小邓足足花了一个早晨才登顶。这去山顶的道路而今鲜有人迹，杂草荆棘和藤蔓几乎就要隐瞒它曾经是一条路的事实。一路上，小邓走在我的前面，手中不停地挥舞着银光闪闪的户撒砍刀。他披荆斩棘的样子娴熟而麻利，动作的干脆与果敢不输任何我见过的景颇汉子。但我从他迈得并不轻快的腿脚看出来，他似乎也好久没爬山了。

要不是我太爷爷的东西，我才懒得陪你受这活罪。

他粗声粗气的抱怨里有我好奇的信息，这减轻了我心中的不快。

太爷爷？我伸了一下舌头说，那不是你爷爷的爹吗？

他回头白了我一眼，我知道他是在指责我废话。

我的意思是，这天远地远的，那个时候就有气象站了，真了不起！

塔是后来建的，我太爷爷修的是个大烟囱，不晓得算不算气象站。但我小时总听爷爷和爸爸说，太爷爷修的那个大烟囱，比广播电视里预报的天气都准。

烟囱能预报天气？我是真心吃惊。

看把你大惊小怪的。这山下各个寨子里的人都晓得：吹东风，烟往西飘，明天定是大晴天；吹西风，烟往东走，明天就是天阴有雨天。

我竖起大拇指，冲小邓说，你太爷爷真是了不起的气象专家。

才不是，小邓说，他是大巫师。

巫师？我一脸惊讶说。

是大巫师！小邓在大字上加重了语气，接着，给我抖了个更大的包袱——

他还是一个地地道道的汉人。

汉人？我说，你先前不是告诉我你是景颇族吗？

我爷爷随了我太奶奶。

哦，是这样。我点头表示明白。

我太奶奶可是正宗名门闺秀，景颇头人的女儿。

还好我不是小说家，只是一个地方志的编撰人员，要不，我定会被小邓吊足了胃口。我现在不关心他太祖母的身世，我只关心那个大烟囱。找到那个大烟囱，这西南边陲的气象观测史，就会往前推移几十年。

到了那个大烟囱前，我得好好照几张照片；我还要亲自去点一把火，看烟往哪个方向飘。

我转移话题，让小邓面有不悦。他翻了一下白眼仁说，做你的黄粱美梦去吧，那大烟囱早不在了，被日本兵的山炮给摧毁了。

看不到大烟囱，此行于我就失去了价值和意义。看着我沮丧的表情，小邓安慰我说，我太爷爷建的石屋子还在，后来它一直是气象观测站的办公点。

现在，我就站在这石屋子的对面。如果不是小邓先前的提示，我会以为它是荒冢。屋顶上，杂草丛生，石墙的缝隙处，长出了开满鲜艳野花的藤蔓，那些藤蔓在石墙上恣意攀爬，自由而蓬勃地生长延伸。一根茁壮的藤蔓上，竟然挂着一根粗大的蛇皮，看上去让人不寒而栗。小邓小跑着过去，推开长满青苔的木门，示意我进屋去。我紧走几步，来到门前，迎面就扑过来一股腐朽而潮湿的霉味。屋子里黑咕隆咚，低矮狭窄的空间让人感觉压抑和窒息。这屋子里有一个西式的大壁炉，大得有点夸张，跟屋子的小形成强烈反差，看上去怎么都不协调，仿佛这壁炉不是为石屋子建的，反倒是为壁炉建了这石屋子。小邓介绍说，这大壁炉连着大烟囱，大烟囱被日本人山炮摧毁后，就没用过了。除此，室内没有任何对气象志有价值的东西和线索，我潦草地看看，就走出了石屋子。这门可罗雀的景致，让我内心生出了苍凉。

举目四望，群山茫茫。

回去吧。

我于是有些失望地对小邓说。

既然都来了，还是去看看祭台吧。

祭台？

是啊，巫师作法的祭台。

我本想告诉他我是一个唯物主义者，但话到嘴边又被我咽了回去。看我有些迟疑，小邓强调说，这可不是一般的祭台，是大巫师的祭台。自从我太爷爷在那祭台上作法后，再没有巫师敢登上去过。

我不明白小邓总是一提到他太爷爷就有莫名的兴奋和骄傲，并且，一定要在巫师前加一个语气极重的大字。在我这个唯物论者看来，所有的巫师都是骗子。但我得承认，小邓成功地撩拨了我的好奇心，毕竟，我还从来没有亲眼见过祭台，何况是大巫师的祭台。

祭台离石屋子并不远，也就几百米的距离。小邓带着我往祭台走时，还不停地渲染这祭台的神秘——

登上这个祭台，如果你有足够的法力，就能与上天对话，指挥神兵天将。

我自是不会相信他的话呢，什么神兵天将！我可是个唯物主义者。

没想到小邓语出惊人怼了我一句——

我太爷爷也是唯物主义者。

看我一脸惊讶，小邓说，这可是太奶奶对爷爷说的，爷爷又对阿爸说，阿爸又告诉了我。

我说，你知道啥是唯物主义者？

当然知道，不信鬼神呗。

不信鬼神，怎么做巫师，还大巫师？这下轮到我怼他了。

反正……反正……小邓说，景颇山上的人都说他是大巫师，太奶奶说他是唯物主义者，她到死都这么跟人说。

那你相信哪个？

两个我都相信。

瞎扯！我说，难道这世上还有唯物主义大巫师？

瞎扯？小邓急了，他说，谁瞎扯了？你不够朋友，竟然说我瞎扯。

我没心思跟他理论，我此时整个注意力都被突然出现在眼前的景致吸引了，在山顶的断崖处，突起一块巨石。那巨石状若乌龟，伸出悬崖的部分，像一个胆怯的活灵活现的乌龟头。我于是赶忙取下背上的双肩包，从中取出相机，调好焦距，就兴奋地把相机塞到小邓手里。

我爬到龟石背上，你给我好好拍一张。

我一边吩咐他一边转身欲往龟石方向奔去，却被小邓一把攥住。

不！他说，你不能上去，那不是龟石，是祭台，只有通天地的大巫师才能上去。当年，我太爷爷就是在这个祭台上召来了神兵天将。

我听了小邓的话，没有自作主张爬到龟石背上去，这赢得了他的好感。但我怎么也难将这块龟石跟祭台联系在一起，事实上，现在也很难见到巫师作法的祭台，别说大巫师，连一般的巫师也鲜见了。纵是偏居一隅的边疆，科学的光芒也像丽日一般驱散了迷信的阴霾。我站在龟石边，放眼能看见山下的村庄，稻田，茶园，它们安宁，静谧，祥和而美丽。

·二·

上山难，下山也不容易。噌噌噌地往下走一段，腿脚就有些不听使唤。我提议休息一会儿，小邓也正有此意，他用拳捶了一下大腿说，当年大头人看我太爷爷作法，也是自己走上去又走下来的。我知道他说的当年，也是听人说的。口口相传，几乎就是这天高地远之地的一种记事方式。我的太爷爷挺神的，小邓用崇敬的口吻接着说，他能呼唤霹雳、闪电，能指挥狂风和暴雨。他边说边靠近我，与我在一块黑色的石头上相向而坐。他看着我狐疑的脸，强调说他讲的一切都是真的，要我确信。他的态度在我看来既蛮横又粗暴——在我们这地方，你不相信别人，别人也不相信你。

我说我没有不相信他的意思，我只是不相信传奇。

传奇？小邓摇摇头说，在我们这里，传奇无处不在。我太爷爷就是一个传奇，他无边的法力，招来过神兵天将，他指挥着这山中的亡灵，与神兵天将密切配合，消灭了一个日军先遣队。

小邓越说越玄，像极了这些年充斥荧屏的抗日神剧。看我一脸的不相信，他有些急躁，说，你这人怎么能这样呢?你去这座山的村村寨寨访访，是不是像我说的。

那天下山后，我在小邓家里吃的晚饭。小邓的父亲是个沉默寡言的人，这跟他喋喋不休的儿子形成了巨大的反差。他耷拉着眼皮自顾喝酒，因为中风的缘故，他的面部神经受了损伤，表情僵硬，看上去像一块生铁。小邓用筷子指了指我，说我不相信他太爷爷能招来神兵天将。这时小邓的父亲耷拉的眼皮抬了抬，眼睛亮了一下，扫了我一眼对小邓说，话是讲给相信的人听的。

我有些尴尬，但又不好申辩。这时，自顾喝酒的他，抬了抬酒碗，小邓解释说，阿爸敬你酒嘞。我赶忙端起酒碗，去碰他的酒碗。

怀疑就像蚂蚁在心上爬，痛苦得很，相信才是蜂蜜流进心田里，满满全是幸福。——说这话的他，此时智慧得不像个中风者，倒挺像个哲人。

他说着便干下了一碗米酒，随即放下酒碗，起身便进屋去。

他拿出来一张发黄的照片。照片上，是几个年轻的学生在东陆大学校门口的合影。小邓从父亲手上拿过照片，指着一个穿西装、留分头、打扮精致的男生说，这就是太爷爷。

我看见照片上的题款：东陆大学气象学专业部分同学合影。落款时间是1930年10月6日。

作为一个正在收集整理气象观测史资料的地方志编撰

人员，职业的敏感让我一眼就看出了这张照片的珍贵。小邓说，阿爸拿它给你看，就是要让你相信。我想解释，我并不是不相信他太爷爷这个人的存在，我只是不相信他能指挥神兵天将。但我放弃了，我知道我只能选择相信，才能获得他们父子的好感，他们才会让我翻拍这张照片。

你太爷爷是个帅哥！我冲小邓竖了一下大拇指说，我没想到他还是个大学生。

他还喝过英国人的洋墨水。

寡言的小邓父亲第一次抢着说话，语气中满是自豪和骄傲。

太爷爷要不留洋，就不会认识我太奶奶，那就不会有阿爸的阿爸，也就没有阿爸，也没有我。

小邓的话绕得像相声。我说，你的意思是，你太爷爷和你太奶奶是英国留学时认识的?

不，小邓摇头说，缅甸。

太爷爷在英国留完学，被英国人招去缅甸工作，在曼德勒认识了在那儿读书的太奶奶。小邓说，你只看到我太爷爷帅，但你不知道我太奶奶有多美。那是景颇山上五百年才会出一个的大美人。

说起太爷爷和太奶奶，小邓就有莫名的兴奋。一个帅哥，一个靓妹，在异国他乡认识了，一见钟情，陷入一场罗曼蒂克的爱情，这几乎就是一个三流言情小说家的故事开头，我对此并没有多大兴趣。我感兴趣的是，他太爷爷在缅甸是否从事与气象有关的工作，但这小邓不知道，小邓的父亲也不知道。他们只知道这对恋人正沉迷于恩恩爱爱卿卿我我的时候，太奶奶却接到了在景颇山上做头人的父亲托人捎来的家书。

那是封措词让人胆战心惊的家书，做头人的父亲，在对爱女简单的嘘寒问暖后，就不无忧虑地向女儿打探已入缅甸的日军的情况。父亲称，据可靠消息，日军正欲通过缅北，直逼滇西边境的景颇山。从缅甸回来的生意人，谈论起日军来都有谈论豺狼虎豹的恐惧，说他们根本不是人，而是鬼的儿子。他们经过的地方，连恶狗都不敢汪汪叫。

父亲说他托巫师多次卜卦，占卜的结果都主凶。被凶兆的阴影笼罩了内心的父亲，变得茶饭不思，坏了身子，病魔就与他纠缠不清了。孱弱而爱女心切的父亲，对女儿充满了思念和挂牵。他修这封家书之目的，就是盼望女儿能回景颇山来。

太奶奶也正想带太爷爷去见他未来的岳父，家书成了召唤的号角，太奶奶领着太爷爷，跟着一队驮满洋纱的马帮，穿过瘴气重重野兽出没的缅北，回到了景颇山。一路上，这对年轻人听到的都是不可一世的英军溃不成军、日军所向披靡的消息。作为景颇头人的女儿的太奶奶，她有了不祥的预感，那就是景颇山已危在旦夕。望着自己心爱的女人忧心忡忡，年轻气盛的太爷爷一路上都在给她打气。他说，鬼子敢来景颇山，就提了户撒刀跟他们干，那刀不是削铁如泥吗?

·三·

每个拥有光荣家史的人，谈论起祖辈来都如开闸之水，言语汹涌，情感澎湃，滔滔不绝。

女儿带回来一个汉人，这让太奶奶的父亲很不高兴，太爷爷因此没能得准踏入山寨的大门，这可急坏了太奶奶。太奶奶可不是绣花枕头，她打小就聪颖过人。情急之下，她灵机一动就对做头人的父亲说，你这么做，会得罪神灵的。

啥？神灵？做头人的父亲一脸满不在乎地说，我充其量得罪一个汉人，那又如何？

你只知道他是个汉人，太奶奶一脸狡黠地说，但你不知道他是个巫师。

巫师？这让头人有些惊讶，半信半疑问，他有什么法力？

他能预测天气，太奶奶自信满满地说，他说明天阴，你就休想看到太阳。他要说明天有雨，天就会像个大漏斗。

你说你带来的汉人是巫师，他会什么卜？草叶卜、竹子卜、鸡骨卜或是鸡蛋卜？头人这样问自己的女儿。

太奶奶摇了摇头。

他连占卜都不会，还敢称巫师？头人感到不可思议，直摇头。

会，烟卜。

太奶奶说出这话，让做头人的父亲彻底蒙了。

烟卜，从来就没见识过。他头摇晃得更厉害了，有些难以置信。

把他叫进山寨来你不就长见识了嘛。

也许是想一睹从未遇见过的烟卜，也许是对女儿动了恻隐之心，头人总算同意让那个汉人进到山寨来了。

那天是个大晴天，天空蓝得空洞，空洞得连白云都没有，太爷爷在山寨跳木瑙纵歌的广场上燃起了一堆柴烟。一股浓烟从广场上升起，忸怩着身姿向着湛蓝的天空爬升，越往上，黑色的浓烟逐渐变成灰色，继而是灰白色，后来就在更高的地方消失不见。太爷爷紧张地盯着这股升腾起的浓烟，他的嘴不知是抽搐或是喃喃自语。他就这样仰望着向上升腾的柴烟，正襟危坐的头人都等得有些不耐烦，屁股在竹椅上磨蹭出嚓嚓之声，这时太爷爷才开了口——

明天是阴天，下午还有暴雨，其间还有狂风。

当太奶奶把太爷爷的汉语转译成景颇话给自己阿爸的时候，这个黑塔一样的汉子从竹椅上蹦了起来，认定自己面前站着的这个外表斯文的巫师是个骗子，他要么是走投无路了信口雌黄，要么就是心怀叵测哗众取宠。这么个大晴天，万里无云，这天不是你说变就变的。为了显示自身的威严，他干咳了两声，用鹞鹰一样的目光盯着太爷爷看了一阵说，如果明天真是大阴天……他刻意停顿了一会儿后又说，果真如此，你就是我们寨子的贵客，吃香的喝辣的随意。如果明天不仅是大阴天，还刮狂风下暴雨，那我就把小女……他又停顿了一下，目光看向太奶奶，加重了语气，我就把小女嫁给你，让你做乘龙快婿。

他说完，反剪了手，面无表情地带着一干随从转身而去。站在身后的太奶奶就喊，阿爸，你说话要作数哦。

你阿爸啥时说过不作数的话？头人的话，一言既出，八马难追。

他的话差点让太爷爷笑出声来，他扯了扯太奶奶的手袖说，是驷马难追。

太奶奶说，阿爸为了显示头人说话的分量，又加了四匹。

听到这里，我也忍不住哈哈笑出了声，得承认，小邓是个讲故事的高手，他成功地勾起了我的好奇心。我说，后来头人输了，我猜出来了，第二天是阴天。

看着自作聪明的我，小邓一脸的轻蔑。其实，没有等到第二天，小邓摆了摆手说，头人还没走出广场，随从中就有人指着西边的山顶惊呼，说黑云压过来了。第二天，一切肯定都像太爷爷预测的那样，如果不是那样，就没有了爷爷，没有爷爷，就没有阿爸，没有阿爸，就没有我。只是那天的狂风特别猛，掀掉了山寨所有茅屋的屋顶。但对于太爷爷和太奶奶，那是他们最快乐最幸福的日子，他们相拥在暴雨里，放肆地大笑，大喊大叫，呼唤着让暴雨来得更猛烈些。

但太爷爷并没有留在山寨里，他向头人申请去更高的山顶。太奶奶在头人面前帮太爷爷说了话，阿爸，在山顶上占的烟卜，会更准。头人相信了女儿，并发动寨子里的男丁，在山顶按太爷爷的意图修了石屋，建了烟囱。

缅北那边不断有消息通过马帮传过来，景颇山上的头人更是寝食难安。外强中干不堪一击的英军，客观上神化了不可一世的日军，这群鬼的儿子，到底有多凶残多骁勇？他们到底是人还是鬼？这些问题，都像猫爪子一样抓挠着头人的心。从芒市土司府扩散出的消息，中国派出的远征军跟日军在丛林里正进行着残酷的交锋和搏斗，但战况不佳，战势岌岌可危。如果阻止不了日军在缅北的北进，下一步与缅北犬牙交错的景颇山将会首当其冲。头人的忧虑被太奶奶带到了山顶来，见过大世面的太爷爷知道，那些小道消息会把头人变成惊弓之鸟，恐惧感只会加大景颇山寨坐以待毙的风险。太爷爷对太奶奶说，魔怕道，鬼怕神，鬼的儿子也怕神。你阿爸是头人，他得跟鬼子对着干。

干？太奶奶摇头说，阿爸都快被那些马锅头带进来的日军神话吓破胆了。

如果有神助呢？

太爷爷的话点醒了太奶奶。

·四·

我从小邓的讲述中，理清了一个精于气象学的人，如何冒充大巫师的过程。我甚至把他的太爷爷，视为了一个本领非凡的气象学专家。他在不得势的情形下，让科学披上了巫术的外衣，上演了一幕匪夷所思、诡异而又神秘的边地传奇。

小邓同意我翻拍那张他太爷爷在东陆大学与同学的合

影，这让我很感激。这张合影对一个撰写气象观测史的人来说，相当于珍贵的宝贝。我原本对这项领导安排的任务充满了排斥，可现在，这个工作对于我，则是充满了吸引力。我凝视着这张照片上那个被小邓称作太爷爷的人，他青春的面孔上稚气还未脱尽。我怎么都无法想象，他能利用一门科学，演绎出一个神话。

小邓给我碗里又斟满酒，他说，故事才刚刚开始，要听吗？

我冲他点点头说，当然。

太奶奶那天下山后，就径直去找了她的头人阿爸。看着心事重重的阿爸，作为女儿的太奶奶柔软的内心里生出了怜悯。但她没有去安慰自己的父亲，而是将自己纤细的手掌握成了拳头。阿爸，您不能举棋不定，更不能犹豫不决，豺狼都到家门口了，您得破釜沉舟跟他们干。

用鸡蛋去击打石头，我的女儿，你能告诉我有意义吗？

有！它会感动神灵。

太奶奶的回答让她的头人阿爸心中一怔。他喃喃道，神灵？

是的，神灵。太奶奶说，我今天上山去了，我的巫师男人告诉我，只要您有决心，他就能召唤神兵天将，助您灭掉那些日本国来的龟儿子。

头人摆了摆手，对自己的女儿说，你高估了自己的男人，他作为巫师，也就是能预测个天气阴晴风云变幻而已，他召唤不来神兵天将。

太奶奶抢白说，不是我高估了自己的男人，是您小看和低估了自己的女婿。如果您看见他登上祭台，就能见识他的通天法力。不瞒您，阿爸，我带他来这里，就是让他来护佑您，护佑景颇山的。

头人选择相信自己的女儿，在他心里，他已经输给了这个外来的汉人一次，赔上了自己的爱女。他害怕再输一次，那将是彻彻底底的血本无归。何况，他现在没有别的办法，那些像山风一样窜进来的小道消息，不仅影响了他，也严重影响了自己的族人。他知道，自己此时比任何时候都需要神助，他太需要它来提振自己和族人保卫家园的信心。

成功说服了父亲的太奶奶，又上山找到了太爷爷，其实，她也不知道自己心爱的男人是否能召唤神兵天将，她对他的法力一无所知，却对他的智慧了如指掌。她毫无保留地相信自己的心上人有办法让父亲和族人感受到，神会帮助他们。

太爷爷在石屋的壁炉里添加了足够的木柴，然后走到屋外，定定地看着烟囱里吐出阵阵浓烟，他看了许久许久，最后对太奶奶比了指头说，三天后的黄昏。

三天后的黄昏，头人带着他的族人，浩浩荡荡上山来了。看着如约而至的人们，太爷爷的脸上，阳光一样亮起一丝笑容。那是一个火烧云辉映下的血色黄昏，远方黛色的山峦静穆肃然，而在人群如蚁的近处，太爷爷面对的也是一片浓墨一样的静默。

在压抑而庄严的氛围中，太爷爷换上了长衫，手持法铃信步走向祭台。祭台旁，已摆满了祭祀用的丰富祭品。山风将太爷爷的长衫鼓荡得呼啦啦作响，一头秀发也被吹拂得纷纷扬扬。他看见自己的岳丈头人和他的族人，眼睛里都泛起了虔诚而焦灼的暗光。他心里清楚，他要把这些暗光燃成火炬。

太爷爷一个跨步，轻盈地跃上祭台。祭台状如龟石，站立祭台的太爷爷，像一个沉着威武的大将军，在他的面前，是连绵不绝的黛色群山，它们波浪一样起起伏伏。群山之上，暮色正在吞噬着最后的火烧云。在一阵令人窒息的静默后，太爷爷的嘴里爆出一声长啸，随即，他将双手高高举起，样子像要抓住苍天。这时，火烧云已不见踪迹，取而代之的是滚滚黑云，它们铅一样压了过来，原本就很大的山风，现在更加强劲，像被什么捏痛了发出刺耳的尖叫。夜幕越来越深，像一块生铁，头人命令下人点燃火把，但山风太大了，燃烧的火把如同冷笑了几声，就被无情吹灭。人们的耳朵里，钻进来的都是山风和太爷爷呼天唤地的声音。太爷爷的声音被山风严重篡改，变得含混不清。头人大声地问女儿，他究竟在叫喊什么？

女儿把嘴凑近父亲耳边大声说，他在呼唤神兵天将，阿爸，难道您没听见战车的声音？

头人没听见战车的声音，他的眼前，有蛛网一样的闪电，耳朵里有了滚滚雷声。

头人说，我听见的是雷声。

他话音未落，一道闪电在头顶撕裂了夜幕，随即一个炸雷，惊得他心都差点从喉咙里蹦出来。

天空变得喧嚣而热闹，电闪雷鸣招来了瓢泼大雨。这雨太大了，仿佛是天上瑶池被打翻。站在暴雨中的人们，看到了一道又一道闪电，听见了一个比一个响的雷声，但却没有看到神兵天将的任何踪影。众人在闪电光亮中浑身战栗，开始不满地发出嘘声，有人甚至粗暴地叫嚣，要装神弄鬼的太爷爷从祭台上滚下来。但太爷爷充耳不闻，他依然忘我地指挥着每一道闪电，每一个霹雳，呼着大风，唤着暴雨……

据太奶奶讲，这是景颇山上下过的时间最长、雨量最大的暴雨。站在山顶看太爷爷作法的人们，无一例外都被淋成了沮丧而狼狈的落汤鸡。那是太奶奶经历过的最纠结的夜晚，一边是自己心爱之人，一边是头人父亲和族人。天将不在，神兵不来，情何以堪?

她从闪电中，窥见了太爷爷的疲惫，她从他破锣一样的嘶哑声中，听出了他的无力。

但太爷爷是执着的，坚韧的，他像是相信精诚所至将会迎来硕果。最后，他用尽了身上最后一丝气力，烂泥一样摔倒在了祭台上。

失望的人们在黑夜里作鸟兽散。

被随从簇拥着的头人，深感自己脸上无光，他牙齿打着战对太奶奶说，你男人就是个骗子!

·五·

小邓故事讲到这里，停顿了一下，他往我碗里又倒满了米酒。我看见他凝重的表情，安慰他说，这怪不得你太爷爷，原本就没有啥神兵天将。

有。

小邓的口气不容置疑。

他端起酒碗，示意我跟他干一口。

我与他碰了一下碗。示意他继续。

山寨的所有人都下了山，只有太奶奶留了下来，将太爷爷搀扶回了石屋子，她把嘴凑在他的耳畔，轻言细语安慰着他。

你原本就不是什么巫师，都怪我，把你一个气象师硬生生说成了巫师，是我让你丢脸了呵。

回到寨子的头人，在经历了一场暴雨和失望后高烧不止，他躺在床上，时而胡言乱语，时而诅咒着太爷爷。但第二天一早，就有族人来报告，说在寨子旁的河道里发现了许多日本兵的尸体。

头人顾不得高烧不止的病体，挣扎着下了床，让人搀扶着往寨子外面的河畔去。

河畔的乱石上，山寨先前赶来的人们打捞上来了几十具日本兵的尸首。这些日本兵已被河水泡得像一个个蒸熟的馒头，但他们身上却没有子弹和箭镞的任何创口。

头人看着这些让人恶心的尸首，仿佛明白了什么。他用颤抖的手指着乱石上那些尸首说，这些个龟儿子，被神兵天将灭啦！老天在护佑着我们，我们错怪了那个汉人巫师。

太爷爷在山顶的石屋里躺了整整两天。昏睡了两天的他，被喧天锣鼓吵醒了。正守在床边照料太爷爷的太奶奶奔出石屋子，看到的竟然是欢天喜地的族人。他们是奉头人之命，来接她和太爷爷下山的。领头的人告诉她，大头人要为他们补办盛大而隆重的婚礼。

太爷爷成了景颇山上的英雄，一个能召唤神兵天将的法力无边的大巫师。

小邓关于他太爷爷的故事讲到此就戛然而止了。我不知道他是不愿意往下讲或是喝醉了，就在这时镇上来接我的人也到了，他在小邓家屋外不停地按着喇叭。我起身告辞的时候，小邓的阿爸从里屋小跑出来说，我这个儿子嘴碎，吹牛呗，你可别当了真。

原本不当真的我，说来奇怪，还真被小邓的故事绕进去了。我在车上问司机，你相信有神兵天将吗？司机说，小邓是不是又给你讲他太爷爷的故事了？我呼了一口酒气说，是。司机笑了一下，说，那你就信了吧，在这景颇山上，一切都是信则有，不信则无。我告诉他，我是既信又不信。

那你麻烦了，司机一边开车一边对我说，你这样会睡不好觉的。要不，明天我带你去见一个高人。

高人？

见我来了兴趣，热心肠的司机说，这镇上就数他知道的多，只是他太老了，不记得当下，却对过去了如指掌。

翌日，司机一早就来带我去见他所说的高人。在老人家的庭院里，我看见一个暮气沉沉的老者，眼神空洞地躺在一个竹躺椅上。老人的儿子将嘴凑到他的身边，大声告诉他我的来意。从他的样子我知道他是一个严重的阿尔茨海默病患者。在儿子重复了好几遍后，他才缓缓举起干枯的手摆了摆说，是方志办的吧？我可什么都不想说。

儿子看了我一眼又将嘴凑到他耳边，依旧大声说，不是！

他示意儿子将躺椅升高成靠椅。我赶忙搬了一把竹凳坐在他对面，他用混沌的老眼认真打量我一遍说，你是水生呀，你三舅还好吗？

我正欲告诉他我不是水生，却看见老人的儿子冲我使眼神，他低声提醒我，水生是他最喜欢的后生，你就将错就错吧。

我于是赶忙点头说，我是水生，三舅他好着嘞。

你三舅是个好人，就他懂我，实事求是，不像别人，把我当爱抬扛的。

老人的儿子解释说，家父过去是县里的历史老师，喜欢考证地方历史，对县里文史资料的谬误提过意见，人家很不待见。水生的三舅是县文史委的负责人，却很重视家父的意见，别人不准他说的话，水生的三舅还鼓励他大胆讲，还让他写成文章。后来家父老年痴呆，水生的三舅还派水生来看过他好几次。

我点点头，表示明白。老人的儿子说，你就告诉他，是三舅派你来的，问他从前的事。

我听从了老人的儿子的建议，照着他的话说了。老人说，你三舅要问啥，你就讲吧。

三舅托我向你打听，景颇山上，是不是曾有过一个能召唤神兵天将的大巫师？我这样问他。

老人摇头说，你三舅是老糊涂了，我过去不知告诉过他多少遍，那不是啥大巫师，是气象专家。或者你这样给你三舅说，大巫师是皮，气象专家才是瓤子。

但景颇山上流传的大巫师招来神兵天将消灭了日本兵的传说，又是怎么一回事呢？

你这三舅呀，是真的老啦。连这他都记不清了，还让水生来问。当年，还是他背地里支持我去做的调查。那个大巫师……不，那个姓邓的气象专家他不过是利用山上多变的气候自导自演了一出戏，他的目的是要消除山寨的人们对鬼子的恐惧，让他们勇敢地去保卫自己的家园，但凑巧的是，他预测到的那场雷暴雨，引发了巨大的山洪。山洪倾泻而下，给埋伏在深箐里的日军先遣小分队来了个灭顶之灾。这真是天意，聪明的头人，利用了这个天意，他把那邓姓专家塑造成了能召唤神兵天将的大巫师。

我说，他还浪得了一个英雄的名头。

错！老人用手重重地拍了一下躺椅的扶手，欠了欠身子说，水生，你错了，大错特错。他当然是英雄，而且是了不起的大英雄。景颇山上有个法力无边的能招神兵天将的大巫师，不仅景颇山上的人信，周遭的人们也都深信不疑，消息传到日军那里，连鬼子也信了。为此，他们侵占景颇山的计划，被推迟了好几个月。如果没有他，头人就不可能组织起景颇自卫队。你要知道，史籍里写的民族抗日自卫队，骨干班子里，多是自卫队的人。日军对他恨之入骨，他们攻占景颇山后，不仅用山炮摧毁了他用于观测风向变换的大烟囱，而且对他实施了炮击。

炮击？我心惊道。

是的，炮击。日本兵觉得枪决刀决他都不解恨，对他实施了惨无人道的炮击，而且，对他动用了三门山炮。

·六·

我离开景颇山后，回到方志办，想把小邓的太爷爷写进气象志里，但却找不到他的任何线索。我拿着那张翻拍来的照片，试图寻找到与小邓太爷爷有关的蛛丝马迹，但几番折腾下来，也没寻到任何有价值的资料线索。

我后来想，像小邓太爷爷这样的人，他也许就该活在传说里，或者是其亲人的记忆里。当然，他也会活在我这样的人的梦境里——

每当深夜，我沉沉睡去，睡梦就雾霭一样升腾起来。一个玉树临风的青年，在一块龟形石上，指挥着闪电霹雳，呼唤着暴雨狂风，最后，被三门齐发的炮弹送上天际，幻化成了神兵天将。

星星索

原载《芙蓉》2023 年第 3 期

·一·

迟暮的美人终究还是美人。百无聊赖酒足饭饱的我，黄昏散步到广场时，看见那个领舞的头发胜雪的老太太，心中就生发出了感慨。平生最讨厌广场舞的我，竟然顿足观望起来。一群臃肿的广场舞大妈，被一个身段甚好舞姿绰约的老太太领着，越发像一群营养过剩的老母鸡。她们笨拙而僵硬的仪态，让我觉得既滑稽又为她们心痛。我甚至认为这老太太是故意的，她存心要表演残忍给我看。她皱纹密布的脸上有鹤的骄傲。是的，鹤！一只立在鸡群里的鹤。皱纹不仅没有绞杀掉她姣好的面容，还给她增添了历尽沧桑却又超凡脱俗的气质。一个拥有气质的老太太，那种美仿佛是从骨子里渗出的，惊心动魄又咄咄逼人。她的表情安然沉静，但我还是觉得这里面潜藏着阴险。要不，她为何要与这群广场舞大妈为伍？在我心里，混在鸡群里的鹤都是居心叵测的，像美女找陪衬人一样不人道。老太太并不关心我不怀好意的目光，她沉浸在广场舞欢快得近乎浅薄的旋律里，与大妈们一样，享受着她们律动的幸福。

我知道我这个过客既扫兴又多余，决定拔腿离开，但走了几步我却停住了。我脑海里涌起四个字：似曾相识。对，似曾相识，老太太身上弥漫的美，我非常确认在过去是见识过的，但什么时候，我却怎么也想不起来。我于是又折回头去，想再做一次看客。但等我回头，一曲广场舞正好结束，我与老太太来了个四目相对。我看到她一脸的惊异。

是阿水吗？你真的是阿水？

我从她的声音里听出了一个有教养的女人才会有的那种克制——再兴奋和吃惊也不大声嚷嚷。我还从这声音里听到一种遥远的熟悉，那种低低的轻轻的声音，跟她叫出的我的小名一样亲切。

您是……她的声音唤醒了我沉睡的记忆，我脱口而出，是庹阿姨呀！

阿水！不，该叫你林作家。

庹阿姨！

我们激动地伸出手紧握在了一起。

她认真地打量着我，说一点都没变。

我说，老了，再过几年就该退休了。

跟你庹阿姨说老？她松开我的手，理了理自己的头发又看看我说，你鬓上才染霜，你庹阿姨可是头上堆雪了。在庹阿姨这里，你永远是少年。

她边说边热情地邀请我去她家坐坐。看出我有些犹豫，她说，不远的，就在附近。

我知道拒绝一个老人的热情会不礼貌，就点头应允了。她带着我走，步履轻快得不像一个年迈的老人。

我庹素已经好久没这么高兴过了！

看她欢天喜地的样子，我的心情也好了起来。我跟着她走出广场，穿过一条马路，来到一座有些年代的法式老楼前。

她转身用抱歉的目光看了我一眼说，老房子，没装电梯，要劳驾你爬楼了。

我抬头看了看这幢黄颜色的法式老房子，也就六层楼高，夹在这高楼林立的现代建筑群中，显得既矮小又孤独，有一种格格不入的孤独感。

我跟着她爬楼梯，一直爬到四楼。腿脚依然灵便的她看不出有啥吃力，倒是我有些气喘吁吁。她用钥匙边开门边说，实在有些寒酸简陋，阿水可不要见笑啊。

房门敞开，我有一种穿越感，恍若进到了二十世纪八九十年代的某个城市居民家。整个屋子的陈设都彰显着那个时代的典型特征。电视机是那个时代的，沙发是那个时代的，洗衣机和冰箱也是那个时代的，唯一不同的是，在那个时代的书桌上，放着一台比那个时代还要遥远的像一朵喇叭花的留声机。

屋子的陈设虽然老旧，但屋子却异常干净整洁，各种东西也摆放得井然有序。她给我泡了一杯茶，给自己倒了一杯白开水，然后说，听点音乐？还没等我点头说好，她就自顾转身去，抽出了一张老唱片，放在老式留声机上。

旋律从留声机的喇叭花口流淌出来，我听出来了，是《星星索》。

她坐在留声机前看着我，我也看着她，相顾无言。这样过了很久很久，这样一遍遍地放《星星索》。

那张老唱片上，就只有这首曲子。

是我打破了我们之间的沉默。

庹阿姨，你们家的人呢？

不就在这里吗？

她边说边用手指指自己，随即关掉了留声机。她进到卧室，过一会儿抱出来厚厚一摞书和杂志说，阿水，不，林若水作家，我是你的粉丝呀！

我这时看清了，那些都是我出版的书和发表我作品的刊物。她竟然收集了那么多，让我心里不知是感激还是吃惊。

你好像从不写你的故乡，她说，作家怎能不写自己的故乡呢？

我不知该怎样回答她的问题，我沉思了一下说，我不是不想写，是不敢写。我每每想到故乡，就会想起你。我想写你，但又……

写我？她摇摇头说，我有啥好写的？对于你的故乡白鹤镇，我只是一个过客，过客而已。

我摇了摇头，表示不同意她的话。

我告诉她，故乡修建白鹤滩巨型水电站，白鹤镇已经埋在水下了。

她若有所思地点点头说，也许你是对的。有些东西，它就该像白鹤镇埋水里那样，埋在心里。

我知道话不宜再讲下去，便想起身告辞。她看出了我的心思，她说，阿水，再坐一会儿好吗？

我从她话里不仅听出了诚恳，甚至还听出了央求。

我抬起的屁股又重新回到了座位上。屋内，《星星索》的旋律环绕。

阿水，你三叔现在还好吗？我扭转头，惊讶地发现她那张苍老的脸上，有少女般羞涩的红晕。

三叔？我长叹一口气说，他离世都二十年了。

·二·

白鹤镇有一段岁月里不叫白鹤镇，叫白鹤公社，但乡亲们还是叫它白鹤镇，习惯成自然，不是说改就能改的。

白鹤镇没有白鹤，白鹤镇到处都是乌鸦。这些黑夜之子，在白鹤镇上空盘旋，它们的鸣叫让人心烦意乱。在金沙江边撑船的我的父亲，今天说啥也拒绝干他摆渡的活，他对央求他的顾客们铁青着脸说，没听见乌鸦叫吗？这是号丧，风浪那么大，不去对岸会死吗？

这时人们才关注起了肆无忌惮的江风，风确实太大了，浪涛把停靠在岸边的木船都抛到岸上了。

历经太多风浪的船夫父亲，他并不是被今天的风浪给吓住了，比这样风高浪急的江面，他见多了。他今天罢工，有另一个隐情，那就是在镇上教书的三叔回来了。父亲想说服三叔，把我带去镇上的学校念书。而三叔显然把我当成了累赘，任父亲磨破嘴皮，都没点头。

你真忍心看着阿水像我，一辈子在江上提条命讨生活？

二哥，像你有啥不好呢？船老大比我这教书匠强。

强？父亲吹胡子瞪眼，说林江平呀林江平，你这是站着说话不腰疼，你吃公家粮拿公家钱，做享清福的公家人，还说我比你强，屁话！你看那些在江岸木棉树上的乌鸦，个个双双乌眼都瞪着我，巴不得我成水打棒，成它们的牙祭。

二哥，你做的是摆渡活，积德事，上天保佑着你，再说，你那么好的水性，水鬼奈何不了你。

江平，古话怎么说，会刀刀上死，会水水中亡，这是宿命。

二哥，我帮不了阿水，我学的是吹拉弹唱，可阿水身上没一丁点音乐细胞。

听三叔这么说，父亲就带三叔去江边河滩上。那是我信手涂鸦的地方，沙滩上，是我写的一些在村小语文课上学的课文。

这字写得堂堂正正，兴许能成我林家光宗耀祖的文化人。

也许是父亲的这句话起了作用，也许是我在沙滩上那些在我父亲眼里堂堂正正的字打动了三叔，他犹豫了一下，极勉强地应承了下来。

于是，我就这样跟着三叔从江边的村子去镇上。一路上，我心中都笼罩着强烈的自卑，我跟着三叔，那场景像一只高傲的白天鹅后面跟了一只自惭形秽的丑小鸭。三叔人长得标致、帅气，这是白鹤镇地方公认的，我后来接触到成语“玉树临风”，眼中就出现三叔的样子。我一路上都在听三叔嘀咕，说文化人有啥好，公家人有啥好。我没接话，任他的话被江风吹远。我发现，三叔这次回村来，跟以往不同。他眉头紧锁，一张英俊的脸紧绷着，像有什么说不清道不明的心事。

白鹤镇上正在赶集，人多得就像白鹤镇的乌鸦，一个镇子仿佛随时有撑炸的危险。金沙江干热河谷的太阳既热且毒，它伸出金晃晃的爪子，轻易就挤出了我一头油汗。尽管这样，我的心中依旧一片冰凉。我想，三叔一定把我当成了累赘，他的郁郁寡欢和闷闷不乐让我忐忑不安，跟这样的长辈一起生活，定是我少年时光的至暗时刻。白鹤镇才不会关心一个少年的心事，它就像一口翻炒着豆子的热气腾腾的铁锅，充斥着人声鼎沸的嘈杂和欢乐。三叔偶尔回头，铁板一样的脸上，目光冰冷地刺我一下，随即就又回过头去。就在他第四次回头看我时，黄桷树上那个大喇叭响了，那是公社广播站的广播。它一响，喧嚣的镇子瞬间就安静了下来。这不是广播时间，大家知道，这喇叭在广播时间之外响起，镇上一定有事情发生。

广播里播放的是一个夹杂了白鹤方言的说普通话的女声，内容竟然是一份检举书。

被检举的是一个女人，她叫庹素。我认识她，她原来是镇上新华书店的售书员，我过去从村子里来镇上买连环画，经常能见到她。她只要每天打开新华书店的售书窗，窗前就会挤满镇上流里流气不三不四的小镇男青年，他们不是来买书，只是来看她。他们无一例外，都有一种乞丐看到食物的饥饿眼神。个别过分的，还会吹响轻浮而下流的口哨。但庹素似乎视而不见，充耳不闻，只是安静地卖她的书。她对我尤其好，我叫她庹阿姨，她夸我有礼貌。遇到畅销的连环画，她会偷偷为我留下一本，等我赶街的时候卖给我。

我也喜欢睁大眼看她，她就像连环画上那些女的一样好看，不！她比她们还好看。她脸上身上有画中人没有的东西，我长大后才知那叫气质。据镇上的人八卦，说她是印尼归国华侨，她是跟随父母回的祖国。在我心里，庹阿姨的模样，就是仙女的样子。她冰清玉洁，温文尔雅，超凡脱俗，光彩照人。她，配得上任何美好的形容词。但后来她调去了供销社，成了一个卖白糖大饼的售货员。这样的人，也会被检举，这镇上套路之深，使我年少的心，只剩下惊愕的份了。

让我更惊愕得差点掉了下巴的是检举人。

他竟然跟我的三叔有着共同的名字：林江平。

我紧走两步，对三叔说，三叔，那个检举庹阿姨的人，不能跟你叫一样的名字。

面如死灰的三叔冷冷地小声警告我，这是大人们的事，小孩子别掺和。

架在黄桷树上的大喇叭不仅义正词严，而且带着愤怒的情绪扩散出对庹素的检举。这检举信里有些语句我要么不懂，要么似懂非懂，我唯一听明白的是，深受资产阶级腐朽生活腐蚀的庹素，妄图用靡靡之音和爱情的糖衣炮弹，拉拢并腐蚀我镇的进步青年。她的狼子野心，是得不逞的。庹素是一条美女蛇，我们大家，尤其是男青年要擦亮眼睛，看清认准她的毒素，做到拒腐蚀，永不沾。

有街上的混混听了广播里这么讲，就耸耸肩自嘲，我想沾，我想被腐蚀，但沾不上啊！林江平这小子，得了便宜还卖乖，欠揍！

他周遭的人就笑。有人说，汤二毛，林江平得了啥便宜，难道他把美女蛇睡了？

那倒没，被叫作汤二毛的人说，据内部可靠消息，那叫庹素的美女蛇，在林江平的额上亲了一口。

不可能！一个用手摸了摸自己额头的长着一张刀脸的小镇青年说，汤二毛，你别听林江平吹牛逼，庹美女吻她？他这种软蛋，人家看得上他？

这时汤二毛看见了三叔，他手一指对小镇刀脸青年说，林江平就在那里，你问他去。

小镇刀脸青年迈着方步朝三叔走来。他一脸坏笑说，林江平林老师，美女蛇如何亲你的，说给大家听听嘛。

众人一阵哄笑，三叔又急又气，恨不得找条地缝钻进去。

我这下终于明白，检举庹阿姨的，不是别人，正是我的三叔林江平。这个让我无法接受的事实，残忍得像一把锋利的尖刀捅入了我的内心。当气急败坏的三叔转身伸手拉我离开这是非之地是非之人群时，我拼命地挣开他的手，厌恶而羞耻地跑开了。

·三·

我发疯地在镇上攒动的人群中奔跑，样子像一个偷了别人钱夹被发现的小偷。我一直跑，跑到了镇上的供销社的柜台，我知道庹素阿姨在那里卖白糖大饼。过去，这里从来都是门庭若市的，都会挤满乌鸦一样黑压压的人群。今天这里却门可罗雀，难道那乌合之众，真的把庹阿姨当成了美女蛇？气喘吁吁的我看着木偶一样面无表情的庹阿姨，她站在柜台前的样子，依旧楚楚动人。

庹阿姨！

阿水！

我们几乎是同时招呼了对方。

庹阿姨看着满头大汗的我，脸上生硬的表情柔和了许多，她拉开面前的抽屉，拿出一本连环画《钢铁是怎样炼成的》。她说，阿水，这本书，是新华书店前两天刚到的，我替你买了一本，我今天不要你的钱，送给你。

她说着从柜台上面伸出手来，我没去接她的书，却紧紧地抓住了她的手。

庹阿姨，我一脸歉意地叫了她一声，眼泪就夺眶而出了，我哽咽着说，对不起！

阿水，说啥傻话？庹阿姨说，你没什么对不起我的呀！

我是替我三叔给你赔不是。

已经柔和的庹阿姨的脸，又恢复了先前的生硬，她把书塞我手里说，阿水，那是大人的事。

你要好好看这本书，下次我可要听你说心得哦。

我说，三叔他……

别说你三叔，庹阿姨轻轻打断我的话说，如果你见了他，就告诉他，我不怪罪他。

那天下午，我在街边用我临走时母亲塞我口袋里的零钞，买了一碗伤心凉粉吃后，独自在街上漫无目的地转悠，我没心思看连环画，也不想回三叔所在的中心学校的住处。街上都是关于三叔和庹阿姨的流言蜚语，那些贩夫走卒，肆无忌惮地谈论着关于他们的风流韵事。我从那些人的谈论中逐渐弄清了故事的轮廓。

不久前，公社让镇上的各单位凑节目，搞中秋晚会，供销社主任有些为难，他们社里找不出几个有文艺细胞的，就去找他的好友中心学校校长。校长说，你们庹素，大美人一个，这不派上用场，岂不资源浪费？你让她往台上一站，唱个歌，保准一片哗啦啦掌声。主任觉得校长的话在理，就说，这唱歌得有人伴奏。校长说，那好办，我支援你。我们的音乐老师林江平，吹拉弹唱，样样精通，全镇一流。

三叔就这样被校长派去与庹阿姨合作节目，两个相貌出众的年轻人，一来二去心里都对对方生出了好感，配合也日趋默契。但他们花了很长一段时间都没挑到彼此满意的歌曲。

一天，二人又凑一起，聊天时，三叔说自己祖上就是在金沙江上撑船摆渡的。这话提醒了庹阿姨，她说，我们唱首船歌吧。三叔说，金沙江上没有船歌，恶浪滔天的江上摆渡人，一撑船心就提到嗓子眼，还唱什么歌？庹阿姨就说，我说的船歌，是印尼歌。我大伯当年讨生活下南洋，一家人生活在苏门答腊群岛上，经常听巴达克人他们唱。他回国后，教我唱，可好听了。庹阿姨就哼了几句，三叔要她放开唱。庹阿姨听了三叔的，就站起身，星星索啊星星索地唱开了。庹阿姨唱完，三叔却呆住了，愣了好一会儿才把掌鼓得脆脆响。三叔说，太好听啦！从没听过这么好听的歌，庹素，我喜欢你这种唱法，每句前紧后松，柔和而松弛，缓慢而悠扬，有一种挥之不去的忧伤，仿佛在表达思念之情。三叔的话，让庹素也兴奋得鼓起掌来，她激动地说，不愧是白鹤镇的音乐才子，江平，你解读得太到位了！听我大伯说，巴达克人唱的就是思念，他们歌唱的是爱情。

爱情这两个字一出口，庹素脸上泛起了红晕，三叔也弄了一张大红脸。

三叔结结巴巴地说，爱……爱情？中秋晚会上唱这歌合适吗？

庹阿姨说，怎么不合适？我听大伯说，在苏门答腊群岛上，巴达克人的歌大多是歌唱爱情的呀！他们大大方方唱，男女老少都唱，那场面美好得很。

可……三叔迟疑了一下说，这是白鹤镇呀！

庹阿姨撒娇似的说，我不管，我就只想唱它，我要和你一起唱它。

唱它？三叔说，我连这首歌的歌名都不知道。

庹阿姨说，它就叫《星星索》。

《星星索》？三叔搔了搔头发说，好怪的歌名。

庹阿姨说，我当年也跟你一样觉得怪，大伯就解释，说那是巴达克人的船桨有节奏起落在水面上发出的声音，星星索，星星索。

好吧，三叔说，就随你的意，反正大家都不知道印尼话，不会懂它的意思的。

三叔一应允，庹阿姨就激动得蹦了起来，她在三叔额头亲了一口，就像一只欢快又害羞的羚羊跑出了屋子……

中秋晚会上，三叔和庹阿姨的男女对唱《星星索》，在白鹤镇引起了轰动。

·四·

一首《星星索》，仿佛是一粒石子投进一片静寂的湖面一般，在白鹤镇人心中荡起了涟漪。人们虽然听不懂这对金童玉女唱的是什么，但旋律还是从耳膜钻进了他们荒芜而干涸的内心。很舒服，很好听，僵硬的时光似乎都变得柔软起来——白鹤镇的人们，心中有了直接而异样的感受。

镇上的年轻人，被这首来自异域的歌给迷住了。中心学校的年轻教师，自是不会放过近水楼台的机会，他们围着我的三叔林江平，要他教他们唱。有年轻教师还提了酒，上门去找林江平，企图从他嘴里套出些关于这首歌的内容和信息。但三叔却总是笑而不答。终于有一天，三叔在他的年轻同事别有用心的频频劝酒下，道出了这首歌的“机密”。

三叔借着酒劲挥舞着手说，这首歌唱的是爱情！

三叔的话，说它是石破天惊也不为过，那些三叔的年轻同事面面相觑，脸热心跳，统统选择了缄默不言，然后自顾散去了。

在不谈爱的年代，爱情是一个禁词，三叔没有把它关在牙齿的牢笼里，他吐出了它，等于吐出了祸水。

匿名的告状信就到了公社主任的手上。中秋晚会上在大庭广众之下唱爱情歌曲，这还了得！

两个胆大妄为的年轻人，让公社主任很是恼火，他觉得事态分外严重，于是就叫人请来了中心学校的校长。校长也觉得事态严重，但他认为林江平是被蒙蔽了。

我保证他不懂印尼语，校长当着主任的面拍着胸脯说，始作俑者定是庹素。

主任说，但唱的是爱情，可是你的教师林江平说的。

那也是庹素教的，校长说，据说她有海外关系。她明知歌词内容关于爱情，却还要在中秋晚会上唱，这动机可疑呀！

主任点头，说庹素确有海外关系，难免受朽腐思想影响，唱靡靡之音，事出有因，但林江平跟着瞎起哄干啥？知道是男欢女爱，还唱？

校长想了想说，他中了庹素的毒，据青年教师反映，他俩现在打得火热，私下里约会，这都怪我，客观上起了撮合的作用，好端端一个青年教师，中了无孔不入的资产阶级的毒。

要挽救他，主任挥挥手说，扫帚不到，灰尘不会自己跑掉，该替他打扫一下思想卫生了。

那天的黄昏，白鹤镇上没有其他的话题，连江风的呢喃，仿佛都是在窃窃私语林江平和庹素这对男女。我听见镇东口白鹤饭店里靠窗的一个喝酒的男人用高亢的嗓子对他的酒友讲，林江平不是东西，软蛋一个，他还不如黄廷波。黄廷波虽然坏，但人家有担当。我们都知道那庹美女给黄廷波看的是《简·爱》，还是繁体字的，有人举报后，公社主任带着审查组，找黄廷波谈了三天三夜，人家黄廷波就是咬死，说庹美女借给他的是《水浒传》。

酒友们都点头称是。其中一个用筷子敲击着酒碗一脸暧昧地说，这黄廷波要是一无是处，会吸引庹美女？他成天往庹美女的屋子跑，一去一两小时。

嗓子高亢的男人说，一朵鲜花插牛粪上，不说也罢。

用筷子敲酒碗的那位继续懒洋洋敲了几下说，过去以为黄廷波是牛粪，现在看来，林江平更是，他空长了一身好皮囊，没点男人气。

我听这群酒徒八卦三叔，恨不得冲进店去揍他们。但我知道自己势单力薄，他们会像提一只仔鸡一样把我从酒馆里扔出来。我知道，我像自己的三叔一样懦弱。这让我少年的内心羞耻极了。

我现在知道，庹阿姨为何会从镇上的新华书店调去供销社了，原来是她借书给黄廷波。那个人我认识，长得魁梧强壮。他是公社的一名干部，做什么都出手重下手狠。镇上的人背地里说，这黄廷波的心不是肉长的，而是铁铸的。有人还传，说他从出生就得了一种病，不知道疼痛是什么。

在我少年的记忆里，如果有魔鬼，那一定是黄廷波的样子。庹阿姨会借书给黄廷波，这是我万万没想到的。那叫《简·爱》的书，到底是本怎样的书？我的心中，一下子多了好多问题。

我那天在街上，替三叔感受了太多的羞耻，直到夜色浓郁，才极不情愿地回到三叔所在的中心学校教职工宿舍。我推门进屋，闻到了刺鼻的酒味。三叔一个人喝闷酒，他喝高了，像一摊烂泥龟缩在床角，手中握着一个空酒瓶，衣服上，沾着令人恶心的呕吐物。他见我进来，想爬起来，但还没等站起，就像大风中摇晃的树又倒下了。他醉眼蒙眬地看着我，抬了抬他有气无力的右手，口齿不清地冲我嚷开了。我惊恐地看着一个醉汉愤怒的样子，费了好大劲才听明白他在叫嚣什么。

三叔在问——我不知他在问谁——不是给我保证过，只要我说出实情，就饶了我们吗？啊？

我想，那个“我们”，该是他和庹阿姨。

我走到床角，吃力地把他扶起来，摇摇晃晃的他把难闻的酒气喷了我一头一脸，他还在口齿不清地问，不是保证过吗？为啥说话不算数呢？

我把他扶到床上，给他脱衣，盖好被子，然后去清理呕吐物。天天盼望长成大人的我，第一次对成人世界充满了恐惧。

·五·

三叔就是从那天起成为一个酒鬼的，他从此嗜酒如命，只要见了酒，不喝得烂醉如泥不省人事决不罢休。父亲原本是想让他照管我的，没想我一来镇上就倒了个，成我照管他了。他经常在大街上发酒疯，活成了白鹤镇的笑话。只有一个人不笑话他，那就是庹阿姨。有两次我在街上碰着她，她把我叫到僻静处，给我两小袋花生米，嘱咐我说三叔喝酒的时候，炒了给他下酒，空腹喝酒伤身。她还对我说，阿水，你告诉林江平，我没怪罪过他。

我回来给三叔说，三叔，庹阿姨让我转告你，她不怪罪你。

三叔听了我的话，脸上并没有欣喜，而是一副痛苦的表情。他说，我是怪罪我自己！

所有的小镇都是是非之地，白鹤镇也不例外。在我来到白鹤镇不足三月，人们不再关心我三叔检举庹阿姨的事，人们交头接耳议论起庹阿姨和那个魔鬼一样的黄廷波——从前都是黄廷波往庹美女那儿跑，现在可好，庹美女自己送上门去了。

女人一旦偷了腥，比男人还馋。

红颜祸水，她真祸害了姓黄的，我给她烧高香。

姓黄的真有种，祖坟埋在桃花树下了。

真没出息，羡慕姓黄的？搞一破鞋，有啥稀奇？

…………

这些话传到三叔的耳朵里，三叔竟把庹素与黄廷波主动交往看成了对他的报复。他有时喝醉了，就拿手去击墙，用头去撞墙。还一边说，你别这样作践自己好不好？你去找鬼都行，为啥要找那姓黄的呀？

三叔的那份痛苦，我看在眼里，急在心里。我对他说，三叔，我要是一把能把你心头的痛抓掉就好啦。三叔听我这么说，就抓紧了我的手，阿水，三叔说，你真想帮三叔，就帮我去偷偷看住那姓黄的，想办法别让他祸害你庹阿姨。

我庄严地接受了三叔的委托，其实，那也是我的任务，我要保护好庹阿姨，我是下了决心的。

从那以后，我像影子一样，跟踪庹阿姨，只在我上课她上班时例外。黄廷波住的地方院外有一棵大青树，爬上去，就能把院子一览无遗。庹阿姨总是这样，她用手轻轻敲门三下，黄廷波就会欢天喜地来开门。他兴奋的样子，不像一个成人，倒挺像个孩子。庹阿姨进了院子，就在院子中央的小凳上坐下来。黄廷波会在这时从院子到屋子地忙出忙进，给庹阿姨泡杯润嗓子的菊花茶，有时也会削个梨或桃。他忙完，就会像小学生一样隔着方桌在庹阿姨对面坐定。这个时候，庹阿姨会从随身携带的包里拿出一本书来，开始诵读书上的内容。黄廷波认真地听，有时也会打断她的诵读。我能看清他们的表情，但听不清楚他们的诵读和交谈。

他们几乎每天如此。这让我这个窥探者渐生乏味，有一天，我竟然在树上睡着了，差点掉下来。

我把这一切给三叔讲了。原以为他会宽慰些，没想他变得既焦躁又不安。他在屋子里反剪了手，像只无头苍蝇一样乱转圈圈。庹素啊庹素，三叔这样叫着庹阿姨的名字，万分焦急地说，你难道不知道这是姓黄的伎俩，他用的可是引蛇出洞的招数。

你也把庹阿姨当美女蛇？我没好气地问他。他赶忙解释说，阿水，我不是那意思，我是打个比喻。

我说，你不把她当美女蛇，就不会检举她。

三叔哑然，我看见他像被电击了一般瘫坐在了椅子上。

就在我开始厌倦这既无聊又乏味的跟踪的时候，我曾提心吊胆的事情还是发生了。

那天依旧像极了往常。庹阿姨敲门，黄廷波开门，表情兴奋，该坐的坐，该端茶倒水的端茶倒水，继而就是庹阿姨的诵读。但庹阿姨只读了一小会儿，黄廷波就哭了。一个大男人的哭相，怎么看都是可耻的。他用手掌一边抹泪一边向庹阿姨讲述着什么。庹阿姨听得很专注很认真，我在树上也能看见她表情的变化，从严肃到怜悯再到痛苦，最后，变成流泪的是庹阿姨了。

哭得像一个泪人儿般的庹阿姨，她掏手绢抹干眼泪，把书合拢，放进了随身的挎包，准备离开。她站起身来，没忘安慰那个刚才一直在讲述的黄廷波。她伸出手，轻轻拍了一下他的肩。

让她没想到的是，他这轻轻一拍，把一只哀伤的猫咪拍成了一只凶相毕露的老虎。低垂着头坐着的黄廷波突然站起，一把就紧紧抱住了她。她顿时吓得尖叫起来。尖叫声一起，我就从大青树上滑将下来。树底部有我先前就准备好的鹅卵石，我一手抓一个，就冲到院墙边，既是警告又是示威地将两个鹅卵石扔进了院中。其中一个鹅卵石好像击中了窗棂，我听见玻璃破碎的声音。这声音一停，我听见庹阿姨急促而踉跄的脚步声，我看见她惊魂未定仓皇逃离的背影。

随即，院子里响起了黄廷波尖厉而高亢的声音——

哪家的小杂种，竟敢往我院子里扔石头，当心我剥了你的皮！

我吓得转身就扑进了黑夜。

我回到三叔的教工宿舍，把我看到的一切都讲给了三叔。三叔这下不仅是忧心忡忡了，他再也坐不住，不知哪儿来的勇气，就径直去了庹阿姨在供销社的住处。我也赶忙奔了去。

他找到庹阿姨，红着脸喘着气对她说，庹素，我要娶你。

林江平，庹阿姨翻了一下白眼仁说，你酒喝多了吧。

三叔分辩说，我今天没喝，我要保护你。

保护？庹阿姨喉咙里哼了一声说，笑话。

三叔说，我知道我伤了你的心，但我上了他们的当，他们说我只要承认《星星索》这歌是爱情歌，我们就没事了，不仅不追问还保密。哪想，我承认了，他们炮制了一份检举书，还拿去广播站念了。

你不用解释，庹阿姨平静地说，我不是让阿水转告你，我没在意，更不会怪罪你。你不能再这样了，三叔跺着脚说，跟黄廷波来往，危险得很。

危险？庹阿姨摊摊手说，我不是好好的吗？

跟这样的人交往，不值！三叔说得咬牙切齿。

不值？庹阿姨冷冷地笑了一下，轻轻地说，怎么就不值了？啥是值？我觉得他比你强多了。

这冷冷的轻轻的一句话，却像一把利剑，彻底击垮了三叔。

一直躲在暗处的我，这时也忍不住冲了出来，我说，庹阿姨，你不能拿姓黄的跟我三叔比。

阿水，庹阿姨唤了我一声说，不是早跟你说过，不要掺和大人的事。还有，今后别乱扔石头，伤到人怎么办？

我听她这么一说，差点崩溃了。我自以为我的跟踪与窥视神不知鬼不觉，但她却早知道了。

·六·

庹素没有保住供销社卖大饼的工作，她被发配到供销社下属的肉食品组，干最脏最累的活：翻洗猪大肠。尽管如此，她依旧是白鹤镇上一道亮丽的风景，依旧是白鹤镇上所有女人的眼中钉。她穿一双大水靴，站在白花花的猪大肠大缸前，翻检清洗那些散发着猪屎臭味的猪大肠。她干得一丝不苟，有章有法。她每天干完活，都会把自己洗得清清爽爽，穿得干干净净回供销社筒子楼的单身宿舍。真正的美是遮蔽不住的，哪怕她干最脏最累的活，她依然能活得像一个不染尘埃的仙女。有对比就会有伤害，白鹤镇的女人心里清楚，只要庹素这只鹤在，她们都只能是鸡。

妒意生出敌意。白鹤镇的女人们，恨不得把所有的脏水都泼给庹素，关于她和黄廷波的绯闻，成了白鹤镇的女人们茶余饭后最兴奋的话题。长得再好看，还不是破鞋一个——女人们的议论里浸透了太多的狠毒。但不管女人们如何诋毁，镇上的男青年们还是对庹素趋之若鹜。

这个在女人眼里的所谓破鞋，却是众多男人的女神。在白鹤镇的男人心里，独占花魁的黄廷波是最可恶的。他们甚至认为他精通迷魂术，庹素才会主动往他的小院跑。

我的小伙伴们也深受父辈们的影响，他们说庹素是妖精，是坏女人，是烂女人。我就跟他们争辩，说庹阿姨可好了，她是上天派来的天使。我的争辩受到了他们的起哄和嘲笑，有个长得像只猴子的家伙挖苦我，说庹素这妖精迷惑了你三叔，现在又迷惑了你。他的话激怒了我，我冲他挥舞起了拳头。本想教训一下别人的我，却被众伙伴一顿拳脚教训了。鼻青脸肿的我竟然在那一刻成了男子汉，我指着他们说，有不满冲我阿水来，庹阿姨没惹你们，谁今后往她身上泼脏水，我宰了他！

我从口袋里掏出一把跳刀，那是三叔不久前买的，我怕他干傻事，就偷偷装自己口袋里了，没想到今天派上了用场。他们一见刀，吓得一下作鸟兽散。

供销社肉食品组的屠宰场在镇南边大青树旁的一片空地上，这里，每逢赶街天都要杀十几头猪，凭肉票供给镇上居民。屠宰场的屠夫叫老包，一个长得像馒头的白胖子。老包这人看上去笨手笨脚，但杀猪却既灵活又麻利，白刀子进红刀子出，决不捅第二刀。凭这一招鲜，老包这白胖子内心就生出些骄傲了，自称“包一刀”。庹素来肉食品组报到的那天，被组长带来屠宰场，胖子老包正要杀一头黄毛猪，他瞟一眼庹素，刀就偏了，没杀死的猪疼得嗷嗷叫，不停地挣扎，差点掀翻了案板。在旁边观看老包杀猪的人就笑话他乱了方寸。胖子老包觉得自己丢了面子，他竟然从心里认为这都是庹素给造成的。

胖子老包提着血淋淋的杀猪刀，径直走向庹素。领着庹素的肉食品组组长看胖子老包恼羞成怒一脸杀气的样子，吓得结结巴巴说，老包，你……你可不能乱……乱来呀！

老包眯着眼盯一眼庹素，冷冷道，我没捅第二刀的习惯，今天你来。

他边说边将血淋淋的杀猪刀塞在了呆若木鸡的庹素手里。

老包……肉食品组组长阻止说，你……你不能这样。

看着吓得一脸惨白像一根木头一样的庹素，老包伸出他胖乎乎的手，一把抓住庹素的手，将她拖拽到还在案板上嗷嗷惨叫的黄毛猪前。

动手吧！老包依旧语气冷冷地说，不要让我把你当成绣花枕头。

他边说边用那胖胖的手掌在庹素瘦削的肩上重重地拍了两下。但让他没想到的是，他却被庹素没握刀的左手推了个踉跄。在他立足未稳时，庹素双手握刀，精准地将沾了鲜血的杀猪刀捅进了猪喉咙。

一刀封喉！

嗷嗷叫的黄毛猪没有了声息。

庹素咬咬牙，唰的一声将杀猪刀从猪脖子里抽了出来。她握着刀转过身，铁青着脸看着像一个皮球一样的胖子老包。

庹素！肉食品组组长惊喝一声说，不可做傻事！

庹素一步一步提着刀逼向老包。

老包吓得脸色煞白，一身的肉仿佛就要抖落下来。庹素在老包面前停住，伸出纤纤手指，将杀猪刀上沾着的猪血抹掉。汩汩猪血从她的手指滴落在地上。

她把抹净猪血泛着寒光的杀猪刀扔还给老包。

她扭过身，捂了脸，想逃离屠宰场。但只小跑了几步，就瘫坐在了脏兮兮的地上。

屠宰场的人都看见了，庹素的背抖动得就像秋风中那些柔弱的柳树。

胖子老包看着这一幕，手中的杀猪刀哐啷一声掉在了地上，他左右开弓，在自己的一张胖脸上啪啪就是两耳光。

庹素翻洗猪大肠，极认真仔细。连肉食品组的员工买下水，也专挑庹素洗的买。这让跟她在一起工作的另两个女工很没面子，她俩就合起来对庹素冷嘲热讽，背地里给她取了个绰号“下水西施”。这绰号的传播速度比金沙江肆无忌惮的江风还要快，竟传到相邻的乡镇去。听说白鹤镇有个堪比西施的美女，那些外乡人公然走几十里山路，借赶街之名，来看庹素。一个翻洗猪大肠的美女，被一大群好奇的人围观，那场面像是拍戏。庹素的眼中似乎没有围观者，对其明目张胆的议论也充耳不闻，她埋头干活。但跟庹素在一起的那两个女工却不淡定了，那些品头论足就像城门失火一般殃及了池鱼——

这下水西施干活好认真，哪像这两个，又丑又懒，磨洋工嘞！

这女人是不是越漂亮的越注重收拾自己，翻洗猪大肠，多脏的活，人家下水西施穿的劳动布工装，干干净净。你看那两个，身上那工装，比抹布还油腻还脏。

烂船把着烂船划呗！

把俩女工比作烂船的，是个嘴唇上胡子都还没完全长黑长齐的年轻人，不知言语轻重的他充分激怒了俩女工，她俩双双扑了过去。其中一个封了年轻人的衣领，抬手就要扇他耳光。但另一个女工却抓住了她扬起的手说，君子动口不动手，我就不相信老娘还教训不了这嫩苔苔，我今天连你们一起教训信不信。这翻洗猪大肠有啥好看，又不是西洋镜？她边说边用手指指庹素，她长得好，漂亮，这样又如何？她是认真长的嘛。你们说老娘我长得丑，我长得丑咋啦？实话给你们说，老娘只是随便长长。

她的话，不仅惹得众人一阵哄笑，还把庹素都逗笑了。那是庹素来屠宰场后，人们第一次见她脸上有笑容。

公社主任的初衷，是为了改造庹素，才让供销社主任将她从副食品组调整去肉食品组的。但他不得不承认一个事实，就是庹素没被改造，她却改造了许多人。

胖子老包就是典型的一个。

自从有过那次杀猪事件后，老包彻底被庹素折服了。庹素在老包心中，成了女神。在那个物资匮乏的年代，对女神最好的敬仰，就是暗地里给予供养。老包是肉食品组有能耐的人，他总有办法整到一个猪肚，或者一截小肠，甚至一笼心肺。每每弄到这些，他都会一分为二，把等分的一份偷偷给庹素。庹素从不拒绝，都笑纳了。作为聪颖的女子，她知道唯有接受，老包才有尊严。

庹素拿了老包的东西，很少自己拿回去，她总会想办法遇见我，把我唤到僻静的巷子里，把那些东西给我。她说我正在长身体，需要营养。

而我心里固执地以为，我是沾了三叔的光。

·七·

三叔越发变得萎靡不振，常常耍酒疯。他喝醉酒，就唱《星星索》，醉酒的他虽然口齿不清，但却总是把自己唱得泪流满面。他成了白鹤镇上的一个笑话，流言传到江上撑船的父亲耳朵里，这个船老大找到镇上来了，父亲见三叔就责备他丢了林姓人家的脸。一个破鞋，犯得着你这样？父亲说出这句话时，我恨得想上去扇他两耳光。但三叔却异常平静，他对父亲说，二哥，她要不是破鞋，我死的心都有了。我说，三叔，庹阿姨不是破鞋，她是天底下最好的女人。

父亲说，你懂个屁，大人们的事，小娃娃别掺和。

那天，父亲带来了一胶壶苞谷酒，三叔和父亲，弟兄俩相向而坐，默默喝酒。弟兄二人从黄昏喝到深夜，都有些醉了。三叔说，二哥，我给你唱《星星索》。父亲说，老三，我不想听，脏耳朵。三叔说，你不听，咋说它脏？那是船歌，是保佑摆渡人的。这歌会保佑你在金沙江的恶浪里也平平安安。父亲点点头说，老三，我今天就听你唱，说是靡靡之音，我还真没听过，你二哥今天借酒壮胆，斗胆听一回。

三叔端着酒碗，给父亲唱，唱完一遍，又再唱一遍，一遍一遍又一遍，他唱得深情，多次哽咽，直唱得泪水潸然而下。父亲起先只是沉默着听，但接着就跟着三叔小声吟唱，到了后面，弟兄俩都唱得一脸泪水。

那是动情之夜。我第一次见一对同胞，如此深情而默契。

在金沙江上撑船的父亲，从此迷恋上了这首歌。在恶浪滔天水流湍急的江上，我不知道，这么柔这么慢的歌，父亲是怎么唱的。江上人来人往，在白鹤镇的茶肆里，经常会有人就着一碗盖碗茶，轻轻哼唱这首歌，有人问起他们，都说是从摆渡的船老大那儿学来的。

庹素依然会在黄昏，去黄廷波住的小院。她背着挎包，旁若无人地走过街巷，不看别人的指点，不听别人的议论。在这个时候的庹素是冷傲的，也是坚定的，从她有节律的步态中就能感觉出来。有好事者，会在三叔面前搬弄是非，说这简直就是《美女与野兽》在白鹤镇的翻版。每每听到这些，三叔就会把酒往死里喝。我知道他在吃黄廷波的醋，心如刀绞的他，看上去让人既恨他又同情他。我告诉三叔，说庹阿姨去黄廷波那里，就是给他朗读书，别无其他。但三叔却弄不明白，为啥庹素要做这对牛弹琴的事。那时的我，说真心话，也不明白。但我从她无论刮风下雨抑或天阴天晴都会在那个临近黄昏的时段去找他朗读就知道，这是她内心里认定的重要而有意义的事情。

我是见过那个场面的，庹素像个老师一样诵读，而黄廷波全神贯注的样子则像极了一个听话的小学生，他坐在小竹凳子上，安静地听，沉默地想。这个在白鹤镇被看成是恶魔的男人，此时就像小鬼面对观音，只有敬畏。我不知道庹素给他读了什么，但从黄廷波的专注度上知道，那朗读是入脑入心的。我知道这朗读的可贵，它穿过多少污言秽语穿过多少冷嘲热讽才得以达成。

一个天使一样的美人成了朗读者，一个魔鬼一样的人做了忠实听众，这是匪夷所思的事，它那么不可信，却实实在在发生了。如果不是后来公社主任给我看了那本黄廷波的日记，我也不会知道庹素她为什么要这样做。是那本红色塑料封皮的日记揭开了谜底。十多年后，我面对这本笔记本，知道了一切，但一切似乎已毫无意义。

当三叔说出《星星索》是歌唱爱情的话之后，庹素就知道三叔闯下了大祸。恰巧那个时候，黄廷波暗地里找到庹素还借他的书。黄廷波抱怨，说庹素借他的书读得吃力，自己有限的识字能力，只能读个大概，他说那些繁体字比苍蝇还讨厌，看着就让脑袋发晕。

庹素听后，沉思一会儿对黄廷波说，今后我给你做朗读者，我念给你听。黄廷波没想到竟会有如此好事，连声说谢。庹素说，你先别忙谢，做你的朗读者，我是有条件的。黄廷波就问啥条件，庹素说，放过林江平，要有问题，往我身上推。黄廷波说，这事我说了不算，主任说了才算。庹素说，如果要教育他，你不能往死里捆他。黄廷波想了想，说这没问题。

庹素没想到的是，三叔会在公社主任和中心学校校长的威逼利诱下，做了软蛋，他老老实实承认了《星星索》是首爱情歌并检举了她。当她知晓这一切的时候，她没恨他，而是选择了原谅。原谅了三叔，她对三叔萌生的爱的胚芽，也就胎死腹中了。但我知道，她对三叔的关心，却一直没有改变过。

庹素没有因此撕毁跟黄廷波的约定，她顶着被白鹤镇人戳脊梁骨的压力，践行着这份约定。

被污名化的庹素，其内心有过多少委屈和愤懑，也许只有她自己知道。但镇上人发现，黄廷波正在洗心革面，他不再像过去那么凶神恶煞，整人也不像从前那样下狠手。对于他的转变，白鹤镇的人把原因归为良心发现。但白鹤镇的人并未往深里究——他过去的良心为什么总是缺席，而现在为何就良心发现了呢？

真的要感谢那本日记，没有它，我将无法洞穿真相。我后来能成为一个作家，跟那本红色塑料封皮的日记大有关系，它让我这船夫的儿子，笃信文学就像船一样，有渡人的功能。我成为一个作家，从精神层面，是子承父业。我不敢自称摆渡者，在我心中，庹素才是。黄廷波用他拙劣的文笔，记下了庹素如何将他变成一个听者的过程。文学让冷硬如钢铁的他，逐渐变得温暖而柔软。在庹素近两年的朗读中，黄廷波完成了对自己的重塑。他从过去的麻木到后来的极度敏感，从过去的冷酷无情到后来的悲天悯人，都是朗读者庹素摆渡的结果。

庹素对黄廷波不过是遵守了一个诺言或约定，她也不知道，朗读竟有如此大的能量和作用。

在那个精神和物质双重匮乏的年代里，黄廷波享有的精神待遇，是令人艳羡的。白鹤镇的人有充足的理由嫉妒和讨厌黄廷波，但白鹤镇的人却错误地庸俗地将一个纯粹的朗读行为理解成孤男寡女的苟且，不得不说，这是这个镇子未来永远都无法抹去的羞耻和悲哀。

·八·

庹素的清高和孤傲，就像金沙江正午的阳光，刺得白鹤镇人眼睛灼灼生疼。她出众的美丽，对镇上的人是一种冒犯，它就像草丛里开的一朵孤零零的花，冒犯了所有的草。

她的腰为何那么细？她的胸为何那么大？她的屁股为何那么翘？

她的肤色为何那么白，印度尼西亚的太阳不是比白鹤镇的还毒辣吗？

…………

这些问题不仅庸俗，还带有羡慕和嫉妒。羡慕和嫉妒都来自白鹤镇的女人，她们放肆议论庹素的行为里，其实都藏着一份强烈的自卑。男人们也议论，他们更放肆，连一些平日里看上去正经古板的男人，说起庹素来脸上都会泛起小流氓似的流里流气的表情。那个时候，少年的我，不明白我生活的白鹤镇患了什么病，美为何在这里不是被赞颂和呵护的，反而是被攻击和猥亵的？白鹤镇的男人跟女人不同，他们都艳羡嫉妒那个在他们看来独占花魁的男人黄廷波。

而黄廷波的内心里，却一直都羡慕嫉妒一个男人，那就是我的三叔林江平。我是十数年后看那本错别字连篇且到处是病句的红色塑料封皮的日记本才知道这个秘密的。

黄廷波知道，庹素心甘情愿给他做朗读者，是为了林江平，而林江平却辜负了她。黄廷波是知晓公社主任和中心学校的校长是怎样诱导林江平的，他当时也在现场。他们并没威胁他，也没恐吓他，他们只说你林江平只要承认这首歌是写男欢女爱的事实，你还是一个好青年一个好老师。他们还说，这一切不怪你，问题都在庹素那儿，她有海外关系，受腐朽思想侵蚀也属正常。林江平没有反驳，他像一个软柿子一样就承认了。黄廷波当时恨不得冲上去揍他一顿，他是替庹素生气。他不明白庹素怎么会喜欢上这么一个懦夫，还要暗地里托他对其网开一面。当然，他内心还有一个小遗憾，那就是庹素要为自己朗读的事随之泡汤了。他想，帅气的皮囊下没有强悍的内心，美男子其实是丑陋不堪的。

但让黄廷波没想到的是，庹素并未毁约，而是义无反顾地成了他的朗读者。起先，黄廷波对此不解，他对庹素说，林江平承认了事实，自己就帮不上忙，无功不受禄。庹素说，如果林江平咬死不承认，你帮不帮？他认真说，当然帮，一言既出，驷马难追。庹素说，那约定就在，我怎么能毁约呢？后来，当黄廷波在听了庹素的数十次朗读后，他才明白，她不是为林江平，而是为了那段与林江平曾萌发的感情。在日记里，黄廷波这么说，每每听她朗诵，我都以为她在致悼词，致对一段死去的感情的悼词。

我后来一直在琢磨黄廷波这个人，他能在日记里写出这样的语句，相对于他那小学都没毕业的文化程度而言，是令人吃惊的，不是亲眼所见，我是不相信的。朗读，不仅让他变得敏感，而且让他的内心有了诗意。黄廷波还在日记里记下了庹素为他朗读《苔丝》后的对话，他的记录错别字连篇，病句迭出。我当年费了好大工夫才弄明白了个大概。对于黄廷波来说，托马斯·哈代的小说还是太深奥了，他有许多不明白，而他最不明白的，是那两个要逮捕苔丝的人，不，是十六个正在像网一样逼近苔丝的人，他们为何不迅速将罪犯苔丝铐走，而是要听从克莱尔的请求，让她再睡一会儿，黄廷波质疑大师哈代，说这里写得不真实，但庹素却是含着泪花读的。多年来，我脑子里都试图重现一遍庹素读这个部分的细节。

她一定是低低地轻轻地读的——

克莱尔听见身后也传来了沙沙的脚步声。他转身一看，看见倒在地上的石柱外面，也有一个人向他们这边走来，他还没有回过神，看见右边的三石塔下也有一个人影，很快左侧也有了一个。曙光照在西边那个人身上，克莱尔看见那个人身材魁梧，走起路来好像受过训练一样。

他们很明显是从各个方向朝中间靠拢的。苔丝说的话真的应验了！克莱尔一下子跳起来，寻找武器、石头、逃脱的途径或者应急的办法。可是这时，距他最近的那个人已经走到他身旁。

“别动，先生，你动也无济于事。”那人说，“我们这里总共有十六个人，并且，这整个地带也都已经行动起来。”

“那么就让她安静地再睡会儿吧。”他对四面围拢过来的人低声请求道。

他们一直没有看见苔丝待在那儿；等他们看见她躺在石块上时，对克莱尔的请求没有表示异议。他们站在一旁守候，就像四周的石柱子似的，纹丝不动。

他应该是这个时候打断她的朗读的，这让她心生不快。让她心中更不快的，是他的怀疑。她并不认为大师就不能怀疑，任何人都有犯错的时候。问题是，他怀疑这段描写的真实性——那两个人是警察吧，怎么能让她多睡一会儿？她是罪犯呀，苔丝又怎样？只要犯了罪，就得迅速把她绑了铐了。这大作家哈代写的警察也不怎么样，玩忽职守。

他的话让她啼笑皆非。她合上书，一脸平静地看着他说，恰恰相反，我认为哈代写得很真实，因为那两个警察跟你不同，他们心中比你多了样东西。

比我多了样东西？他用手指指自己的鼻子说，你能告诉我是啥？

悲悯。

她轻轻吐出了这两个字。这是他从未听说过的字眼。在他后来写的日记里，悲悯被他写成了“悲敏”，但他记下了她对这个词的解释——哀伤而同情，是一种感同身受的情感。

她问他，让苔丝多睡一会儿有错吗？怎么就玩忽职守了呢？

他想辩解，但他皱了眉头想想，没作声。

直到她决定离开，他站起身送她，才犹犹豫豫小声说，也许，那两个警察，不，是那十六个人，他们是对的。

她有些欣慰地说，谢谢你能这么想。

送走了她，他站在自家门前，自语道，他们是对的，对的，那我错了？

错了？他追问自己，难道我真的错了吗？

·九·

公社主任的女儿看中了三叔，主任拗不过宝贝千金，就去找中心学校的校长，托他做媒。校长说，这林江平有什么好，修得如此艳福？他这是攀了高枝嘞。他非常爽快地拍了胸脯，说一定促成此事。

公社主任的千金在公社广播站工作，每天对着话筒念一通广播稿，她的普通话带着白鹤镇的乡音，我每每听到镇上那棵大黄桷树上的喇叭响，就想塞住耳朵。我的语文老师说，要考汉语拼音，就别听白鹤镇的大喇叭。我们这帮学生，就私下里给公社主任的女儿取了绰号“大喇叭”。

大喇叭其实人长得还算标致，因为是公社主任的千金，就喜欢端个架子，摆出一副盛气凌人的模样，走路喜欢头望天，为此还不止一次扭伤过脚。在庹素没分来白鹤镇新华书店之前，她是白鹤镇的镇花。她妈徐采莲更夸张，说她怀大喇叭时真的梦见过白鹤。大喇叭真把自己当了鹤，走路一跳一跳的样子也像鹤。原本好端端一个女人，因为做作，看上去像个滑稽戏演员。背地里，白鹤镇的人都说一个好端端的姑娘，可惜了。

后来白鹤镇上的男青年，都躲着大喇叭，路上相遇，都做出退避三舍的样子。大喇叭于是就对她妈徐采莲说，白鹤镇上的男人都不男人，太自卑。但庹素分来新华书店后，镇上的男青年就像苍蝇一样围着庹素嗡嗡，大喇叭才感觉到镇上的男青年并不自卑，个个可耻得像流氓。她高傲的内心，在看到庹素第一眼时就瞬间坍塌成了废墟。

她甚至为此怪罪了自己做公社主任的父亲。你就不该整个妖精来白鹤镇，你不撵走她，我就离家出走。公社主任为难说，她是县上分下来的，说撵就撵，哪有那么容易?

但后来因为那个中秋晚会，因为那首船歌《星星索》，大喇叭找到了解气的机会。

三叔那封署名的检举信，被大喇叭念得义正词严，几乎每个字，都是从牙缝里挤出来的。她如此高亢、如此愤怒，就像是抓到了偷了自家汉子的女人的老婆。连在歪脖子树下三天也不打个响屁的修鞋匠老刁，也浑身打了冷战，戳鞋的锥子扎破了手，疼得龇牙咧嘴说，这声音，恨得就像被挖了祖坟一样的狠啊。

大喇叭由此也记住了林江平这个名字。

这个眼睛朝上目中无人的女人，盯上了林江平，才发现这是白鹤镇的另一只鹤，于是就动了芳心了。大喇叭于是就往中心学校教工宿舍跑，还让她的公社主任父亲花重金托人买了一把小提琴，要跟林江平学琴，但林江平轻易地看出了她的心思，冷冷地拒绝了。学琴不行，大喇叭就给林江平送东西。她的母亲徐采莲是镇上腌咸菜的能手，大喇叭几乎把徐采莲腌的各种咸菜都源源不断送了来。林江平不收，她就把它们给学校看门的周大爷，让他转交。

周大爷送来咸菜，三叔就让我把咸菜原封不动送去大喇叭母亲徐采莲开在街上的咸菜铺。他让我向徐采莲申明，说他自己从不吃咸菜。这让徐采莲很没面子，恨得上牙都把胖胖的下嘴唇咬出血来。有一天，我照例去还咸菜，徐采莲接过，冲那只对她摇尾乞怜的黑狗就飞起一脚，踢得黑狗疼得直在地上一边打滚一边汪汪惨叫。

我吓得转身就跑，身后响起徐采莲的咆哮，不服人尊敬的狗东西！

大喇叭不得不去求白鹤镇的一号人物，也就是做公社主任的父亲。

中心学校的校长不知道这些，并没有把公社主任的委托当成多么重要的任务，他一身轻松哼着小曲就找三叔来了。当时三叔正一个人喝闷酒，校长推门进来，就嚷着让三叔也给他倒一杯。他重重地在三叔的肩膀上拍了两巴掌，大声说，林江平，小子，不得了啦，你家祖坟上长出桃树来了！

三叔被自己的领导弄得一头雾水，迷惑地看着他说，校长，你啥意思呀？

校长又拍了他肩两巴掌说，你交桃花运了，就要成白鹤镇的乘龙快婿了。三叔说，校长，我没得罪你吧，拿我寻开心？

他边说边将倒满酒的玻璃杯塞到校长手上。

校长接过，要跟三叔碰杯，说大好事大喜事，要庆祝一下。

三叔不碰，说自己碰到的都是倒霉事，哪有什么好事喜事。

校长就说，你小子给我装吧，硬要我明说呀？三叔点点头说，领导明示。

公社主任的闺女看上你了。这可是藤缠树，还不是好事？

三叔摇摇头指指自己的左胸说，我这里边早有人了。

谁？

庹素。

林江平，校长一听是庹素，气就上来了，他把端着的酒杯重重往桌上一放说，你不是早跟她划清界限了吗？

三叔说，那是你们划的。

校长说，林江平，这种话你也敢说？你这个不知轻重的浑球！庹素这美女蛇，让你中毒太深了！

三叔说，校长，庹素她怎么就成美女蛇了？她是供销社肉食品的一个职工，是工人阶级。

工人阶级？林江平，你真敢说，她满脑子都是腐朽思想，拉拢你，腐蚀你，你浑然不知，还为她辩解，你都不知自己滑到多危险的地步。校长气得都吹胡子瞪眼了。

他停顿了一下，试图平复一下有些激动的情绪，但终究没完全忍住，他用手指着三叔的额头说，林江平林老师，你现在收回你的话还来得及，我权当你喝多了酒。

我没喝多，三叔站起来说，我清醒得很，我不仅不收回我的话，我还要放话给你，此生我非庹素不娶!

校长也站起身，他目光如炬，直视着三叔说，林江平，你犯什么浑，难道你不知道那庹素跟黄廷波不清不白的关系吗?

校长这话够重的，重得三叔心和身都战栗了。但此时的三叔不再是从前那个软蛋的三叔。他点点头说，我当然知道，但我相信庹素终有一天会看清姓黄的真面目，我会耐心等到那一天。

无可救药，无可救药！校长摆摆手说，你就等那一天好了，不知好歹的东西。

他反剪了手，头也不回，扬长而去。

三叔追出门去，却又在门边站住，他冲咚咚咚地在楼道里走的校长喊，我当然要等，我就不信我不如那姓黄的!

三叔的举动让我惊讶，这个懦弱的男人，今天如此发飙，让我惊恐莫名。我放下写作业的笔，瞪大眼睛看着像一头暴怒的狮子的三叔，忍不住给他竖起了大拇指说，我也不喜欢大喇叭，她差庹阿姨十万八千里。

我话音未落，头上就重重挨了一巴掌。给你说过的，大人的事，小孩子别瞎掺和。三叔吹胡子瞪眼警告。大喇叭示爱被拒，一天到晚在家里茶饭不思，寻死觅活，把她的母亲徐采莲弄得不胜其烦。

一个不识抬举的东西，徐采莲不解说，绣花枕头一个，有啥好？镇上好男人多了去了，那些身强力壮的，拿得起放得下，为何偏偏相中一个小白脸？

大喇叭认为自己的母亲跟她存在审美差异，看男人的眼光存在太大差异。她说，不要你管，你那哪是找对象，分明是咸菜坊招小工。我就是喜欢小白脸咋啦？小白脸俊。要没那骚狐狸精庹素，林江平打灯笼都会来找我。

徐采莲由此记恨上了庹素。

那天，庹素像平常一样翻洗完猪大肠，去肉食品组的公共浴室洗了澡，换上了一件白衬衣。在那个以灰调子为主的年代，这衬衣的白，有些扎眼。特别是这白衬衣又穿在庹素身上，那就是白晃晃的光芒，刺得白鹤镇的人都眯了眼。在她路过徐采莲的咸菜铺子时，徐采莲像一个皮球一样抱着个同样圆滚滚的醋坛子斜插出来，将一坛子醋全泼洒在了庹素身上。

庹素的白衬衣，顿时就变成斑斑点点的褐色衬衫了。徐采莲的醋坛子也随即掉落到地上，碎成了陶片。她自个儿也就势做摔倒状，坐在地上不起来。庹素伸手去拉她，她用力一拽，把庹素也拉拽到了地上。哎呀，对不起呀，脏了你的白衬衣，徐采莲夸张地边叫边伸手去拍了拍庹素的肩膀说，哎哟哟，我以为只是衬衫脏了，没想到身子也脏了，天地良心，这身子可不是我弄脏的。

庹素听了这话，才明白这女人不是善茬，她是寻衅滋事，成心出她的丑。她强压着心中的愤怒，站起身，泰然自若地昂头离开了。风紧跟着她，把那浓烈的醋味传得白鹤镇到处都是。

·十·

庹素似乎也知道，自己只要存在，对白鹤镇的女人就是一种冒犯，自己已成她们的天敌。她没有朋友，特立独行，我行我素，她已习惯自己像一株孤独的花，静静地在草丛中开。她爱看书，书是她分来白鹤镇时，父亲作为礼物送她的，全是些世界文学名著。庹素心里一直记得父亲的话。父亲告诉她，这是他送她的礼物，什么都可以丢，书不能丢。你把它们当我吧！

当父亲将一个装满书的旧皮箱吃力地搬上车后，他拍了一下她的肩膀说，孩子，这样你就不孤独啦。

还好，她被分到了白鹤镇的新华书店，这是一份她喜欢的工作。她一边卖书，一边看父亲送她的书，日子虽然过得寂寞，但内心并不孤独。但有一天有人告发了她，引来了公社的副主任黄廷波，此人来到她的柜台，不由分说就没收了她手里的书。她当时看的书是法国作家雨果的《悲惨世界》，意识到自己闯了祸，她提心吊胆了好几天，她亲眼看见过批斗会上黄廷波有多么心狠手辣，这让她那几天噩梦连连。

但她没等来批斗，十余天后，黄廷波把书送还给了她。他对她说资本主义就是悲惨世界，这书虽然很多字难认，但好看。

冉·阿让是个好人！他冲她竖个大拇指说，这书跟你卖的那些书不一样。听说你还有其他书，能借我看看吗？

她借给了他《简·爱》，他拿着书，问她，书真的能让心安定吗？

安定？她想想说，也许会吧。

黄廷波说，当年我修公路负伤的时候，给我治病的医生，一有空就抱着书看，我问他，说你一天埋头看书，不累吗？他回答我说，不累，一看书，心就安定了。

她笑了笑。看她笑，他又说，但《悲惨世界》，我看了心里却乱极了，他们为什么不放过冉·阿让呢？

你不也没放过那些被批斗的人。

这句话冲口而出，还没等她后悔，她就瞥见他脸上黯淡了一下，随即腾起愠怒。他们都是坏分子，冉·阿让是好人，不能类比，他语气冰冷而铿锵，说对待坏分子，就要像严冬一样残酷无情。

她愣住了，黄廷波硬邦邦的话，让她不禁打了个寒战。

就因为这本《简·爱》，有人向公社主任举报了庹素，说她妄图用反动书籍腐蚀公社干部。公社主任找来黄廷波，要他交出庹素借给他的反动书籍。黄廷波回自己住处拿来一本《水浒传》。

黄廷波说，主任，庹素借给我的不是反动书籍，只是反面教材。

公社主任哭笑不得，只好作罢。但他还是做出了决定，将庹素调离新华书店，去供销社做售货员。

如果白鹤镇的女人把庹素的美貌看作是一种威胁，那么，公社主任却认为，这个长得像个小仙女的庹素，对白鹤镇最大的威胁是她的腐朽思想。他心里知道，庹素借给黄廷波的不是《水浒传》，《水浒传》是上面发给公社干部的，是反面教材。他之所以没有在此事上与黄廷波针尖对麦芒，是因为黄廷波这人，是茅厕里的石头，又臭又硬，他说是《水浒传》，那就是《水浒传》，是咬死不会改口的。后来发生了《星星索》事件，公社主任对庹素的判断得到了佐证。如果不是黄廷波从中周旋，公社主任是想将庹素定为反动典型的，让她不卖大饼去翻猪大肠，这处理是相当温和的了。公社主任对副主任黄廷波，心中是忌惮的，哪天不慎落到这种狠人手上，是吃不了还要兜着走的。这也就是在白鹤镇，无论人们如何议论黄廷波和庹素，公社主任都把其当耳边风，不闻也不问。

白鹤镇就是一个小社会，时代的变化，照样会让它风吹草动。有一天，三叔满面春风回到住处，嚷着让我去供销社给他打二斤老白干，他说，阿水，三叔我今天要一醉方休！我说，三叔你遇上好事啦？他摇摇头，说不是三叔有好事，是有人要倒霉了。我问他谁倒霉让他如此兴奋和高兴。他拍拍我的肩说，还会有谁，三叔最恨谁你又不是不知道，黄廷波呗。

他告诉我黄廷波铁定要被划成“三种人”。我不知道啥是“三种人”，但知道不是啥好人，就提了塑料酒桶去买酒。我在街上遇见了下班回住处的庹素，她跟我打招呼，说阿水你那兴高采烈样，得奖状了？我摇摇头说，庹阿姨，是黄廷波成“三种人”了。

我的话让庹素一头雾水。

也就是那天晚上，庹素照例去给黄廷波朗读，当她推开院门时，发现院子里站着一个面容清瘦的男人，窜进院子的晚风把他一头乱发吹得飞扬起来，他面无表情地直视着黄廷波。

黄廷波问，你找我有什么事？

没啥事，那人语气冰冷地说，我就想来问问你，你知道疼痛是什么滋味吗？

黄廷波迟疑了一下说，我……疼不疼痛关你什么事？

那人说，当然关我事，你当年那么折磨我，如果你不知道疼痛，我兴许今天和以后会原谅你。

黄廷波说，你这是无理取闹。

那人说，我无理，你就是无法。

那人看到推门而进的庹素，对黄廷波说，我还会来找你，直到看见你会心痛为止。

庹素看着他高傲地离去。

她像往常一样，在院内方桌前的椅子上坐下来，从包里拿出书，示意他坐到对面去，准备朗读。

不用了，他摆摆手，长叹一口气说，都太晚了。

晚？她问说，你是说朗读？

是的，他点点头说，我听你朗读，你知道我心里是什么滋味吗？

她摇摇头，表示不知。

两个字，他抬起右手，伸出两个指头说，后悔。

·十一·

给白鹤镇供销社常年运送物资的卡车司机老李退休了，换成了一个姓杨的年轻司机。供销社为司机准备的宿舍就在那栋红砖房的筒子楼里，司机宿舍的对门就是庹素的单身宿舍。从前的卡车司机老李是个彬彬有礼的长者，见庹素就一脸笑容，称呼她小仙女。他总这样跟庹素打招呼，小仙女，要从城里捎啥东西，就吭一声。有时，他还会给庹素送清凉油。那种小红盖的清凉油是女孩子们的最爱，在夏季可以防蚊叮虫咬，一直都是市面上的紧俏货。有时，庹素也托老李，给城里的父母带点土特产之类。这老李退了休，庹素内心就有些小小的失落。

现在这位年轻的杨姓司机，不像老李，他喜欢披着衣昂着头走路，一副目中无人的样子。那些年，司机总被人们高看一眼，这也许就让他有了趾高气扬的底气。庹素不喜欢此人的做派，让她最无法忍受的是，他还总是在筒子楼的自来水管前的水槽里旁若无人地边唱歌边撒尿。

庹素每天去接水，总会闻到一股令人作呕的尿臊味。

庹素不喜欢这杨姓司机，对他在水槽里小便的行为充满厌恶，她本想向供销社主任反映的，但又难以启齿。那天她与他在楼道里打了个照面，她发现他的眼睛亮了一下，那是一种让庹素胆战心惊的亮光，像狼遇上羊的那种尖利而饥饿的目光。他停住说，认识一下，我叫杨成林。庹素没应他，而是慌乱地想从他身边绕过去。他拦住她，从衣兜里掏出一盒红盖清凉油又说，这个送给你。庹素摇摇头，冷冷地说，我从不用这个，你自己留着吧。说完，她就自顾从他身边绕过去了。他回头，看着她苗条的背影消失在楼道的尽头，不自觉地用舌头舔了一下干燥的嘴唇。高傲个甚？他鼻子哼了一声，一扬手，将那清凉油扔到楼道一端去了。

杨成林回到自己的住处，就觉得自尊心受到了伤害，他整个人心里沮丧极了。他在床上四仰八叉躺了一会儿，就又起身，出门去楼道里寻他刚才赌气扔掉的那盒清凉油。他找了好一阵才找到它，他把它捡起来，放在自己的掌心里，清凉油的盖子摔瘪了，他觉得自己也像这盖子，摔得不轻。当假高傲遇上真清高，这种碰撞的结果不言而喻。他试图去仇恨庹素对他的傲慢，但心中却躁动不安，像有一团火在烧，他发现自己的脑海中竟然塞满了她的倩影。他一遍一遍抚摸着清凉油的红盖子，像抚摸心中某道新鲜的伤痕。

那天下午，他独自去了江边，找打鱼人弄了两条刚打捞到的江鱼，提回来后让食堂的师傅做了一盆鲜鱼汤，又让师傅炸了盘花生。他一边品尝着鲜美的江鱼，嚼着喷香的花生，将一瓶金江桃花酒喝了个底朝天。有些醉意的他回到住处已经很晚了，本想倒头便睡的他，进屋看见那红色的清凉油盒，就想起了对门的庹素。酒催生了色胆，他整个人仿佛都被荷尔蒙鼓动了起来。恶向胆边生，他咬咬牙，决定铤而走险。

他取下挂在腰间皮带上的钥匙扣，将钥匙扣上的牛角刀摘下来。他打开刀，握着它就出了屋。

他站在庹素的单身宿舍门口，蹑手蹑脚，将牛角刀的刀叶从门缝里插进去，轻而易举地就拨弄开了她家的门。此时的杨成林，已经变成了一头失去理智的饿狼，正扑向一只不知危险临近的羔羊……从睡梦中惊醒的庹素在极度恐惧中做着本能的挣扎和反抗，但这一切除了激发出杨成林的兽性，并没有实际作用。在一个色胆包天又身强力壮的男人面前，庹素只能绝望地承受被践踏的现实。下体钻心的疼痛让她放弃了抵抗，她像一具僵尸，任其在她的身体里横冲直撞。

这个性情粗鲁的男人在发泄完自己的兽欲后，起身时左手上触到了湿乎乎的东西，他随即下床，光着身子打开了灯，才发现左手上沾着的是血。

处女血！野兽一样的他兴奋不已。

他此时对他征服的猎物不管不顾，用右手草草地穿上衣裤，便匆匆奔出了门，他几乎是小跑着到了楼道口，停住，又折回，来到楼道里的水槽边，用右手拧开水龙头，他看了看自己左手上的血迹，不情愿似的放在了哗哗的流水上冲洗。

他洗了手，就冲出了楼道，像离弦的箭一样直奔白鹤镇中心学校。中心学校有他的堂哥杨成义，他直奔堂哥杨成义的宿舍，毫不廉耻地说，哥，我把庹素睡了。杨成义并没有因为堂弟的话吃惊，他翻了一下白眼仁说，成林，睡个破鞋，看把你大惊小怪的?

堂兄的话让杨成林很不爽，他说，什么破鞋，她可是处女。他的话一出，杨成义就有些生气了，说成林呀成林，怎么张口就假话连篇呢？她如果是处女，那白鹤镇结过婚的女人都是黄花大闺女了。收起你那独占花魁的得意劲，免得被人耻笑。

杨成林遭到堂哥的奚落，像迎头被人泼了一瓢冷水，他跺了一下脚，转身就又跑回供销社的筒子楼，庹素的房门依旧大开着，受尽凌辱的她，仍趴在床上泣不成声。杨成林对其视而不见，伸手扯出她身下的鸭蛋绿床单，就掉头而去。

第二天一早，在供销社旁白鹤镇唯一的篮球场上，人们看见两个相向的篮圈之间多了条连接的草绳，在篮球场中间位置的草绳上，挂着一面沾有血迹的鸭蛋绿床单。正在人们一头雾水的时候，杨成林出现了，他像一个莽夫一样叉着脚站在床单前，又像一个军阀炫耀胜利一样对篮球场上的人说，我把庹素睡了，我堂哥说我搞的是破鞋，大家为我做证，看看这是不是处女血。

杨成林的话不亚于在白鹤镇上空响起一声惊雷，好奇而兴奋的人们都涌向了篮球场。杨成义也来了，他看见愣头愣脑恬不知耻的堂弟，扬手就给了杨成林头上一巴掌，你怎么这么浑呀，这样的事，也要张扬？就在杨成林抬手去摸被打疼的头的时候，他抬起的手被一把锃亮的手铐给铐住了。

铐他的是公社的公安特派员。杨成林被带到公社去了。

·十二·

那天早晨，我也看到了那沾了血迹的床单。外号叫“泥鳅”的同学约我去练早球，我和他抱着篮球来到球场时，看见那鸭蛋绿的床单被晨风鼓荡成了一面招展的旗帜。泥鳅说，哪个龟孙，把床单晾篮球场，存心不给人打球。他边说边走过去试图去扯那床单，却被一个凶神恶煞的人呵斥住了。那人说，你敢扯它，我就撕了你。

我和泥鳅都认出了那是给供销社送货的司机，泥鳅揨他说，这是篮球场，又不是晒场，我们要练球。司机说，今天我把它当晒场咋啦？识相的就一边玩去。

泥鳅冲司机做个鬼脸，吐了吐舌头，就拉着我走了。泥鳅说，这龟孙早晚翻车，一看就不是啥好人。那床单上有血，这龟孙有病，晒沾血的床单干什么？

练不成球，我准备回三叔的住处去。泥鳅却要我跟他去他妈的伤心凉粉摊尝伤心凉粉。伤心凉粉是白鹤镇的著名小吃，他一提我的馋虫就从喉咙跑口腔了。我咽了咽口水，就跟泥鳅去了。

我们吃完伤心凉粉，就勾肩搭背去中心学校上课。路上，有人交头接耳，说的是庹素。我松开搭在泥鳅肩上的手，指着窃窃私语者说，不准说庹阿姨坏话。

谁说坏话了？你一个小屁孩，管到老子们头上了？私语者中的一个没好气地说，有本事，你去管管那二流子司机，是他欺负了你的庹阿姨。

泥鳅就抢话问，说那狗日的司机，是不是把庹阿姨弄伤了流了血？

这你都知道？私语者的另一个一脸暧昧地坏笑。

我这时想起来，有一天我去庹阿姨那里借书，她正在用大盆洗被子床单，那床单的颜色就是鸭蛋绿。我心里一紧，撒腿就跑，泥鳅在后面喊，若水，你等等我，跑啥？上课还早嘞。

我没等泥鳅，而是向着供销社的筒子楼飞奔而去。我满头大汗跑进筒子楼，直奔庹阿姨的单身宿舍。那扇从前总是紧闭着的门，今天却是敞开着的，我冲进屋里，就看见了趴在床上抽泣的庹阿姨。

庹阿姨，我叫了一声说，那坏蛋司机欺负你啦？

她没回应我，而是用嘶哑的声音叫我出去。

我这时看到了放在床头柜台灯旁的牛角刀，伸手抓过，握紧刀柄大声说，我要宰了这个大坏蛋。

我才转过身，庹阿姨就叫道，阿水——

我愣住，转身面对着她，凝视着她肿如桃的眼和白似纸的脸问，他为啥要欺负你？他伤了你哪里？

她犹豫了一下，说，阿水，是谁告诉你的？我说，那坏蛋司机都把床单挂篮球场上了。

阿水，庹阿姨摆摆手，表情痛苦地说，不关你的事，你去上学吧。她话还没说完，就像烂泥一样，又瘫倒在了床上。

这时楼道里响起了嘈杂声，公社主任领着公安特派员来找庹素了，在他们身后，还跟着一群看热闹的人。公社主任反剪着手，挺着一个大油肚一进门就大声说，庹素，你别难过，公社会为你做主，他杨成林色胆包天，强奸妇女，是大大的犯罪，我会让他牢底坐穿的。公安特派员接了公社主任的话说，法律需要证据，这需要你作为受害人帮我们取证。杨成林挂出床单，说你是处女，这一点，白鹤镇的群众存有疑问，你得跟我去卫生院一趟，接受身体检查。

庹素听了公安特派员的话，气得原本白纸一样的脸变成了猪肝色，她没理公安特派员，而是直视着公社主任问，杨成林现在在哪里？公社主任说，公社在押。庹素说，主任，请你带我去见他。公社主任说，他现在是罪犯，你不能见他。庹素说，你凭啥说他是罪犯？公社主任急了，拍了一下油肚说，他强奸你，还不是罪犯？庹素说，主任，他没强奸我，我是自愿的。

公安特派员咂咂嘴对公社主任说，看来受的刺激不小，精神都出问题了。庹素说，你才精神有问题，随便乱抓人。

她瞪了公安特派员一眼，昂了头，径直往门外走，吃惊的人们，慌忙为她让开一条路。公社主任摇了摇头说，这演的是哪出？！

公安特派员更是觉得不可思议，他对公社主任说，我办案子二十余年，遇这样的事，是大姑娘上轿——头一回。这女人八成是疯了。

疯什么疯？公社主任跺跺脚对公安特派员说，你看她走路的样子，是疯了吗？我看她清醒得很。还不赶紧跟了她，她要去到公社社部，还不知会闹出多大乱子。

公社主任急匆匆去追赶庹素，公安特派员也赶紧跟上主任的脚步，看热闹的人群也不离不弃跟紧了他们。

在公社社部，杨成林被两个武装民兵看押着。冷静下来的他，知道自己闯了大祸。后悔不迭的杨成林，如果不是手上戴着锃亮的手铐，他恨不得要啪啪啪啪扇自己耳光。当庹素出现在他的面前，这个外强中干的莽夫扑通一声就跪地上了。庹素用冷眼盯着像一只蔫鸡一样的杨成林，面无表情问说，杨成林，你告诉他们，我是不是破鞋？杨成林低垂着头小声说，不是。

庹素依旧面无表情说，你能大声点吗？杨成林提高了点嗓门说，不是！庹素皱了皱眉头突然走到窗前一把推开窗说，你还能再大声点吗？这时杨成林站了起来，两个武装民兵想伸手摁住他，却被他肘击开，他奔到窗前，对屋外黑压压的看热闹的人群大声喊叫起来——

庹素不是破鞋，她是黄花大闺女，你们早上不是看到床单了吗，那是她的女儿红！

庹素的嘴角浮起一丝冷冷的笑意，她转身对赶来的公社主任道，主任，你听见了吧？不知所措的主任点头说，听见了，听见了。

庹素又转回身去，看着杨成林说，因为你，我现在是破鞋了，你说该怎么办？

杨成林的头再次低垂了下来，他咬咬牙说，你说怎么办就怎么办，要杀要剐由你。

杨成林，庹素突然尖声叫道，你还是个男人，就抬起头来，看着我！我不杀你，我也不剐你，但我要罚你！我要罚你娶了我！

·十三·

不可思议的事就这样在白鹤镇发生了，庹素和杨成林结了婚。白鹤镇的人为此嚼了一段时间的舌根子，这话题也就不新鲜了。既然是夫妻，杨成林和庹素经常出双入对上街买菜购物，只是庹素脸上从此没有了笑容，成了一个活脱脱的冷美人。起先，人们在他们身后指指点点，时间长了，也就习以为常了。但小镇就是小镇，少不了闲言碎语，只是对象变了。人们不再关心庹素，而是把话题转向了黄廷波。有人甚至放肆地说，那么恶狠如狼的人，没想是银样镴枪头，竟如此不中用。还有人话语更狠毒，说这黄廷波就是个太监，太监都变态阴狠，他当年对人下狠手，就是因为内心阴暗。有人还放出小道消息，说黄廷波被划成“三种人”，会进监狱劳改。

其实，杨成林晒出带有庹素女儿红的鸭蛋绿床单，深受刺激的可不只是黄廷波，还有我的三叔林江平。当他看着那在篮球场上空飘荡的床单时，就精神恍惚了。后来当他得知庹素与强暴她的杨成林成婚的消息，自个儿就喝下了五斤胶壶装的白酒，被中心学校的老师送进了卫生院，三天后才从病床上苏醒过来。醒过来的三叔变得神经错乱，疯疯癫癫，精神失常了。

从前清爽整洁的三叔，现在变得蓬头垢面，胡子拉碴，衣衫不整，逢人就冷不丁唱几句星星索，星星索，星星索啊星星索，然后狂笑着跑开。

就在白鹤镇的人们为三叔扼腕叹息，纷纷议论他不该做一个情痴时，白鹤镇又传出了爆炸性新闻：黄廷波自杀了。

黄廷波的尸检没在他的小院子，也没在白鹤镇的卫生院，不知是谁的主意，竟然在供销社的篮球场上进行了。卫生院那长着一张马脸的刁院长，带着几个穿白大褂的医生，几乎不费吹灰之力就得出了结论：黄廷波死于农药敌敌畏中毒。喝农药敌敌畏自杀，这是白鹤镇司空见惯的自杀方式。轻易得出结论的尸检医生们用一块白布将黄廷波罩住，就提着印有红十字的药箱离开了。黄廷波的尸体就这样停在了白鹤镇的篮球场上，几天都无人问津。

庹素去找公社主任。公社主任说黄廷波在自杀前已经被公社作为“三种人”除名了，他已经不是公社的人，公社没有义务给他收尸。公社在黄廷波自杀后，派人去他深山里的老家通知了他的家人。但他的家人说黄廷波生前不认家人，他死了家里人也不认他。公社主任冲庹素摊摊手说，总不能让我去给他收尸吧？他这样的，是畏罪自杀，上边罪没定性下来，我也没办法。庹素说，你们公社不管，主任，我可要管了。主任说，随便。庹素于是就回了家，拿出自己的私房钱，要去镇上棺材铺买棺材，这下杨成林不干了，说好不容易撇清的关系，何苦还要如此？这是自己往裤裆上抹黄泥巴，不是屎也是屎了。庹素说，你管不着，我愿意。

杨成林就有些气急败坏，说你还真喜欢他？庹素也来了气，说杨成林你真不是人。看庹素一意孤行，杨成林也没办法，他说，你横买竖买我可以不管，但不能花我的钱，我又不是他儿子。庹素就用自己积攒下的钱买了口白板棺材，又出钱请人把黄廷波的尸首埋了。

庹素埋了黄廷波的消息，很快就传到了山里，一个膀大腰圆一脸横肉的女人，领着一群原本要和黄廷波撇清关系的亲人，浩浩荡荡朝白鹤镇来了。这支乌合之众组成的讨伐大军，带着莫名的愤怒，来找庹素兴师问罪。杨成林给供销社拉桐油去了县城，形单影只的庹素不是这支讨伐大军的对手。健壮的女人犹如一个女将军，她迈着坚定的步伐就进了供销社的筒子楼，像老鹰叼小鸡一样就把庹素从筒子楼里提将出来，如此粗鲁的女人比蛮横的男人还可怕。还没等庹素反应过来，她已经被女人重重地扔在了地上。

庹素看着女人那张被愤怒严重扭曲的油腻的圆脸，这种愤怒不是装出来的，而是从内心里生发出来的。庹素不知道自己啥时招惹了这陌生女人，让她带着这么庞大的队伍和这么充足的愤怒赶来讨伐自己。

愣着干啥？女人对自己带来的那群人吼道，还不剃这婊子个阴阳头。

几个人就扑过去，摁住了庹素，疼痛和惊恐让庹素忍不住尖叫起来。

害怕了？女人咬牙切齿又吐出两个字，婊子！紧接着就啪啪给了庹素两个耳光。女人的手很重，耳光扇得庹素的鼻血迸溅出来，有两滴竟溅到了拿剪刀的一个刀脸女人的手背上，吓得刀脸女人的手抖动了一下，剪刀也就掉在了地上。

愤怒的女人瞪了一眼不争气的刀脸女人，就弯下腰拾起剪刀，她一把扯过庹素的头发，就一阵疯狂乱剪。愤怒加上野蛮，让这个身强力壮的女人变成了一头失去理智和人性的野兽。猝不及防的庹素，被这排山倒海般袭来的惊恐吓得失去了意识。

这时三叔摇摇晃晃提着一个脏兮兮的玻璃酒瓶过来了，他看见乌合之众，就嘻嘻地笑，随即就星星索星星索地边舞边唱开来。他把酒瓶当成划船的橹，他有节奏地摆弄酒瓶的动作像极了船工划橹。他就这样走到了头被剪得一塌糊涂的庹素面前，嘻嘻笑着指着庹素说，真丑真丑。但当他终于认出她是庹素的时候，他哇哇地叫着，举着酒瓶就砸向了那野兽一样的女人。要不是那野兽一样的女人带来的两个年轻男子眼疾手快，那女人的头颅兴许会在这一酒瓶的重击下开出花来。

这时镇上闻讯赶来的人越来越多，他们饶有兴致地看着这场闹剧，没有人站出来制止这触目惊心的暴行。三叔的酒瓶被一个年轻男子奋力夺下，另一个飞起一脚，正正踹在了三叔胸口上。

三叔直挺挺地倒下了，乌合之众的讨伐大军似乎找到了出气的对象，一哄而上恨不得都想往三叔身上踏上一只脚，但人群却被野兽一样的女人制止了。

跟个疯子计较啥？有本事的就来收拾这婊子！她不是美人吗？她不是长得好看吗？今天我就把她衣服脱了，让白鹤镇的人看个够！

她叫嚣着就去撕扯庹素的衣服，庹素本能地蜷缩着想护住自己，做着毫无意义的抵抗。这再次刺激起那女人的兽性，她扑将过去，几把就将庹素的外衣撕了个稀巴烂。就在她准备像在家撕剥玉米那样撕扯掉庹素的内衣时，一声惊喝像炸雷一样，把这野兽一样的女人吓得一哆嗦。

住手！

发出这声惊喝的是杀猪匠老包，他提着一把被磨得锃亮泛着寒光的长长的杀猪刀，铁青着脸站到那原本像野兽一样疯狂的女人面前。

如果你再敢动她一根指头，我就下掉你一只手！

老包的话像他的杀猪刀一样又硬又冷。

嚣张的女人一屁股坐在地上，捶胸顿足，号啕不已。老包低头瞪了她一眼，走过去扶起庹素，老包一手握刀，一手扶着庹素，往筒子楼方向走。看热闹的人群，又苍蝇一样跟在老包和庹素身后，老包转过身，眼睛瞪得像牛卵，他挥舞着杀猪刀说，看什么看？作为白鹤镇人，你们心里就不羞耻吗？

· 十四 ·

被老包震慑住的女人是黄廷波的媳妇。其实，说她是黄廷波的媳妇，似乎又有些勉强；说她是黄廷波的未婚妻，但又是明媒正娶办过婚事的。这复杂的关系还应从黄廷波被招去做工人修盐水公路说起。当时，省公路局为修盐水公路，要招一批修路工，黄廷波被选上了。离开家前，他父母盘算着要为儿子说门亲事，经过多方托媒，最后相中了邻村王家的姑娘翠彩。

黄廷波父母相中的是翠彩膀大腰圆的好身板，毕竟儿子去当了工人，家里少了干活的劳力，这翠彩看上去一身力气，正合了他们心意。但黄廷波却看不中王翠彩，觉得她就是个活脱脱的女汉子，缺少女人味，就犟着不同意。黄廷波犟，他爹比他更犟。他爹大手一挥说，儿子，这父母之命，媒妁之言，可由不得你。于是他父亲就自作主张应承下了这门亲事，并决定在黄廷波去当工人前把婚事办了。但就在举行完婚礼仪式并在众人目睹两位新人入了洞房之后，黄廷波就撇下王翠彩连夜溜走了，他一个人去了盐水公路指挥部。儿子逃了婚，丢了老子的脸，黄家就想把王翠彩退回娘家去，王家人说嫁出去的姑娘泼出去的水，你老黄要是当着众人面把吐出的痰又吸回去，就接受退婚。老黄自然做不到，就只好把王翠彩留在自己家，等待黄廷波回心转意。老黄请人多次写信，催黄廷波回家，但所有寄出的信犹如石沉大海，没有任何回音。一年多后，黄廷波因为工伤，被安排到白鹤镇公社工作，他爹来白鹤镇找他，要他回去认下这个媳妇，但好说歹说，最后以死威胁，黄廷波就是铁了心不从。这彻底伤透了他爹的心，回去后就向众亲宣布没有这个儿子，后来急火攻心，一病不起，没俩月就撒手人寰了。但就连他爹的葬礼，他也没回去料理。

黄廷波如此，其实另有隐情，他在修盐水公路受的工伤，证明上写的是腰伤。其实他伤的是男人的命根子。在一次意外事故中，石块击中了他的下体。他虽然经抢救保住了性命，却丧失了男人应有的功能。自己不幸的遭遇，他守口如瓶，从没向别人提起。即使被亲人视为无情无义，被他人说成心理扭曲，他都独自承受了这一切。他的心，由此也变得越来越硬。他表现的激进与狠辣，与身体残缺息息相关。

王翠彩认为黄廷波不愿回家认她这个媳妇，是因为庹素这个长得像妖精一样的女人。但迫于老包明晃晃的杀猪刀，她没有彻底消除心中的愤懑，于是又带着她请的乌合之众，来黄廷波的坟前。她咬牙切齿地在他坟头重重地连跺三脚，又扬起巴掌冲刻有黄廷波名字的墓碑啪啪就是两巴掌。由于用力过猛，她的手都骨裂了。

被重重地惊吓和深深地凌辱的庹素，不吃不喝，在床上躺了两天两夜。其间，老包还煮了她爱吃的红薯白米粥送了去，但无论老包怎么敲门怎么叫唤，她都像死去了一样毫无声息。直到丈夫杨成林开着卡车，拉着从县里带来的供销社的物资回到白鹤镇，打开家门才发现她奄奄一息。看着自己的妻子被人伤害成这样，杨成林不仅不愤怒，还不吃惊，甚至在心里生出了某种快意。他大声地冲庹素嚷，黄廷波是好招惹的吗？这下知道啥叫阴魂不散了吧？

她被杨成林送到了白鹤镇卫生院，经过医生的全力抢救才保住了性命。

但还没等庹素出院，杨成林就像一个女人一样唠唠叨叨数落了起来。他埋怨庹素这一切都是她自找的，并说自己早就阻止过她给黄廷波收尸。你这是无事找事！杨成林说，你想做好人，却变成了今天这鬼样子！

杨成林说这话的时候，他的眼睛是直视着庹素的光头的。庹素从他的语气中，听到的不仅是责备，还有幸灾乐祸。

鬼样子也是人，不像有的人，天生就是鬼！庹素回应说。你骂谁呀？杨成林说，你以为你是谁？！在白鹤镇人眼里，我们都是下三烂。你嫁给我，成天一个委屈样，连个笑脸都没有过，再阴的天，总有放晴的日子。你倒好，成天哭丧着个脸，像死了爹娘。不要总觉得你比我高，我们其实就是歪锅配了歪灶。

庹素气得差点昏过去，她躺在病床上，看着杨成林一脸满不在乎的痞子相，心中便生出了一个主意。

庹素从卫生院出院后，径直去找了供销社主任。她向供销社主任提出，自己需要一间单身宿舍。主任说，你一个结了婚的人，要单身宿舍干什么？

庹素说，不干什么，我要离婚。

听说庹素要跟自己离婚，杨成林可急坏了，他思来想去，就准备了礼物，去公社主任家，请他做说客。

公社主任找到庹素，就说，庹素，婚姻不是儿戏，先前你要跟杨成林结婚，可是你自己决定的。庹素点点头，她正视着公社主任说，现在我要与他离婚，也是我决定的。

公社主任摆摆手说，不可不可。庹素呀，我再重申一遍，婚姻可不是儿戏。

庹素说，主任，正因为不是儿戏，我才要跟他离婚！

我也重申一遍，这是我的决定，主任，这是决定，也是我的权利。

庹素的话说得很轻，但在公社主任听来，还是掷地有声。主任叹息一声说，庹素，你这样让白鹤镇人怎么看你？

主任，这你就放心好了，庹素凄然一笑说，今后，白鹤镇没有庹素，庹素也没有白鹤镇。

公社主任一惊说，你要离开呀？

庹素重重地点了点头。

庹素是在一个清晨离开白鹤镇的。那天虽然天气并不冷，庹素还是戴上了自己连夜赶织的毛线帽，用它遮住自己的光头。她除了换洗的衣服和父亲送她的那箱外国文学名著，什么也没有带。她吃力地提着皮箱，肩挎着装了换洗衣服的包，往白鹤镇上的长途客车点走，路上遇到老包，老包要帮她提皮箱，被她婉拒。老包看着她的背影，叹息了一声，对路旁小摊上正炸油条戴副圆眼镜的歪头李说，这白鹤镇，怎么就容不下那么好的一个女子呢？歪头李歪着头，推了推脸上的圆眼镜，一边拨弄着油锅里的油条一边说，木秀于林，老包，木秀于林哪！

从供销社的筒子楼到长途客车点，并不长的一段路，在庹素脚下却显得如此漫长。在她心中，那种作为侨民的漂泊感又泛了起来，她强烈地感受到自己是单独的，对，单独的！自己是白鹤镇单独的存在。她心里自言自语。当她的眼前出现那辆脏兮兮的长途客车时，走得已经很吃力的她，不知哪里来的劲，步伐竟然急促了起来，她知道，自己那毫无安全感的身体，有着本能逃离的愿望。她把皮箱递给正指挥人装载行李的司机，司机看着上气不接下气，额头上冒着豆粒一样汗珠的她说，不急的，不急的，离开车时间还有一刻钟嘞。庹素叮嘱司机要放好皮箱，边叮嘱边伸长了脖子往车顶看。司机瞅她一眼，揶揄说，箱里有珍宝？庹素仰着头说，比珍宝贵重。司机不解，眯着眼打量车顶的皮箱说，这世间还有比珍宝贵重的东西，你那皮箱里到底装了啥？

庹素说，装着我的命。

快到开车时间了，司机吆喝乘客上车。庹素低了头往车上走。她人进到车里，把挎包放在行李架上，正准备坐下时，车外却传来了歌声——星星索，星星索，星星索啊星星索……

庹素身子颤抖了一下，随即整个人就扑向了车窗，她看见了他，一个蓬头垢面的男人。是他！

她心里喊了一声，林江平！

她拨开迎面过来的乘客，急匆匆地下了车，朝着林江平飞奔过去。

看见庹素，林江平的歌声戛然而止，手一抖，手里的空酒瓶就掉在坚硬的青石板上碎了一地。

怎么不唱了呢？她问。

他没回答她，只是冲她嘻嘻地傻笑。

唱！她凝视着他，伸出手拉住他的手说，我们一起唱——

星星索，星星索，星星索啊星星索。

…………

他唱得字正腔圆，完美地配合着她的节奏，全然不像一个精神病人。美好的歌声，让他们的脸上，洋溢着少有的幸福感。

他们唱完，他还是不愿松开她的手，看着她傻傻地笑。庹素再也控制不住自己，用力抽出手，双手捂面，奔上了长途客车。

司机随即踩了油门，车子缓缓动了起来。

这时，窗外歌声又起。客车内一个多嘴的乘客说，那个疯子又唱歌啦。一个临窗的乘客扭了身子探出车窗回头看了一眼，这哪是唱歌，是撕心裂肺地叫。

·十五·

庹素走了。白鹤镇还是那个白鹤镇，喧嚣，嘈杂，人声鼎沸。不同的是，三叔的疯病更重了，中心学校就找我父亲，让父亲帮他办病退。父亲是忠厚人，他来给三叔办了病退，领着三叔和我离开了白鹤镇，我回到村里的小学继续念书，三叔在家养病。但三叔在家待了两天，又自个儿跑回白鹤镇，他像乞丐一样在垃圾堆里刨食，睡在白鹤镇供销社筒子楼的屋檐下。

父亲去找过他，把他又带回家，但没两天他又跑回去了。如此这般，父亲也没了办法，只好听之任之。我曾在一个周末去镇上找过三叔，试图劝他回家，但无论我好说歹说，他只是用手指着筒子楼傻笑。我告诉他，说庹阿姨不在筒子楼里了。听了我的话他就哭了，像个淘气的小孩那样哭。哭着哭着他就唱起《星星索》那首印尼船歌了。他唱歌的时候一点也不疯，神色专注，声情并茂，字正腔圆，身心投入。我问他，是不是我帮你找回来庹阿姨，你就不疯了？他听了我的问话，就睁大了眼睛看着我，冲我点了点头，但随即就一溜烟跑了，边跑边说，不疯不疯，你是骗子，嘻嘻，阿水你是骗子。

就在庹素离开后那年的秋天，我考上了县城中学，撑船的父亲，高兴得就像我中了状元。

我也高兴，我想去到县城，兴许会找到庹素，找到她，我三叔就有救了。年少的我，甚至把找到庹素当作了我向三叔许下的诺言。

我在县城待了六年，从初中一直读到高中毕业。六年里，我曾到处打听庹素的消息，但就是一无所获，六年里，我也从一个少年渐渐成长为一个青年。日趋成熟的我，逐渐明白，我的努力毫无用处。即使找到她，也不可能让三叔不疯癫。但六年里，我始终没有停止过寻找，我总是盼望着，有那么一天，我会与她在县城的某处不期而遇。

但六年我找寻了一个空。

高中毕业，我考上了省城的大学。在那所工科院校里，我做起了毕业后当一个工程师的梦。

我也逐渐淡忘了那个诺言。直到1985年的一天，我一个家在省城的同学，邀请我去他家做客，在等待吃晚饭的时间，他神秘地拿出一盘磁带，说上面录有一首听后终生不忘的歌。他把磁带放进录音机卡座里，音乐声才响起，我就听到了熟悉的旋律。

《星星索》！我脱口而出。

他吃惊地看着我，说林若水，我以为我们工学院就数我神通广大，没想你更胜一筹。我这可是托香港熟人搞到的最新版本，这都被你捷足先登了。

看着他不可思议的表情，我说，我七八年前就听过了。

我才说出这句话，他啪一声按下暂停键，就从录音机旁蹦了起来，他用手指着我说，林若水，我真没想到你是这样的人！

我从他语气里听出了失望和愤怒，我不知他哪里来的这么大的情绪，我说，你吃错药啦？

林若水！他差不多是咬牙切齿地对我说，你是个不诚实的人！

我耸了耸肩问，我怎么就不诚实啦？这就是《星星索》嘛，我七八年前就在故乡白鹤镇听人唱过嘛。

不可能！他重新按下播放键说，你听听，这是邓丽君前不久在日本唱的，这是现场版！这歌叫《星星索》又叫《船歌》，你听，邓丽君唱得多好多深情，轰动了东京！难道邓丽君七八年前去过你故乡不成？

这《星星索》是印尼巴达克人的船歌，我对他说，我听的不是邓丽君唱的，是庹素和我三叔唱的。

庹素是谁？他问。

一个美人。

那你三叔？

他叫林江平，一个小学音乐老师。

我又补充了一句，他们是用印尼语唱的。

他“哦”了一声，算是相信了我的话。

录音机里响起邓丽君的歌声——

呜喂——
风儿呀吹动我的船帆，
船儿呀迎风荡漾，
送我到日夜思念的地方。
呜喂——
风儿呀吹动我的船帆，
情郎呀我要和你见面，
诉说我对你的思念。
当我还没来到你的面前，
你千万要把我记在心田。
要等着我呀，
耐心地等着我呀，
情郎！
…………

多么深情，他眼睛闪着泪光对我说，若水，今天他妈的这世上最缺的就是这两个字：深情！

深情！对，也许就是这两个字，让我放弃了成为一个工程师的梦想，我这个工科生，从那时起，耳边总是回响着《星星索》的旋律，成天想入非非，最终，不务正业的我，做了一个作家。在写作中跋涉了三十多年，却始终不敢碰触故乡。在这三十多年间，我回白鹤镇的次数寥寥无几。二十年前，我这个小有名气的作家回到白鹤镇，曾经的公社主任找到我，给了我那本黄廷波的红色塑料封皮的日记本，他说，兴许对你有用，我这些年常常翻看它，但就没看个明白。我看着他一脸的困惑，此时他也白发苍苍。这个过去让我心生过恨意的人，现在我看他时心里生出了怜悯。也就是那一年，我回到故乡，却没见到我的三叔，我问起父亲，他一声不吭，只是皱了眉把水烟筒吸得咕咕响。后来有人告诉我，三叔他投了江，而且就在父亲的船上。那天，疯疯癫癫的三叔上了父亲的船，他站在摇摇晃晃的船头，深情款款地唱起了《星星索》，江风鼓荡着他破旧而肮脏的衣衫，拂扬着他乱草一样花白的头发。他唱着唱着，就在父亲将船划到江中央时，扑通跳进了湍急的江水中……

这迟到了二十年的噩耗，庹素听后还是悲从中来。我看见她握紧的双手在不由自主地颤抖，试图努力克制住自己的伤悲。她用颤音对我说，若水，解脱了好，解脱了好呀！她边说边用手去拍了拍她先前抱出来的有我作品的报刊，叹了口气又说，知道我为什么收集了你那么多作品吗？我想看到你写故乡白鹤镇的文章。我离开它的时候，心里一直发誓要把它从心里抹去，但奇怪的是，随着时间的推移，年事越高，它却越来越占据我心间了。但阿水，你却让我失望了，你的作品里，只字不提白鹤镇，你似乎一直在躲避着它。

我真想告诉她，正是因为她，我对故乡白鹤镇，情感一直是复杂而纠结的。我爱它吗？说爱吧，恨就会从心中跳出来。我恨它吗？要恨吧，爱却又悄悄地在心里生出了根。我记得当白鹤镇因修巨型水电站被彻底淹没在水中的消息传来，我正与朋友喝酒聊天，一直在酒桌上嬉皮笑脸、插科打诨的我，瞬间失态，大放悲声。我还想告诉她，我心中的白鹤镇，是因她而存在的，没有她的白鹤镇，在我的记忆里是模糊而苍白的。

但我什么也没说。我只是凝视着她。我惊讶地发现，无论是作为一个人、一个女人，抑或是一个美人，她在我心里一直是单独的。我端详着她，从她历尽沧桑的脸上知道她离开白鹤镇后，活得并不容易。现在，她混迹在广场舞大妈里，藏在这喧嚣混乱的城市里，也是单独的。

我就这样想起了一个诗人的诗，我于是唤了她一声庹阿姨，诗人的诗句就冲口而出——

你是单独的，
单独的。
除你之外，
到处是人……

图书在版编目（CIP）数据

潘灵作品精选集 / 潘灵著. -- 南宁：广西民族出版社，2024. 10. --（全国少数民族文学创作骏马奖获奖作家作品精选集 / 东西主编）. -- ISBN 978-7-5363-7847-6

I. I247. 7

中国国家版本馆CIP数据核字第2024B9V397号

全国少数民族文学创作骏马奖获奖作家作品精选集

潘灵作品精选集

PAN LING ZUOPIN JINGXUANJI

东西　主编

出 版 人：石朝雄
项目统筹：吴柏强
项目协调：白　煜　吴桐言
责任编辑：石彬筠　潘　夏
装帧设计：张文昕
责任校对：陈宇倩
责任印制：梁海彪　张东杰
出版发行：广西民族出版社
地址：广西南宁市青秀区桂春路3号　邮编：530028
电话：0771-5523216　传真：0771-5523225
电子邮箱：bws@gxmzbook.com
印　　刷：广西民族印刷包装集团有限公司
规　　格：889毫米×1194毫米　1/32
印　　张：9.625
字　　数：200千字
版　　次：2024年10月第1版
印　　次：2024年10月第1次印刷
书　　号：ISBN 978-7-5363-7847-6
定　　价：58.00元